トワイライト・テールズ

夏と少女と怪獣と

山本 弘

角川文庫
19455

目次

	体積(水換算)	身長(爬虫類型)	比較
MM9	4000 ～ 10000t	50 ～ 68m	
MM8	1600 ～ 4000t	37 ～ 50m	
MM7	630 ～ 1600t	27 ～ 37m	
MM6	250 ～ 630t	20 ～ 27m	
MM5	100 ～ 250t	15 ～ 20m	シロナガスクジラ
MM4	40 ～ 100t	11 ～ 15m	ブラキオサウルス
MM3	16 ～ 40t	8 ～ 11m	ディプロドクス
MM2	6.3 ～ 16t	5.8 ～ 8m	ティラノサウルス
MM1	2.5 ～ 6.3t	4.3 ～ 5.8m	カバ
MM0	1 ～ 2.5t	3.2 ～ 4.3m	セイウチ（オス）
※これより下は妖怪。			
MM-1	0.4 ～ 1t	2.3 ～ 3.2m	ホッキョクグマ
MM-2	0.16 ～ 0.4t	1.7 ～ 2.3m	ゴリラ
MM-3	0.063 ～ 0.16t	1.3 ～ 1.7m	成人男性
MM-4	0.025 ～ 0.063t	0.9 ～ 1.3m	
MM-5	0.001 ～ 0.025t	0.7 ～ 0.9m	

MM《モンスター・マグニチュード》とは

この世界には昔から様々な大きさの怪獣が出現している。

怪獣学（Monsterology）の世界では、怪獣の規模をMM（モンスター・マグニチュード）という単位で表わす。これは怪獣の体積を水に換算した場合の重量（1立方メートル＝1トン）が基になっている。1トンの怪獣はMM0で、体積が2.512倍になるごとにMMは1上がる。MMが1違うと、体積は100倍違う。

一般に、MMが1上がるごとに、人口密集地に及ぼす最大の被害は4倍になるとされている。たとえばMM8の怪獣が及ぼす最大の被害は、MM2のティラノサウルスが及ぼす最大の被害の約4000倍である。

日本では便宜上、MM0以上のモンスターを「怪獣」、MM0未満を「妖怪」と分類しているが、本質的な違いはあまりない。

別表に示す「身長」は、典型的な直立二足歩行の爬虫類型の場合だが、個体によって大きな差があるので、あくまで目安にすぎない。

扉絵　清瀬赤目
扉デザイン　鈴木久美

生と死のはざまで

プロローグ　悪夢

四階建てのショッピングセンターが倒壊した跡の瓦礫《がれき》の山。砕けたコンクリートやねじ曲がった鉄骨、屋上の駐車場から転落した自動車の残骸《ざんがい》などが積み重なり、商品である衣類や電気器具が散乱して、核戦争後の世界のような惨状を呈している。

その瓦礫の上に、怪獣は傷ついたエメラルドグリーンの巨体を横たえていた。ファンタジー小説のイラストに描かれたドラゴンのような姿。実際、中世のヨーロッパに多く棲息《せいそく》していたという、ドラゴンやワイバーンといった巨大爬虫類《はちゅうるい》の近縁種なのだろう。胴体は細長く、頭から尻尾《しっぽ》の先まで六〇メートル以上。前肢の代わりにコウモリのような大きな翼があり、光沢のある緑色の美しい鱗《うろこ》が全身を覆っていた。

怪獣は弱っていた。巨体のあちこちで、鱗が剝《は》がれて白っぽい肉が露出し、大量の血が瓦礫に流れ落ちている。ミサイルが命中した跡だ。なんとか翼をはばたかせてもう一度飛び上がろうとしているが、左の翼は動かせても、右はぐったりとなっている。攻撃を受けて墜落し、ショッピングセンターに激突した際に、骨が折れたのだ。

ショッピングセンターが建っていたのは県道沿いで、周囲には刈り入れを終えた田園が広がり、建造物が少なくて見通しがいい。すでに半径一〇キロの範囲から一般市民は退避しており、陸上自衛隊の90式戦車、87式自走高射機関砲、89式装甲戦闘車、96式装輪装甲車、81式短距離地対空誘導弾、93式近距離地対空誘導弾などが周囲に展開していた。観測ヘリOH－1や、戦闘ヘリAH－64D（アパッチ・ロングボウ）が上空を旋回しており、ローター音が田園地帯に騒々しく響いている。

怪獣に恐怖や絶望という感情はあるのだろうか。あったとしても、爬虫類特有の冷たい表情からは読み取ることはできない。傷ついて敗北寸前の今も、王者の威厳を保っているように見える。頭をゆっくりと振り、自分を遠巻きにする小癪《こしゃく》な人間たちを見回して、怒りの咆哮《ほうこう》を上げる。

ぐおおおおおーう……。

コントラバスのような重低音が響き渡り、一〇〇メートル以上離れた無人のファミリーレストランの窓を、びりびりと震わせた。

『かなり不機嫌なようですね』

東京都千代田区《とうきょうとちよだく》・竹橋《たけばし》。気象庁本庁ビルの一フロアにある気象庁特異生物対策部（通称「気特対」）では、現地にいる機動班チーフ・室町洋二郎《むろまちようじろう》の声が響いていた。正面の大型モニターには、一キロ離れた地点から機動班員が撮影している怪獣の映像が映っている。

画面がズームした。頭部から尻尾までをゆっくりとパンし、怪獣のディテールを克明に映してゆく。頭はワニのようで、鼻先に一本の短い角がある。猫のような縦長の虹彩《こうさい》がある眼をぎょろりと動かし、不快そうにあたりを睥睨《へいげい》していた。耳があるはずのあたりからは、後ろ向きに角が伸びていた。この位置では戦いには使えないから、異性を惹《ひ》きつけるディスプレイだろうか。首は長く、鋸《のこぎり》のような背びれが並んでいる。胴体からはコウモリのような巨大な翼が生えていた。それは前肢が変化したもので、長く伸びた三本の指の間に皮膜が張っている。飛行中の重心のバランスを取るため、下半身は巨体に比して小さく、尻尾も首より短かった。尻尾の先端にはスパイクが生えており、これは戦闘時に強力な武器となるのは明らかだ。

サイズはMM7・6――すなわち約一一〇〇トンと推定されている。これは同体積の水に換算した重量であり（怪獣の体積を「トン」で表記するのは、一九世紀からの伝統だ）、実際の体重はもっと軽いはずだ。飛行怪獣は、骨が空洞になっているなど、身体が軽量化されているものだからだ。それにしても、何百トンもある生物が空を飛べるというのは驚異である。

怪獣大国である日本には、毎年、一〇匹前後の怪獣が出現する。大きさも姿形も様々だ。その中でもこいつはかなり大きい部類に入る。今年九番目に出現した怪獣であることから、気特対は怪獣9号と認定。つい三〇分前、固有名を「ガイバーン」と命名した。

「生存者の救出は？」

気特対部長の久里浜祥一《くりはましょういち》が、苛立《いらだ》った様子で質問した。怪獣9号ガイバーンの出現から五時間、すでに二〇〇人以上の死傷者が出ている。これ以上の被害の拡大は、何としても阻止したい。

『難しいですね。見ての通り、見晴らしが良すぎます。おまけに奴は首が大きく曲がるから、三六〇度、死角がないんです。生存者を救出しようにも、うかつに近寄るとかえって刺激してしまいそうです』室町は腹立たしげにつけ加えた。『せめてあの瓦礫の上から退《ど》いてくれればいいんですが』

「何とか追い立てることはできんのかね？　小型の火器で尻《しり》を叩《たた》いてやるとか」

『それも危険ですね。あのでかい図体《ずうたい》です。暴れ出したら、かろうじて残っている地下部分が崩れ落ちる危険がある。生存者もただでは済まないでしょう。何とか静かに誘導する手はないか模索中です』

「まったく厄介だな」

久里浜はぼやいた。ショッピングセンターの地下に閉じこめられている者がいる以上、自衛隊は砲撃をかけられない。だからもう数十分も、不穏なにらみ合いが続いている。

「生存者の状況は？」

『先ほど携帯電話で、中の様子を詳しく知らせてきました。閉じこめられているのはショッピングセンターの地下の食品売り場。自衛隊員が一名と、男子高校生が一名。高校生は頭を負傷しているそうです』

「高校生？　何でそんなところに？　避難命令が出ていたはずだろう？」

『ええ。避難誘導をしていた自衛隊員の指示を振り切って、立ち入り禁止地区に侵入したらしくて』

「野次馬か？」

久里浜は顔をしかめた。スクープを狙う報道カメラマンや、珍しい怪獣を見ようと遊び半分で接近した野次馬が、怪獣に襲われて殺される例は、過去に何度もあった。今度もまた、そんな愚かな若者がいたのだろうか。

『分かりません』と室町。『目撃者の話じゃ、逃げるどころか、逆に怪獣に向かって走っていったらしいんですが……』

1　奇妙な奈落《ならく》

宇和島和男《うわじまかずお》は夢を見ていた。

夢の中で緊迫した女の声が聞こえた。「はい、そうです……私はかすり傷です。たいしたことはありません……ええ、このフロアも今にも崩れそうで……はい、天井がいつ崩落してもおかしくない状態です……いいえ、反対側の出入り口も完全に埋まっています……9号はどうなりました？……え？　真上？……この真上ですか？……」

ぐおおおーう……不気味な重低音が響き、ぱらぱらと何かが降り注ぐ音がする。空気が埃《ほこり》っぽい。

女の声が報告を続けている。どこかと電話で話しているようだ。「……あいつが身じろぎしただけで……ええ、危険な状態です……そうですね。攻撃は控えた方が……でも、このままでは長くは……」

後頭部が痛い。何がどうなってる。頭がぼうっとして、記憶が混乱している。はっきりしているのは、これが慣れ親しんだ日常ではないということだけだ。夢だ。きっとそうに違いない。

しかし、こんな夢は嫌だ。変にリアルだ。恐ろしい。どうしていつものアースリリアの夢じゃないんだ。エリカはどこにいる。それにラギーラは……？

「起きて。ねえ君、起きて」

頰をぺちぺちと叩かれ、何度も胸を揺すられて、和男の意識ははっきりしてきた。薄目を開ける。あたりは薄暗い。「うーん」とうめきながら、上半身を起こそうとした。

その瞬間、ずきんと後頭部に痛みが走った。

「つう……！」

「ああ、急に動かないで。怪我してるんだから」

よろめく和男を、二本の腕が力強く支えた。はっとして顔を上げると、すぐ目の前に女の顔があった。暗がりの中、どこかから射しこむ弱い光を浴びて、幽霊のように白くぼうっと浮き上がっている。

若い女性だった。大学生ぐらいの年齢だろうか。頰が泥で汚れているが、それでも美しい人であることは分かった。どこかで見たような顔だ。そうか、京香《きょうか》に少し似てるんだ……。

気がつくと、和男は女に抱かれている格好だった。「わっ、ごめんなさい！」と、どぎまぎして身体を離す。その慌てぶりがおかしかったのか、女はくすっと笑った。

「良かった。元気そうね」

「あなたは……？」

「君をここにひきずりこんだ張本人よ。覚えてない？」

和男は落ち着いて、自分の横に座っている女を観察した。上から下まで迷彩服に身を固めている。ヘルメットも迷彩色で、ゴーグルが付いていた。射撃時にはゴーグルを眼の位置まで下ろすのだろう。肩からサスペンダーで吊《つ》るされたベルトには、弾入れ《ポウチ》がいくつも付いている。肘《ひじ》にはエルボーパッド、膝《ひざ》にはニーパッド。左の太腿《ふともも》外側に固定された四角い袋には、ガスマスクが入っているはずだ。足には黒い戦闘靴。傍らの床には黒光りする89式小銃が置かれている。

まさに現代の女戦士——座っている姿勢では分かりづらいが、身長は一七二センチの和男と大差ないようだ。それでいて「女傑」という印象は受けない。むしろ愛らしい顔といかめしい装備のアンバランスが、不思議な魅力を感じさせる。

（本物の装備……それに本物の女性自衛官《WAC》だ！）

和男は思わず惚《ほ》れ惚《ぼ》れと眺めてしまった。陸上自衛隊には女性隊員がいて、中には普通科部隊（歩兵部隊）に配属され、怪獣災害の前線で戦っている者もいると聞いたことがある。だが、まさかこんな至近距離でお目にかかれるとは……。

「そんなに珍しい？」

女は少し恥ずかしそうに笑った。和男は初対面の女性をじろじろ見つめていた無礼に気づき、慌てて手を振った。

「いいえ、そんなつもりは……」

「いいのよ。そんな視線には慣れてるから。一般人から見たら、私みたいな女は珍しいんでしょうね……」

「そんなことはありません！　戦う女性なんていくらでもいますよ！」

「どこに？」

「それは……」

フォローしようとして、和男は詰まった。「マンガやアニメの中」なんて答えたら、あきれられてしまいそうだ。

彼のとまどいを、女は無視した。

「君、状況を把握してる？」

「状況？」

「私たちがどこにいるか」

言われてようやく、和男はあたりを見回した。見覚えがあるショッピングセンターの地下の食品売り場だ。だが、無惨に破壊され、変わり果てている。北側の半分は天井が崩落し、膨大な瓦礫《がれき》に埋もれていた。見上げると、残った南側の天井も亀裂《きれつ》が入り、いつ崩れてくるか分からない状態だった。棚のいくつかは倒れ、缶詰やレトルト食品やシリアルの箱が、床いっぱいに散乱している。

彼らがいるのは南側の正面入り口の近くで、和男は弁当売り場のショーケースにもたれかかっていた。このあたりは比較的被害は少ない。だが、入り口のドアのガラスは砕けているし、その向こうにある地上へ通じる広い階段は、大きなコンクリート塊や鉄骨でふさがれている。その隙間から光が洩《も》れてきているので、この地階もかろうじて暗闇に閉ざされるのをまぬがれているのだ。

「閉じこめられてるのよ、私たち」

女はささやいた。平静を保とうとしているが、かすかな不安が感じられた。

「見ての通り、隙間はあるから、どうにか這《は》い出ることはできるけど、すぐ外にはあいつがいる……」

「あいつ？」

「怪獣9号よ。この建物に激突したの――覚えてないの？」

「怪獣9号――その単語を耳にしたとたん、和男の脳裏に、気を失う前の出来事が断片的にフラッシュバックした。

空を舞うドラゴンのシルエット。砲声。怒号。悲鳴。爆発音。戦闘車両のキャタピラの音。ヘリコプターの爆音。それに咆哮《ほうこう》。和男は走る。「やめなさい！　戻りなさい！」背後から女の声が聞こえる。息が苦しい。必死に走りながら空を仰ぐ。三五ミリ高射機関砲の曳光弾《えいこうだん》が、流星の雨となって空を流れる。ドラゴンに追いすがる何発もの対空ミサイルが、綾取《あやと》りのように青空に軌跡を描く。爆発。爆発。さらに爆発。怪獣の血が雨となって路上に降ってくる。「やめてくれーっ！」和男は叫ぶ。「ラギーラ！　ラギーラ！」ドラゴンの巨体が揺らぐ。和男はショッピングセンターの前で、立ちすくんで空を見上げる。「ラギーラぁ！」と絶叫する。ドラゴンのシルエットは急速に大きくなってくる。その時になってようやく危険に気づく。ドラゴンはまさに彼のいる場所に向かって落ちてくる。和男は恐怖のあまり動けない。「危ない！」女の声がして、肘をつかまれる。強引にひきずられ、階段を駆け下りる。空が真っ暗になったかと思うと、建物全体に衝撃が走る。大爆発に似た轟音《ごうおん》があたりを満たす。足がもつれ、最後の数段を転げ落ちる。そこに大量の瓦礫が落ちてくる……。

覚えているのはそこまでだ。

「思い出せた？」

「……ええ」

床にへたりこみ、うつむいてそう答えながら、和男は自己嫌悪に陥っていた。かすかに苦笑する。

（やっぱり、「目覚めたら異世界」……というわけにはいかないか）

その時、またあの「ぐおおおーう」という重低音が響いた。和男は驚いて顔を上げた。天井の亀裂の隙間から、埃が霧雨のように降ってくる。

「分かる？」女は人差し指を立てて天井を指し、小声で言った。「あいつはまだこの上にいるのよ」

和男はぞっとした。「……自衛隊の攻撃は？」

「さっき、作戦本部に連絡して確認したわ。私たちがここにいるから、攻撃がかけられないの。9号もそれを知ってるのか、この上に陣取って、動こうとしないらしい」

「じゃ、どうすれば……？」

「作戦本部からは『指示があるまで動くな』って言われた。今、向こうでも対策を協議してるはず……」

女は彼に携帯電話を差し出した。

「ごめんなさい。気を失ってる間に、君のケータイをちょっと借りたの。私の通信機は壊れちゃったから」

「……べつに、かまいませんよ」

とは言うものの、和男は内心、恥ずかしかった。彼のケータイの待ち受け画面は、アニメの美少女キャラクターの絵だったからだ。

しかし、女はそのことを気にしていないようだった。

「バッテリーの残量が少ないわね」

言われて、和男はケータイの画面を確認した。確かに、バッテリーの残量の表示は、バーがあと一本だけになっている。

「やたらに電話はかけられない。親御さんとの連絡も、しばらく遠慮して。大事な時にバッテリーが切れたら最悪だもの。幸い、ここはかろうじて電波が届くみたいだから、向こうからかけてくるのを待ちましょう」

「……はい」

「不安だろうけど、もう少し我慢して。必ず助けは来るから。指示があるまで、ここから動いちゃだめ。いいわね？」

「……でも、天井が落ちてきませんか？」

「落ちないことを祈るのね」

女は冗談めかして言ったが、和男は笑える気分ではなかった。

「というわけで、しばらくいっしょにいることになるから、お互いのことを少し知っておきましょうか」女は微笑んだ。「ええと……宇和島和男くん？」

「どうして……？」

僕の名前を、と言いかけて、和男は気づいた。携帯電話に登録されているプロフィールを見れば、名前なんてすぐ分かるではないか。

「高校生？」

「……一年です」

「この近くに住んでるの？」

「自転車で二〇分ほどのところです」

「ご両親は？」

「ごく普通のサラリーマンと、専業主婦です」

「私は……」

女は名乗った。それが「エリカ」と聞こえたので、和男はびっくりした。

「エリカ……？」

「英理子《えりこ》よ。篠《しの》英理子。平凡な名前でしょ？」

和男は「なんだ……」と落胆した。聞き間違いか。

「私の名前がどうかした？」

「いえ、『エリカ』って聞こえたもんですから」

「エリカって誰？」

和男は答えなかった。だが、英理子はさらに追及してくる。

「ラギーラって何？」

「……」

「叫んでたわよね、あの怪獣に向かって。『ラギーラ、ラギーラ』って。あれは9号のことなの？　9号の名前がラギーラ？」

また答えられない質問だ。和男は気まずくなって顔をそむけた。

「そんなこと……あなたに関係……」

「あるわよ」

英理子は冷たい声で、ぴしゃりと言った。和男はびくっとした。

「君があの怪獣を知ってるかどうかは大問題よ。9号のせいで、すでに大勢の犠牲者が出てる。もし、君があの怪獣を呼んだのなら——どうやってかは分からないけど——君の責任は重大よ」

英理子は静かな口調を乱さなかった。だが、笑顔は凍《い》てついている。冷たく不信に満ちた目で、和男を見つめている。

「どうなの？　君はあの怪獣を知ってるの？　それとも——」

「知りません！」和男は思わず大きな声を出した。

「だって、あの怪獣の名前を……」

「違います！　間違いだったんです！　あいつはラギーラなんかじゃなかった！　あいつは……あいつは……」

言葉を詰まらせた。悔しさと悲しさで、涙がぼろぼろとあふれ出す。

「……ラギーラなんかじゃ……」

英理子は少年の急変に驚いて、身を離した。ふと、近くに落ちていたトートバッグに視線を向ける。和男が持っていたものだ。

バッグからはオレンジ色のスケッチブックがはみ出していた。英理子はそれに手を伸ばす。その動きに気づいた和男が、「あっ、それは……」と止めようとした時は、もう遅かった。彼女はスケッチブックを抜き取り、ページを開いていた。

「これは……？」

英理子は怪訝《けげん》な顔をした。和男は観念した。もう言い逃れはできそうにない。

「どういうこと？」

彼女はスケッチブックを少年に突きつけ、静かに問い詰めた。

「この絵、君が描いたの？」

そのページには、大きな翼を開いて飛翔《ひしょう》しているドラゴンのイラストが描かれていた。9号によく似ている。翼の大きさや尻尾《しっぽ》の長さなど、微妙に違う点があるが、ぱっと見た感じではそっくりだった。隅には〈RAGEELA〉と書かれている。

「ずいぶん前に描いたものみたいね。9号を見てスケッチしたんじゃなさそう――9号が現われる前に描いてたの？」

和男は無言でうなずいた。胸がえぐられるような想いだった。

英理子は少年を無視し、さらにページをめくった。何ページか先で手を止める。ここからは見えなくても、和男には彼女が見ているものが分かった。

スケッチブックには、何ページにもわたって、金髪で半裸の少女の絵が描かれているのだ。ビキニのように小さな鎧《よろい》をまとった女戦士で、自分の身長ほどもある剣を振りかざしている。

その横には〈ERICA〉と書かれている。

「これがエリカ？　つまり君は、あの怪獣を自分の想像したドラゴンだと思いこみ、次に私を――」

「言わないでください‼」和男は爆発した。「あなたに何が分かるんですか⁉　その絵をちらっと見ただけで何が分かるっていうんですか⁉　僕がずっと夢見てきた、エリカや、ラギーラや、アースリリアのことが……！」

「静かに！」英理子は制した。「あいつに聞こえたら……！」

次の瞬間――

ぐおおおおおーっ‼

ひときわすさまじい咆哮《ほうこう》が地下の空気を震わせた。床もびりびりと振動する。まるで貨物列車がすぐ頭の上を通過しているようだ。陳列棚が揺れ、まだ棚に残っていた商品がばらばらと落下した。

「ひいっ⁉」

和男は頭を抱え、床に這《は》いつくばった。牛乳のパックが目の前に落下し、ぱっと白い液体を飛び散らせた。振り返ると、英理子も怯《おび》えた様子で、棚のひとつにしがみついていた。

バーンという何かが砕ける音がして、水が彼女の周囲に降り注いだ。はっとして和男が見上げると、天井の亀裂《きれつ》が大きく広がり、そこから水道管らしき金属パイプが顔を覗《のぞ》かせていた。応力がかかってへし折れたらしい。破断面から水をしたたらせている。

「危ない！」

和男は警告したが、間に合わなかった。再び大きな音がしたかと思うと、たくさんの瓦礫《がれき》や埃《ほこり》とともに、折れたパイプが落下してきた。英理子はかわそうとしたものの、パイプの直撃を受け、床に叩《たた》きつけられた。

英理子は動かなくなった。その上から、小さな礫《つぶて》や灰色の塵《ちり》が、ざあっと降りかかった。

2　生と死の世界

ようやく咆哮と振動が収まった。

和男は恐る恐る這い寄った。床にうつ伏せに横たわっている英理子は、全身が灰色の塵に覆われていた。

「英理子さん！　英理子さん！　しっかりしてください！」

泣きそうな気持ちで揺り動かした。どうしよう。彼女が死んでしまったら僕の責任だ。大声で騒いだせいで……。

幸い、彼女はすぐに眼を開いた。

「だいじょうぶですか⁉　怪我は⁉」

「あまり、だいじょうぶじゃないみたい……痛っ……」

英理子は痛みに耐えながら、身体を起こそうとした。和男も手を貸そうとしたが、右腕をつかんだ瞬間、彼女が「ああっ！」と苦痛の声を上げた。

「だめ……そこは痛い……」

「えっ？」

和男は見下ろした。英理子の迷彩服の右の上腕部に、黒っぽい染みができていた。それはじわじわと広がりつつある。

「ど……どうしよう……」

「痛みはそこがいちばんひどい……他は我慢できる……とにかく、起こして……」

「は、はい」

和男は彼女の右腕に触れないよう、抱き起こそうとした。まず寝返りを打たせ、姿勢を仰向《あおむ》きに変える。それから右手で彼女の左肩をつかみ、左手を右脇腹あたりに回して、抱き起こそうとした。だが、力が入らない。体勢が悪いのだ。

和男はとまどった。もっと密着すればいいのは分かっている。だが、どこまで接触していいのかが分からない。だいたい、母親以外の大人の女性に触れること自体、生まれて初めてだ。

「もっとしっかり抱いて……」と英理子。「遠慮しなくていいから……」

「は、はい……」

和男は思いきって抱きついた。右手を彼女の首の後ろに、左手を右脇腹から背中に回す。胸に柔らかいものが当たるのを感じるが、頭から振り払う。全力をこめて身体を引くと、彼女の上半身が起き上がった。

ほっとしたのもつかのま、また頭上で音がした。見上げると、大きく開いた天井の亀裂の中に、黒っぽくて四角いものが詰まっているのが見えた。あれは——一階売り場のレジスター!?

また小さな振動があり、レジががくんとずり落ちた。今にも落ちて来そうだ。英理子が小さな悲鳴を上げる。レジの位置はまさに、彼女の真上だ。おそらくは硬貨がぎっしりと詰まった何十キロもある機械。そんなものが三メートルの高さから激突したら、ただでは済まない。

脚もどこかやられたのか、英理子は自力で立ち上がれないようだ。和男は慌てて、彼女をお姫様だっこして退避させようとした。だが、持ち上がらない。考えてみれば、自分と同じぐらいの身長の女性なら、体重だって六〇キロやそこらはあるはずではないか。マンガやアニメのヒーローみたいに、軽々と女性を持ち上げられるわけがない。和男は自分の非力を嘆いた。

「早く!」

英理子に急《せ》かされ、彼は体勢を変えた。後ろから彼女の脇の下に手を入れ、ひきずって行こうとする。だが、右肩を持ち上げようとすると、また英理子が苦痛の声を上げた。

「そこはだめ！」と英理子。「胸を持って！」

「えっ⁉　で、でも！」

「いいから！　遠慮してる場合じゃないでしょ⁉」

「はい！」

和男は彼女の前に手を回し、思いきって胸のあたりをつかんだ。感触を味わっている余裕などない。「このお！」と踏ん張る。英理子の身体がずるずると動き出した。

いったん動き出すと、後は楽だった。ざーっと砂をこする音を立てて、一〇メートルほどもひきずってゆき、天井の損傷が小さい部分に移動させる。

その直後、亀裂からレジが落下した。さっきまで二人がいた場所に激突する。がしゃーんという大きな音を立てて砕けると、硬貨を派手にまき散らした。二人がいる場所まで、五〇〇円玉や一〇〇円玉が転がってくる。

和男たちは、ほっとため息をついた。

「……ありがとう。命の恩人ね」

「いや、たいしたことじゃ……」

「……もう放していいのよ」

「え？……あ！」

和男はまだ彼女の胸をつかんだままだったことを思い出した。慌てて手を放す。英理子は怒ってはいなかった。苦痛に耐えるので精いっぱいだったからだ。

「お願い……もうひと仕事してくれる？」

「何です？」

「この傷……応急手当して……傷口を洗って止血するの……やり方、分かる？」

「学校の保健の時間に……」

「それで十分よ……水と、包帯やガーゼの代わりになるもの、探してきて」

そう言いながら、英理子は自由の利く左手でヘルメットを脱ぎ捨てると、サスペンダーをはずしはじめた。

和男は急いで崩壊した食料品売り場を探し回った。ペットボトル入りのミネラルウォーターを二本、確保する。ガーゼに使えそうな布は無かったが、代わりにペーパータオルを何箱か見つけた。

戻ってくると、英理子はすでに迷彩服の上着のボタンをはずし終えていた。汗にまみれたランニングシャツがあらわになっている。和男はどぎまぎした。迷彩服の上からは分からなかった胸の大きさがはっきり分かる。

「脱ぐの手伝って」

英理子はだらんとなった右腕を差し示した。すでに服の右上腕部は、すっかり血で染まっている。和男はその袖《そで》を持ち、ゆっくりと引き抜いていった。血にまみれた布地が傷口からべりべりと剝《は》がれると、また英理子は苦痛にうめいた。

上着を脱がし終えると、右上腕部の凄惨《せいさん》な傷口があらわになった。切り裂かれた肉の断面が見える。アニメやマンガでは描写されないリアルな傷。見ているだけで痛みが伝わってくるようだ。気の弱い和男は正視できず、視線をそらそうとしたが、英理子に「だめ！　しっかり見て！」と叱咤《しった》された。

「よく見て！　まず水でしっかり洗うの」

「は、はい」

和男はミネラルウォーターを彼女の右腕にちょろちょろと振りかけた。「そんなんじゃだめ！　もっと勢いよく！」と指示される。やけくそになってボトルを振り、水を派手に浴びせかけた。半分以上は傷口ではなく、彼女の頭や胸にかかった。

「そんなものでいい」

二本目のボトルが空になった時点で、英理子は言った。塵が洗い流された傷口をじっくり観察する。

「良かった……破片は食いこんでないみたい」

「次はどうすれば？」

「ガーゼよ」

和男は傷の上に何枚もペーパータオルを重ねた。重ねても重ねても、紙はたちまち血に染まってしまう。和男は泣きたくなった。

「止血よ。上からきつく縛るの」

包帯代わりの布は無い。和男はやむなく自分のカッターシャツを脱いだ。その袖の部分を英理子の腕に巻きつける。

「ゆるいわ。もっときつく！」

「でも、きつく締めたら痛いんじゃ……？」

「血が止まらないと止血にならないでしょ!? いいからやりなさい！」

「はい！」

和男は覚悟を決めた。思いきって布をぎゅっと縛る。案の定、英理子は苦痛に顔を歪《ゆが》め、「くうっ……！」と声を洩《も》らした。思わず和男が手をゆるめると、また叱責が飛んだ。

「ちゃんと縛りなさい！」

「勘弁してください。僕、サディストの気《け》、ないんです」

「泣き言は聞かないわ。泣きたいのは私の方なんだから！　さあ！」

和男は涙を流しながら、どうにか止血を終えた。

その時、どこからかサンバのような陽気な音楽が聞こえてきた。和男の好きなアニメの主題歌のイントロだ。

「あれは……？」

「ケータイの着メロ……！」

和男は慌ててポケットを叩《たた》いた。さっき、英理子からケータイを返してもらった時、確かにポケットに入れたはずだ。だが今、ポケットには何も入っていない。さっきの騒ぎで落としたのか？

イントロが終わり、歌がはじまった。「♪ふぁふぁんふぁんふぁん、ふぁんたじー。どりりどりどり、どりーみん」と、舌足らずな女の子の声が地下に響く。

「早く出なさい！」

「えっ、でも……」

「本部が私たちの安否を確認してるのよ！　もし死んだと思われたら、攻撃が開始される！　早く！」

和男は慌てて立ち上がり、音源を探して走り回った。廃墟《はいきょ》と化した暗い食品売り場の中、緊迫感のかけらもない女の子の歌声が流れる。馬鹿にされているような気がして、和男は腹が立った。こんな歌を着メロにするんじゃなかった。

ようやく瓦礫《がれき》の中で明滅している携帯電話を発見した。急いでひっつかむ。

「もしもし⁉」

『もしもし⁉』太い男の声がエコーのように問い返してきた。『君は生存者か？　無事なのか？　篠一等陸士は⁉』

「ちょっ、ちょっと待ってください！」

和男は英理子のところまで駆け戻り、ケータイを差し出した。

「はい、篠です」

英理子は冷静さを取り戻し、電話で現状を的確に報告した。怪獣が突然、動き出したので、天井の一部が崩れてきたこと。自分が右腕を負傷したこと。天井はなお危険な状態で、いつ崩れてくるか分からないこと……。

しかし、和男のスケッチブックのことや、怪獣が暴れたのは彼が大声を出したせいかもしれないということは、一言も触れなかった。

連絡を終えると、彼女は「はい」とケータイを和男に返した。

「今度はちゃんとポケットに入れておいて。落とさないように」

「あの……」

「何？」

「言わなかったんですね、僕のこと」

「何を言うの？　あのスケッチブックのこと？」

「ええ……」

「そんなの」英理子は苦笑した。「関係ないじゃない。今のこの状況に」

「でも……」

「君がイラストを描いたからって、あの怪獣が出てきたなんて、誰も思わないわよ。そんなこと信じるのは、頭のおかしい奴よ」

「そうですね……」和男はしょんぼりとした。「頭がおかしいですよね……」

英理子からナイフを借り、傷口を縛ったカッターシャツの腕の部分を切断した。残りの部分を利用して、即席の三角巾《さんかくきん》を作り、英理子の右腕を首から吊《つ》るす。痛みが少しはましになったらしく、彼女はほっとひと息ついた。

「ありがとう。助かったわ」

「他はだいじょうぶですか？　脚とかは？」

「ああ、ちょっと足首をひねっただけみたい——肩貸して」

和男は肩を貸し、英理子を立ち上がらせ、歩く練習をさせた。少しぎこちないものの、肩を支えてやれば、立つことも歩くこともできた。

「ちょっとずきずきくる程度ね。でも、走るのは無理そう」

和男は上の空だった。二人三脚のような体勢で英理子の左肩を支えているので、右半身は彼女の身体に密着している。やはり身長は同じぐらいだ。首の後ろに回された腕に、ずっしりとした重みと温かさを感じる——二次元の女の子には無い存在感。

ちらっと横を見る。ヘルメットを脱いだ英理子は、髪をボーイッシュに短くカットしていた。この人にはロングヘアの方が似合うのにな、と思う。さらに視線を下ろすと、むきだしになった鎖骨の下に、ランニングシャツに覆われた胸のふくらみが見えた。この角度からだと谷間が覗《のぞ》きこめる。おまけに、さっき水をかけた拍子にシャツが濡《ぬ》れ、ブラジャーの線が浮かび上がっている……。

(何を考えてるんだ!?)彼は自分を叱りつけた。(不謹慎だぞ。こんな死ぬか生きるかって時に)

あたりをぐるっと歩いたところで、英理子は言った。

「もういいわ。座らせて」

壁の近くまで行き、少しずつ腰を落として、英理子を座らせようとした。途中、彼女が少しよろめいたので、右の腰に手を回して支えた。また抱き合う格好になった。

彼女の顔が目の前、ほんの数センチの距離にある。自分を見つめている。和男は耐えられなくなって、また顔をそむけた。

「……女性とこんなに近づくのは初めて？」

まるで心を読んだかのように英理子がささやいたので、彼はびくっとした。

「は……まあ……そうですけど」

「……和男くん？」

「何ですか？」

「君、友達が少ないのね」

「…………」

「ごめんなさい。さっき、最初にケータイを借りた時に、アドレス帳を見たの。どういう人なのか知りたかったから。登録がすごく少ないよね。家と学校以外に、ほんの数件……」

和男は無言で、彼女を床に下ろした。

「誤解しないで。君を蔑《さげす》んでるんじゃないの。ただ、君のことを知りたかったから」

「……ステロタイプですね」

「は？」

「僕にステロタイプなイメージを抱いてるんでしょ？」和男は自嘲《じちょう》の笑いを洩らした。「スケッチブックに女の子の絵を描いて喜んでる根暗なオタク。三次元の人間とつき合うのが苦手の孤独な少年。現実世界に何の喜びも見出《みいだ》せなくて、夢の世界に逃避してる……」

「そんなことは……」

「いいんですよ。その通りです。そのイメージは何も間違っちゃいません」

「和男くん……」

「僕は……頭が変なんです」彼はすすり泣きはじめた。「現実と夢の区別がつかなくなってた。自分でも分かってたはずなのに……ラギーラが実在するはずなんかないって！……アースリリアは僕の頭の中以外、どこにもあるはずないって！」

3　すべては彼の意のままに

アースリリアの夢を見るようになったのは、小学校五年の頃だった。

きっかけは、学校の図書室で借りたファンタジー小説だった。魔法が存在する異世界が舞台で、平凡であまり勇敢でもない少年が、一匹のドラゴンと出会い、戦乱の渦に巻きこまれてゆくという物語だ。後から思えば、よくあるパターンの話だった。

和男はその話に夢中になった。主人公が最初のうち、育ての親である叔父夫婦《おじ》から疎まれたり、力が弱いのを他の子供たちにからかわれたりする場面で、自分の境遇と重ね合わせ、共感を覚えた。

彼の両親は仲が悪く、しばしば家庭内で激しく口論した。彼らの怒りの矛先は、しばしば幼い和男にも向けられた。和男は両親を刺激しないよう、家の中では無口になった。するとは今度は「陰気臭い子だ」と罵《ののし》られるようになった。どうしていいか分からなかった。

学校ではいじめに遭った。背は高いのに運動神経が鈍く、暗い印象のある和男は、しばしば攻撃の的になった。「子供は純真だ」などという言葉は妄想にすぎないことを、彼は一〇歳ですでに思い知っていた。子供たちは罪悪感のかけらもなしに、和男を罵り、いたぶり、残忍な方法で苦しめるのだ。

だから和男は、小説の主人公の少年に感情移入した。少年は最初のうち、怖気《おじけ》づいてなかなか行動を起こさない。だが、しだいに正義の心と使命感に目覚めてゆく。クライマックスでは、ドラゴンの背中にまたがって悪の軍団を蹴散《けち》らし、囚《とら》われの少女を救い出すなど、大活躍をする。和男は気分がすかっとした。

その本を何度も読み返した。特に主人公がドラゴンに乗って空を飛ぶシーンが印象的で、ノートの余白や使用済みのコピー用紙の裏などに、自分が乗りたいと思うドラゴンの絵をよく描いた。色鉛筆できれいな緑色に塗り、ラギーラという名前もつけた。

やがて夢を見るようになった。

夢の中では彼はラギーラに乗って、異世界の空を飛んでいた。とても真に迫った夢だった。顔に当たる風、太陽のまぶしさ、ドラゴンの鱗《うろこ》の手触り、急上昇したり急降下したりする際のGの変化なども、現実の体験と同じぐらいリアルに感じられた。多くの夢と同じく、見ている間は夢だとは自覚できず、自分は本当に異世界に来たのだと思っていた。

家で母に怒られ、学校でいじめられるたびに、彼は妄想した。これは現実じゃない。悪夢なんだ。本当の僕は異世界でドラゴンに乗っているんだ。いつかベッドの上に戻ることなく、あの世界でいつまでも暮らせるようになるんだ……。

中学に入っても、絵を描き続けた。たくさん描いたので、自然に上手《うま》くなってきた。ラギーラだけでなく、夢で見た異世界の森や湖や城や動物たちも描くようになった。彼はその世界をアースリリアと名づけた。

中学二年の夏からは、絵に他の要素も入れるようになった。女の子だ。ちょうど同じ学校の剣道部の桜野京香《さくらのきょうか》という少女に恋心を抱いていた時期だった。偶然、市民プールで、ビキニ姿の京香を見かけた時には、幸福のあまり卒倒しそうになった。

その夜のうちに、プールサイドに立つ京香のイメージで、エリカというキャラクターを創造した。ビキニのようなアーマーを着せ、長い剣を持たせた。両親をモンスターに殺され、復讐《ふくしゅう》のために戦士となったという設定にした。

誕生するとすぐ、エリカはごく自然に和男の空想世界に溶けこんだ。夢にもよく出てくるようになった。エリカがピンチの時に和男はさっそうと駆けつけ、敵をやっつけて彼女を救出した。彼女を後ろに乗せて、ラギーラで雲の上を飛翔《ひしょう》した。美しい湖のほとりでキスをした……。

その一方、大嫌いな母親や、学校で自分をいじめている連中は、悪役として登場させ、悲惨な死に方をさせた。

和男の空想が複雑化するにつれ、夢の中のアースリリアはますます現実味を帯びていった。彼はアースリリアの地理を完全に把握した。どこにどんな山があるか。首都はどこで、周辺にはどんな街があるか。どんな人たちが暮らしているのか——エリカだけでなく、多くの住人の顔も、克明にイメージできるようになった。

アースリリアはもはや、もうひとつの完璧《かんぺき》な現実だった。何週間かに一度、その夢を見るたびに、彼は今度こそ本当にアースリリアに来たのだと信じ、有頂天になった。そして自宅のベッドの上で目を覚ますと、夢にすぎなかったと気づき、悲しい思いをした。

京香と同じ高校に進んだ。とは言っても、ろくに言葉を交わしたことはなかった。クラスも違った。だが、通学のバスの中で彼女の横に立ったり、学校の廊下ですれ違ったり、体育館で剣道の稽古《けいこ》をしている彼女を眺めたりしているだけで幸せだった。遠くからひそかに愛《め》でていただけで、声をかけるなど思いもよらなかった。京香の方では、彼の想いになどまったく気づいていなかっただろう。それでも和男は、彼女がいつか自分に気づいてくれる、自分の恋人になってくれると信じていた。

文化祭が迫ったある日、クラスメイトたちのうわさ話が耳に入った。京香が男子剣道部の主将とつき合っており、二人はすでに親密な関係だというのだ。文化祭の当日、あるクラスの模擬店で、京香がその男子と向かい合ってクレープを食べながら、親しげに話しているのを目撃した。その様子から、和男はうわさが真実だったと悟った。京香の顔はとても幸福そうだった。

僕の恋は終わった――と、和男は思った。

それから一週間、彼は惰性で学校に通った。もう京香の姿など見たくなかった。唯一の歓《よろこ》びが失われた今、学校生活にひとかけらの輝きもありはしなかった。いっそ、登校拒否してひきこもりたいと思った。だが、母親にどやされて、それもできなかった。

もうこの世界のどこにも、自分の居場所はない。

そんなある日、数週間ぶりでアースリリアの夢を見ていたら、母親に揺り起こされた。

「怪獣が出たのよ」と母は言う。居間に足を踏み入れて驚いた。テレビの臨時ニュースが、彼の住む県に空を飛ぶ大型怪獣が出現したと報じていた。まったく前兆のない突然の出現だ。怪獣が海を渡って飛んできたのか、地中に眠っていたのが復活したのかも分からなかった。飛行怪獣は行動範囲が広いので、すでに県の全域に警戒警報が発令されていた。両親も避難の準備をはじめていた。

画面には、テレビ局のカメラマンが望遠レンズで撮影した怪獣の姿が、繰り返し映し出された。

ラギーラだ――と直感した。遠くからの映像なので細部は分からないが、全体のシルエットや、太陽にきらめくエメラルドグリーンの体表など、夢の中で見るラギーラに驚くほどよく似ていた。

その瞬間、和男の中で、心を現実世界につなぎとめていた細い糸が、ぷつんと切れた。

彼は両親の制止を無視し、トートバッグにスケッチブックだけを突っこんで、家を飛び出した。他のものは必要なかった。財布？　学生証？　そんなものはもう不要だ。ラギーラがアースリリアから僕を迎えに来てくれたのだ。僕は日本円の通用しない世界、高校になど通わなくていい世界に行くのだ。

スケッチブックだけは持って行こう。向こうに着いて、エリカに会ったら見せるのだ。僕がどれほど前からこの世界に来ることを夢見ていたか。どれほど前から君のことを想っていたか……。

彼は自転車を走らせた。県外に避難する人々の列とは逆の方向に。道案内は必要なかった。すでに前方からは、ダダダダという機関銃の銃声が聞こえていた。空を舞う怪獣のシルエットも、建物の間にちらちら見え隠れしていた。

自衛隊が県道を封鎖していた。怪獣がいるはずの場所まで、あと少しだ。彼は自転車を乗り捨て、刈り入れの終わった田んぼを走った。自衛隊員が彼に気づき、「止まりなさい！」と言いながら追ってきた。しかし、和男は立ち止まりはしなかった。怪獣に向かってひたすら走り続けた。

ラギーラが自分をアースリリアに連れて行ってくれると信じて。

和男がすすり泣きながら話を終えると、英理子は投げやり気味に「……どうしようもない話ね」と言った。

「まあ、空想にふけるのは悪くないわよ。私だってマンガぐらい読むから——でも、夢と現実をごっちゃにするのはまずいわね」

「……分かってます」

「いいえ、分かってない。分かってないからこんなとこまで来たんでしょ？」

「…………」

「アースリリアだっけ？　その世界が仮にどこかに実在してたにしてもよ、そこに行ったら幸せになれると本気で信じてたの？」

「なれないって言うんですか？」

「無理ね。この地球上で考えてみれば分かるでしょ。想像してごらんなさい。アフリカとか南米とか中央アジアあたりには、今でも電気の通っていない地域や、戦乱の続いている地域がいくらでもあるのよ。そんな国に君が行って、そこでヒーローになれる？　いいえ、そもそも、そんな国で生きていける？　日本みたいな豊かな国で、何の不自由もなしにぬくぬく育った君が？」

「…………」

「自分が不幸せだと思う？　満たされていないと思う？　この国には何も楽しいことなんかない？　そんな寝言は、他の国を見てから言いなさい。今も生死の境に立たされている人がどれだけいるか。日本に生まれた君はどれほど恵まれてるか。それなのに空想の世界に——電気もガスもカップラーメンも水洗トイレもない中世の国に行きたいと思うなんて、贅沢《ぜいたく》もいいところよ。

断言するわ。アースリリアに行っても、君は幸せになれない。野垂れ死にするだけ。現実逃避って言うけど、君には逃避できる場所なんて最初から無いのよ」

それは和男には死刑宣告のように聞こえた。

「じゃあ、どうしろって言うんですか？」

「現実と戦うべきだったのよ。その女の子の件だってそう。君は告白どころか、ぜんぜんアピールもしてなかったんでしょ？」

和男は亀のように首をすくめた。「だって、告白したらフられるかもしれないし……」

「そうね、フられる可能性は大ね。でも、アピールしなかったら、好かれる可能性はゼロよ——それとも、どこぞのマンガみたいに、風采《ふうさい》の上がらない少年を美少女が勝手に好いてくれると思ってた？」

「…………」

「そういう考え方をしている時点で、君の失恋は最初から確定していたの。世界のせいにしちゃいけない。君のせいよ。

当たって砕けるべきだったのよ。砕けたって死ぬわけじゃないんだし。失恋のひとつやふたつ、どうしたって言うの？　たとえ可能性は低くても、次々と恋をして、何人もの女の子にアタックを繰り返せば、いずれは君を好きになってくれる子にめぐり逢《あ》えるかもしれないじゃない」

「気楽に言わないでください」和男は口をとんがらせた。「失恋ってのは……胸がすごく痛いんです」

「分かってるわよ。私が失恋したことがないとでも思ってる？　ええ、そう。すごく傷つくわよね。君と同じ年の頃にね、同級生のかっこいい男の子に告白したことがあったの。でも、断られた。何て言われたと思う？」彼女は苦笑した。『僕は自分より小さい女の子が好きなんだ』って」

「ひどいですね。英理子さんの魅力を分かってませんね」

「ええ、傷ついたわよ。その後も、何人もの男にフラれた。そのたびに苦しい想いをした。自分の男を見る目のなさを嘆いたり、相手の男を恨んだりもした。でも、人を愛することをやめようと思ったことはないわ。

今もそう。機会があれば恋をしたいと思ってる。でも、自衛隊員って恋愛がしにくいのよ。普通の職業の人と違って、日曜や祝日に必ず休めるわけじゃないし、門限もきびしいから、なかなかデートもできない。それに、遠くの基地に転属させられて離れ離れになることもあるし……」

「それなのにどうして自衛隊に入ろうと思ったんですか？」

「仇討《あだう》ち……かな」

「仇討ち？」

「家族を殺されたの。私が小さい頃、怪獣に」

和男はショックを受けた。

「平成五年、北海道よ。知ってる？」

「はあ、少しは……」

以前、平成五年の怪獣災害の実写映像をテレビで観たことがあった。夜間に突如、海からＭＭ７級の怪獣が上陸して、多くの集落を破壊し、二〇〇人以上の死者を出したのだ。

「私はまだ幼かったけど、鮮烈に記憶に残ってる。夜空の下をのし歩いていた、山のように大きなあいつの背中を……」

「……………」

「その災害で、私は家族を一瞬で失った。札幌の親戚《しんせき》の家に引き取られて育てられたの。そのことで心に深い傷を負ったわ。怪獣の恐ろしさも身に染みた。でも、私はその記憶から逃げはしなかった。むしろ怪獣に立ち向かいたいと思うようになったのよ。私みたいな子供を、二度と出さないようにね」

「……不思議ですね」

「何が？」

「エリカの境遇と似てるんです。彼女もモンスターに親を殺されたという設定にしてました」

「面白い偶然ね」英理子は笑った。「まあ、私は裸で剣を振り回したりはしないけどね」

だが、和男はただの偶然のような気がしなかった。怪獣がラギーラに似ていたことや、エリカと英理子という名前の類似も含めて、自分の空想が奇妙な形で現実と共鳴しているように思えた。

その考えを口にしようとした時、また着メロが鳴った。和男はすぐにケータイを英理子に差し出した。

「はい、篠です」

今度の電話はかなり長かった。英理子は「はい、はい」とうなずきながら、おとなしく聞いていた。だが、その表情がしだいに険しくなってくるのを、和男は見逃さなかった。

やがて彼女は「了解しました。待機します」と言って電話を切った。

「どうなんですか？　助けはいつ来るんですか？」

「誰も来ない。ここに近づけないの」英理子の表情は悲痛だった。「私たちは自力で脱出しなくちゃいけない」

4　栄光の報酬

「今、このショッピングセンターの西と東、五〇〇メートルの距離に狙撃《そげき》班を配置してるところ」

彼女は埃《ほこり》にまみれた床に図を描いて説明した。

「9号はこんな風に、頭を南に向けて、南北にねそべってる。頭がちょうど、あの階段の真上あたり。今から一時間後、午後三時ジャストに、東西から同時に、あいつの眼を狙って狙撃する。中MAT——87式対戦車誘導弾でね。あれはレーザー誘導方式だから、かなり命中率が高い。うまくすればあいつの視力を奪える」

「眼を潰《つぶ》す⁉　でも、そんなことをしたらあいつが暴れ出すんじゃ？」

「そうよ。暴れた拍子に天井が落ちる危険が大きい。だから、寸前まで階段の途中で待機していて、攻撃が開始されたらすぐ外に飛び出すの。狙撃が成功していたら、あいつは眼が見えなくなってるはず。その隙に逃げるの。ここから二〇〇メートル西に川があって、小さな橋がかかってる。私たちがその橋を渡ったら安全と判断され、戦車隊が一斉に攻撃を開始して、とどめを刺す……」

「そんな！　無茶ですよ。狙撃が失敗したらどうするんですか⁉　それに、あいつが暴れ回って、踏み潰されるかも……」

「分かってるわ。攻撃に気を取られて、私たちに気がつかないことを祈るしかない」

「何かもっとましな方法はないんですか!?　ガス弾か何かで眠らせるとか――」

「ガス弾が効果あるのは、せいぜいMM3ぐらいまでよ。あんな大きな奴には効かないわ」

「でも――」

「ねえ、分かって」抗議しようとする和男を、彼女はさえぎった。「みんな、手をこまねいてたんじゃないの。いろいろ試してみたのよ。旗を振って怪獣をおびき寄せようとしてみたり、怪獣の死角から接近しようとしたり。でも、どれもうまくいかなかった。それに、ここの天井はいつ落ちてくるか分からない。だから危険だと分かっていても、脱出するしかないの」

「せめて夜になるのを待った方が……」

「それまで天井が保《も》つかどうか分からない」

「でも……」

「腹をくくりなさい。恋愛と同じよ。敗北を恐れて何もしなかったら、敗北あるのみ」

英理子はそう言いながら、片方の足をひきずって歩き出した。さっきまでより痛みはましになっているようだ。床に置いておいた89式小銃を拾い上げる。

「和男くん、こっちに来なさい」

「何ですか？」

「これを持って」

和男は近寄って小銃を受け取った。長さは六七センチ、重量は三・五キロ。腕にずしりと重い。

「負い紐《スリング》を肩からかけて。それと、右手はグリップに添えて、左手は……」

「ちょ、ちょっと待ってください」和男は慌てた。銃を放り出しそうになる。「何ですか、それ？　まさか僕にこれを撃たせようって言うんじゃないでしょうね？」

「そのまさかよ」

「ええ⁉」

「丸腰で逃げるのは危険すぎる。でも、私の腕はこの通りだから、代わりに撃ってくれる人が必要なの。もちろん、あいつを倒せなんて無茶は言わないわ。あいつが私たちを食おうとして口を近づけてきた時に、顔面めがけて撃つの」

「僕は銃なんか撃ったことありませんよ！」

「テレビゲームの中ではよく撃ってるんじゃないの？」

「本物の銃はありませんよ！　だいたいこれ、五・五六ミリでしょ⁉」

「よく知ってるわね」

「こんなもんがあの怪獣に通じるんですか？　針でつついてるようなもんじゃないですか？」

「針で顔をつつくだけでも、ひるませる効果ぐらいはあるわ」

「でも——」

和男はなおも言い募ろうとする。英理子は彼の肩に手を置き、真正面から眼を見つめた。和男はまた顔をそむけようとする。

「視線をそらさないで」英理子は静かに、しかし強い意志のこもった口調で言った。

「現実を見つめて」

「だって——」

「私だって普段なら絶対に民間人に銃なんか持たせない。でも、今は非常時よ。生き残るためにできることは何でもしなくちゃいけない。君に銃を持たせることで、生き残る確率がコンマ何パーセントかでも上がるなら、私はそうするわ。君が食われた後で、『ああ、銃を持たせておけばよかった』なんて後悔、したくない。

こわい？　ええ、私もこわいわよ。内心、がたがた震えてる。でも、震えてるだけじゃどうにもならないのよ。この恐怖から逃れる唯一の道は、恐怖に立ち向かうこと。それ以外の選択肢は、すべてデッドエンドよ。

選びなさい、和男くん。ここでうずくまって泣きながら死を迎えるか。それとも、戦って生き残る可能性に賭《か》けるか」

和男は悩んだ。恐怖におびえながら考えた。今まで自分はずっと逃げてきた。親や同級生や世間を恨んだが、状況を改善するための努力を何もしなかった。好きな女の子がいても、彼女の愛を獲得するためのアクションを何も起こさなかった。夢の世界に逃避することだけを考えていた。英理子の言う通り、敗北するのは当たり前だ。

生きたいなら、幸福をつかみたいなら、戦うべきなのだ。

「……分かりました」しばらく悩んだ末に、彼は決意した。「戦うことを選びます。夢の世界に偽りの幸せを求めるなんて、もう嫌です。どんなにつらくても、僕は現実に生きたい」

「よく言ったわ」英理子は微笑んだ。「そうと決まったら、銃の扱い方を教えるわ。時間がないから、大急ぎで叩《たた》きこむわよ。いい?」

「はい!」

英理子は基本的なことから教えはじめた。

「銃の右側を見て。引き金《トリガー》の少し後ろに小さなレバーがあるでしょ?」

小銃の側面には、腕時計の針ぐらいの大きさのレバーがあった。グリップに手をかけたまま、右手の親指で操作できるようになっている。その周囲には〈ア〉〈タ〉〈3〉〈レ〉という白い文字が印刷されている。レバーは今、〈ア〉を指していた。

「それが射撃モードを切り替えるレバー。今は〈ア〉、つまり安全装置がかかってるから、トリガーを引いても弾は出ないわ。指示するまで触らないで。〈タ〉は単発。トリガーを引くと一発ずつ撃てる。〈3〉は……」

「三点制限点射《スリー・ショット・バースト》ですね。トリガーを引くたびに三発ずつ発射する。〈レ〉は連射モード」

英理子は感心した。「その通りよ。よく知ってるわね」

「ミリタリー関係もちょっと興味あるもんで」

自慢する和男。その知識は『萌《も》え萌え銃器ガイド』というオタク向けの解説本から得たものであることは黙っていた。

「この銃は連射モードだと一秒間に一四発も出るの。初心者は興奮するとトリガーを引きっぱなしになって、あっという間に撃ちつくしてしまう。だから撃つ時は〈3〉にしておきなさい。左側にも同じレバーが付いてるから、右側のレバーが使いにくい時は左手で切り替えるといい。それと、銃身の先に付いているこれが照星《フロントサイト》で、これが照門《リアサイト》……」

それから一時間近く、英理子は銃を撃つ時の体勢を徹底的に教えこんだ。膝射《ニーリング》、ダブル・ニーリング、しゃがみ射ち《スクワッティング》、伏射《プローン》、モディファイド・プローン。グリップの握り方。左肘《ひだりひじ》の位置。脚の角度……弾倉の交換のやり方も教え、何度も練習させた。和男にとってはすでに本で読んで知っていることばかりだったので、少し教わっただけでコツをつかめた。英理子は「筋がいいわね」と誉めた。

そうこうするうち、攻撃の予定時刻が近づいた。

「本当に撃つ練習もさせたいんだけどね」英理子は残念そうだった。「でも、銃声が怪獣を刺激するかもしれないから」

「いいです。英理子さんの教え方が上手《うま》かったから、だいたい分かりました。後はぶっつけ本番でどうにかなります」

「たいした自信ね。でも、自信を持つのはいいことよ」

「はい——あの、英理子さん、個人的にひとつ質問があるんですけど」

「何？」

和男はためらった。こんなことを言ったら嫌われるかもしれないと、ふと不安になったのだ。だが、思い直した。自分はもう逃げないと誓ったのではなかったのか。

当たって砕けろだ。

「今、つき合ってる男性はいますか？」

「いないわ」

「だったら——ここから生きて脱出できたら、僕の恋人になってくれませんか？」

英理子はぽかんと口を開けた。

「誤解しないでください。不真面目な気持ちじゃありません」和男は早口でまくしたてた。「さっき、生き残る可能性をコンマ何パーセントか上げるためなら何だってするって言いましたよね？　僕にとっては、これがそうなんです。英理子さんとつき合えるなら、僕はがんばれます。その期待があれば、実力以上の力が出せると思うんです」

だが、英理子はすぐに返答せず、複雑な表情で黙りこくっていた。

「だめですか？」和男はすがるように言った。「僕、若すぎますか？　年下の男は好みじゃありませんか？」

「いいえ」英理子はかぶりを振った。「歳は関係ない。私が好きなのは、勇敢で強い男性よ」

「だったら僕、英理子さんのために勇敢になります！　強くなります！」

和男の勢いに、英理子はぷっと噴き出した。

「参ったわね。そんな情熱的なプロポーズ、されたことがない。顔が火照っちゃう」

「どうなんですか？　受けてくれますか？」

「言ったでしょ？　自衛隊員との恋愛って、いろいろ面倒なのよ。その覚悟はある？」

「そんな障害なんて！」和男は笑い飛ばした。「怪獣に比べたらたいしたことないですよ」

「確かにそうね」彼女はうなずいた。「分かった。受けるわ」

「やった！」

「ただし」彼女は和男に指を突きつけた。「必ず生き残るのよ。死んだら何にもならない」

「分かってます」和男は力強く、なかば自分に言い聞かせるために言った。「こんなところで死ぬわけにいきませんよ。人生で初めてつかんだすごい幸運なんだから！」

攻撃予定時刻の三分前。二人は正面階段を占拠しているコンクリート塊の間をすり抜け、階段を途中まで上がった。広い青空が見える。この位置からでは、怪獣の姿は死角になっていて見えない。だが、耳を澄ませると、ごうっという大きな呼吸音が頭上から聞こえた。確かにこの真上にいるのだ。

和男は英理子からヘルメットとゴーグルを借りていた。ゴーグルは射手の必需品だ。小銃を発射する際、ごくまれに、銃に付着していた微細な異物が飛び散り、眼を傷つけることがあるからだ。さらに、弾入れ《ポウチ》の付いたベルトを腹に巻き、肩からサスペンダーで吊《つ》るしていた。予備の弾倉は三〇発入りが六本、計一八〇発を携行している。アクション映画のヒーローになったような気分だ。

怪獣に気づかれてはまずい。二人は身を縮め、息をひそめた。言葉も交わさなかった。

英理子は無言で腕時計を示した。秒針がゆっくりと回転している。それが〈12〉を指した時、狙撃が行なわれるのだ。

二人はじっと待った。針はじわじわと進んでゆく。一五秒前。一〇秒前。五秒前。四、三、二、一……。

ババーン！

二つの爆発音がほとんど同時に聞こえた。「今よ！」英理子の合図で、二人は飛び出した。散乱した瓦礫《がれき》をよけ、県道を西へと走る。はるか前方に、川の名前を表示している看板が小さく見えた。あれが目標だ。

背後では怪獣がすさまじい悲鳴を上げていた。激しくのたうっているらしく、ずしんずしんという震動が道路を震わせている。何かが崩れる音がする。きっと地階が崩れ落ちたのだ、と和男は思った。

足を負傷している英理子は、あまり速く走れない。彼女をかばうように、後ろをついて走りながら、和男はふと振り返って見上げた。クレーンのように巨大な怪獣の首が、空中で大きくしなっているのが見えた。その右眼からは激しく血が噴出している。

やったか――と、歓喜しかけて、和男は凍りついた。怪獣が首をめぐらせ、顔の左側が見えたのだ。左半分も血にまみれているが、眼は無傷で、大きく見開かれていた。東側からの狙撃が失敗したのだ！

その眼球がぎょろりと下を向き、和男と視線が合った。

「走って、英理子さん！」

和男は叫んだ。怪獣は二人に向かって身を乗り出し、長い首をぬーっと差し伸べてきた。口を大きく開き、嚙《か》みつこうとしてくる。ずらりと並んだ白い歯や、洞窟《どうくつ》のような咽喉《のど》の奥が見えた。

和男は三点制限点射《スリー・ショット・バースト》で発砲した。自分で銃声に驚き、思いがけない反動の大きさによろめいてしまう。だが、持ちこたえた。体勢を立て直し、足をしっかり地に踏ん張って、怪獣の口の中を狙い、射撃を繰り返す。何度も、何度も。

口の中にちくちくと痛みを感じたのだろうか。怪獣は不快そうに頭を後退させた。和男も三連射一〇回で三〇発を撃ちつくしていた。怪獣に背を向けて走りながら、弾倉止めボタンを強く押して空の弾倉を引き抜き、投げ捨てる。ポウチから新しい弾倉を取り出して装填《そうてん》した。

怪獣が大きく翼をはばたかせた。突風が路上を駆け抜ける。

「あっ！」

背後から風にあおられ、英理子が転倒した。「だいじょうぶですか!?」和男は駆け寄り、彼女の横にひざまずいた。英理子はどこかぶつけたらしく、うめいていた。

ぐおおおおーう！

怒りの重低音が響き渡る。怪獣は今や、残った左眼にはっきりと憎悪の色を浮かべ、和男たちに迫ってきていた。右眼を潰《つぶ》したのは彼らだと誤解しているのかもしれない。

怪獣の注意をそらそうと、小型の対戦車ミサイルが次々に発射された。和男たちの頭上を飛び越え、怪獣に命中する。しかし、胴体や翼に当たり、ますます怪獣を怒らせるだけだった。怪獣は再び頭を下げ、和男たちに迫ってきた。

その洞窟のように大きな口を見上げ、絶望と恐怖を覚えながら、和男は悟った。こいつはラギーラなんかじゃない。夢の世界への案内役なんかじゃない。その逆だ。こいつこそが「現実」だ。人生に立ちはだかる障壁。小さな人間をもてあそぶ、巨大で理不尽な存在。弱い者を追い詰め、希望を奪い、最後には噛み砕くのだ。

その瞬間、絶望も恐怖も凌駕《りょうが》する激しい怒りが、むらむらと湧き起こった。こんなやつに食われてたまるか。最後の最後まで抵抗してやる！

「うおおおおおーっ!!」

和男は発砲した。三連射では効かないと見て、連射モードに切り替えて撃った。怪獣の口の中で、弾丸が歯に当たってはじけたり、柔らかい舌からぱっぱっと血が飛び散るのが見えた。

怪獣は再び退いた。和男も三秒足らずで全弾撃ちつくしていた。また弾倉を交換する。

「英理子さん、起きられますか⁉」

「な、何とか……」

「なら起きて！　走ってください！」

英理子はよろよろと起き上がり、足をひきずって歩きはじめた。和男は絶望した。だめだ、これでは追いつかれる。

ここでどうにか食い止めないと。

「こっちだ！　こっちに来い！」

和男は左腕を大きく振り回しながら、怪獣の左側――まだ眼が無傷な側に走った。怪獣は少年に注意を惹《ひ》かれた。首をゆっくりと左にめぐらせつつ、また頭を下げてくる。怒りに燃える眼が近づいてくる。

今だ！

和男はその眼を狙って発砲した。その多くは厚い鱗《うろこ》に当たってはじかれた。だが、一発だけが眼球の隅に命中した。怪獣は一瞬、痛みにひるんで眼を閉じた。その隙に和男は四本目の弾倉に交換した。

怪獣が痛みに耐えながらそろそろと眼を開いた時、和男はすでに、英理子から習った膝射《ニーリング》の姿勢で身体を安定させ、正確に照準を終えていた。直径一メートル近くある眼球だ。この距離ならめったなことではずさない。

「食らええええええええええーっ!!」

叫びながら三〇発すべてを眼球に叩《たた》きこんだ。怪獣は角膜と水晶体を打ち砕かれ、悲鳴を上げた。

「英理子さん!」

和男は身をひるがえし、英理子を追った。すぐに追いつき、肩を貸した。川の名前の看板がだんだん大きくなってくる。

二人は支え合って西へ、川に向かって走った。逃げながら振り返ると、今や視力を完全に失った怪獣は、激しくのたうち、もがいていた。空に向かって怒りの咆哮《ほうこう》を上げている。だが、すでに勝敗は決していた。彼はもう、敵がどこにいるのかも分からないのだ。

二人は二〇〇メートルを走り、川にたどり着いた。看板には〈ふくろう川〉と書かれている。一〇メートルほどの短い橋を渡りきった瞬間、総攻撃が開始された。

すさまじい砲声が大気に満ち、和男は耳を押さえた。一二〇ミリ滑腔《かっこう》砲弾が、三五ミリ機関砲弾が、一〇六ミリ無反動砲弾が、八九ミリロケット弾が、大気を切り裂いて一直線に飛び、怪獣に集中する。一五五ミリ榴弾《りゅうだん》や二〇三ミリ榴弾が空から降り注ぐ。重なり合う猛烈な爆発音が怪獣の悲鳴をかき消し、火山噴火を思わせる爆煙が苦しみもがく怪獣の姿を覆い隠した。

三〇秒後、砲声がやみ、爆煙が晴れた時、怪獣はもはや原形をとどめないまでにずたずたになっていた。血を流して大地に横たわっており、ぴくりとも動かない。

「やったんですか……？」

和男は茫然《ぼうぜん》とつぶやいた。

「やったのよ」英理子はささやいた。「私たち、生き残ったの……」

いきなり彼女は少年に抱きついた。和男は自分の唇の上に、熱く柔らかい唇が重なるのを感じた。

「……約束よ」唇を離し、英理子は笑った。「私は今から、君の恋人」

「英理子さん……」

「もっとしゃきんとして。胸を張っていいのよ。あいつを倒したのは君よ。今日の君はヒーローなんだから」

「ああっ！」

和男は深い感動に包まれた。今度は自分から英理子を抱き寄せ、情熱的なキスの雨を降らせる。彼女の腕が背中に回され、強く抱き締められるのを感じた。

つらい日々は終わったんだ——と、和男は思った。もう怯《おび》えることはない。夢の世界に逃げることもない。僕はこの現実世界で、自分の力で幸福をつかんだんだ。

たとえようもなく素晴らしい歓喜と恍惚《こうこつ》の中で、彼の意識はゆっくりと遠のいていった……。

エピローグ　廃墟《はいきょ》

太陽が西の山に沈んでゆく。

ショッピングセンターが崩壊した後の瓦礫《がれき》の上に、山のように大きな怪獣の死骸《しがい》が横たわっていた。何百発という砲撃を受けてぼろぼろになっている。こういう場合、科学研究に必要なサンプルを採取してから、残りの部分はばらばらに切り刻み、地面を深く掘って埋めることになっている。その大がかりな作業も自衛隊の仕事である。だが、それは明日《あした》からのこと。今はまだ現場検証が行なわれている段階だ。

その廃墟の中で、一人の若い女性自衛官が、瓦礫に腰を下ろしていた。顔は汚れ、迷彩服も塵《ちり》にまみれている。肩をがっくりと落とし、打ちひしがれているように見えた。

彼女の上官が近づいてきた。優しく声をかける。

「まだショックか？」

「はい」彼女は沈んだ声で答えた。「どうにかして助けられたんじゃないかと……」

「我々も全能じゃない。全力を尽くしても助けられない命もある。今回は死者二一名、負傷者約二〇〇名……MM7級怪獣の被害としては、低く抑えられた方だ」

「でも」彼女は涙ぐんだ。「あの子はさっきまで……まだ若いのに……」

「気に病むな。いや、病んでもいい。その悔しさや悲しさを次のバネにしろ。次こそはきっと助けよう。な？」

「……はい」

瓦礫の中から、二人の救急隊員が担架を運んで出てきた。担架には何かが乗せられ、白い布がかかっている。

彼女は「ちょっと」と呼び止めた。救急隊員が立ち止まる。彼女はゆっくりと近づいていった。担架にかかった白い布の端をめくって、その下にあるものを悲しげな顔で見下ろす。

担架に横たわっていたのは、一五歳ぐらいの少年だった。後頭部から血を流し、なぜか幸福そうな薄笑いを浮かべている。

「彼と何か話したのか？」

上官に問われ、彼女は「いいえ」とかぶりを振った。

「閉じこめられていた間ずっと、頭を打って意識がありませんでしたから。ただ……」

「ただ？」

「夢でも見ていたんでしょうか。ずっと女の人の名前をつぶやいていました。『英理子さん、英理子さん』と」

「英理子？　誰だ？」

「さあ。恋人かもしれません」

「だとしたら、かわいそうなことをしたな。まだ若いのに」

「ええ」

如月奈津美《きさらぎなつみ》一等陸士は、もう一度、自分が救えなかった少年の顔を見下ろした。

「……不思議ですね」彼女はつぶやいた。「なぜこんなに幸せそうな表情で死んでるんでしょう?」

彼女は布を元に戻した。

夕闇の迫る廃墟の中、救急隊員は犠牲者の遺体を運び去っていった。

夏と少女と怪獣と

プロローグ　思い出の夏

二〇〇四年の夏、僕は初恋を体験した。

少女の名はタリー。テキサスの都会から夏の風とともにやって来た。もの静かだけど明るい子だった。いつも太陽の光をまとっていた。肩に垂れた蜂蜜《はちみつ》色の髪は夏の匂いがした。彼女が微笑むと光がはじけた。スキップすると世界も揺れた。

僕たちは一一歳から一二歳へ、子供から大人へと移り変わろうとしている時期だった。ようやく人生というものが分かってきた時期。天使のように無垢《むく》ではないけれど、大人のように穢《けが》れてもいない時期。まさに人生の黄金時代。

僕たちはいっしょに湖で泳いだ。笑い、はしゃぎ、ふざけ合った。岸辺に寝転がり、青空の下で夢を語り合った。彼女と過ごすすべての瞬間が楽しかった。

あの年の夏の思い出は、古いノートに封じこめてある。たまに引き出しの奥から引っ張り出し、開いてみる。彼女と遊んだ日々のことが、子供の汚い字で書き連ねてあった。読み返すとあまりに青臭くて、顔が火照る。小さかった僕は何とか詩のようなものを書こうとしていた。タリーを天使や妖精《ようせい》になぞらえて讃《たた》えている。大げさではない。僕にとって、タリーは確かに天使だったのだ。

あるページにはプリントした二枚の写真が貼ってある。一枚は携帯電話のカメラを使い、腕をぴんと伸ばして撮った僕たち二人の写真。もう一枚はタリーだけの写真。どちらも背景は森に囲まれた湖。タリーは濡《ぬ》れた髪で、半袖《はんそで》半ズボンでストライプの入った黒いウェットスーツを着て、はにかむように微笑んでいる。写真の中で、彼女は永遠に一二歳のままだ。

そして僕はあの夏、深い悲しみを経験した。

ノートの最後には畳まれた新聞がはさみこんである。変色しかけているが、僕にとって人生の中で最も重要な一枚だ。

見出しにはこう書かれている。

〈Flathead Lake Monster Killed Young Girl?〉（フラットヘッド湖の怪獣、少女を殺す?）

1　怪獣の棲《す》む湖

フラットヘッド湖はカナダとの国境に近いモンタナ州の北西部、標高二八九四フィート（八八二メートル）の高地にある、森と山に囲まれた湖だ。南北二七マイル（四三キロ）、東西一五マイル（二四キロ）もあり、アメリカ西部で最大の淡水湖だ。ワシントンDCが三つぐらい入るほどの広さの湖面には、ワイルドホース島をはじめ、いくつかの島が浮かんでいる。地図に載っているその形は、僕にはサーカスの熊が逆立ちしているように見える。平均の深さは一六五フィート（五〇メートル）ほど。鱒《ます》やイエローパーチが釣れ、夏には避暑地としてにぎわう。

僕が住んでいるのはその西岸、レイクサイドという何のひねりもない名前の小さな町だ。人口が少なすぎて学校なんてありゃしないから、湖の北にあるカリスペルという街まで、四〇分以上かけてスクールバスで通っている。

何の娯楽もない町だった。同年代の友達が少ないうえに、アウトドアの遊びといえば釣りとバードウォッチングぐらいのもの。小さなドラッグストアがあるだけで、コミックブックを買おうと思ったらカリスペルまで出かけるしかない。テレビとインターネットがなかったら退屈で死んでいただろう。科学技術の進歩バンザイ。

生まれた時からこんな町に縛りつけられている僕は、オタク《ギーク》になることを運命づけられていたと言っていい。ギークにもいろいろあるが、僕の場合、ハマったのは恐竜と電子工作だった。

夏休みのまっただ中のその日の朝、僕は自転車の前のカゴに中古のラジカセとビデオカメラを放りこみ、後ろの荷台に細長い木箱をくりつけて家を出た。荷物は重いが、気分は高揚していた。ペダルを漕《こ》ぐ足に自然と力が入る。

素晴らしい夏。人生でただ一度の、一一歳の夏。

まばゆい陽射しの下、湖岸に並行して延びている93号線をしばらく南下、途中で左折してエンジェルポイント・ロードに入る。顔見知りのバンヴィルさんの家のところでまた曲がり、森を抜けて湖に向かう小道に乗り入れた。曲がり角のところで、バラの花壇の手入れをしていたアンナお婆さんが、「スイミングかい、ハロルド?」と声をかけてくる。僕は「そんなところでーす!」と陽気に怒鳴り返すが、スピードは落とさない。アンナ・バンヴィルさんはいい人だけど、今日はのんびり話している余裕はない。この夏中に完成させなくてはならない、重大な研究があるのだから。

すでにアスファルト舗装は途切れている。針葉樹林の中を縫う細い道は、頻繁に人に踏み固められており、なだらかだ。それでも時おり、張り出した木の根に乗り上げ、自転車ががくんと飛び上がる。

あまり知られていない脇道に入った。丈の高い雑草に覆われていて、ちょっと目には道があるように見えない。ここから先、道はさらに細くなり、自転車はがたがたと揺れだす。僕は自転車を降り、最後の五〇フィートほどは押して歩かねばならなかった。

人気のない入り江に出た。この湖には岸に沿って何千というコテージが建っているのだが、ここはちょうどその列が途切れているのだ。左右どちらを見ても人工物が見えない、ちょっとした秘密の場所である。視界の左の方には小さな岬が張り出している。正面の水平線の向こうには、一五マイル先の対岸の山が青く霞《かす》んで見えていた。

湖面を渡ってくる風は涼しくて気持ち良かった。僕は自転車を樹に立てかけて止めると、すぐに機材を下ろした。荷台に載せてきた木箱は、特に慎重に扱った。長さ二・五フィート（七六センチ）、高さと幅は一フィート（三〇センチ）。僕が自分で図面を引き、木工所から貰《もら》ってきた廃材の板を、鋸《のこぎり》で切り、釘《くぎ》を打ち、パテで防水処置をしたものだ。夏休みの自由工作。でも、こんなすごいものを作った奴は他にいまい。

コードの出ている穴の防水が完璧《かんぺき》であることをあらためて確認すると、僕は箱を水中に沈めようとした。ところが、ここで思いがけない問題点が露呈した。浮力を計算に入れていなかった！　箱は船のようにぷかぷかと水面に浮かんでしまったのだ。僕は自分を罵《ののし》りながら、水に膝《ひざ》まで浸《つ》かり、箱と格闘した。大きな石を何個も箱の上に載せて、どうにか沈めることに成功した。箱から伸びたケーブルをラジカセに接続しようと、岸に上がった。

その時ようやく、この入り江に僕以外の人間がいることに気づいた。

かすかな水音がしたので、ふと湖面に目をやった。岸から一〇〇フィートほどのところで、小さな黄色いボールが水面からちょこんと突き出し、太陽を浴びて輝いていた。そう、最初の三秒ほど、観光客のビーチボールか何かが流れてきたのかと錯覚したのだ。だがすぐに、それが人の頭だと気づいた。ひょこひょこと動いていたからだ。きっと僕が来た時からずっと、そのあたりを泳いでいたに違いない。僕は近視で眼鏡をかけているうえ、箱の設置に夢中で気がつかなかったのだ。

細い腕がすうっと水面から持ち上がったかと思うと、その人は優雅なクロールでゆっくりと泳ぎだした。腕は水面を叩《たた》くことなく、すっと水中に入るので、水音はとても静かだ。陽光のきらめく穏やかな水面に、金色の波紋を立てながらこちらに近づいてくる。湖岸から三〇フィートほどのところで泳ぐのをやめ、立ち上がったので、ようやく僕はその人物の姿をちゃんと目にすることができた。

きらめく湖面から上半身を現わしたのは、僕と同じぐらいの歳の少女だった。濡れた蜂蜜色の髪をさっと払うと、水しぶきが輝く粒となって飛び散った。水中ゴーグルをはずすと、髪の下にあるのはまだ幼く、愛らしい顔だった。僕に微笑みかけ、警戒する様子もなしに近づいてくる。

水深が浅くなるにつれ、全身があらわになってきた。サーファーがよく着ているような、半袖半ズボンのウェットスーツ（スプリング型というのだそうだ）を着ていた。肩から太腿《ふともも》までを覆っており、黒地に稲妻のようなオレンジ色のストライプが入っている。伸縮性のある素材らしく、少女の身体にぴったりと密着していた。ふくらみかけている胸の曲線がくっきり浮かび上がっていて、おまけに濡れて光っているので、まるで全裸の上に黒い塗料をペイントしたようにも見える。僕はどぎまぎした。

彼女は僕のすぐそばまでやってくると、膝まで水に浸かった状態で、岸に立っている僕を見上げ、再び微笑みかけてきた。濡れた金髪が頬に貼りついているのが、妙になまめかしく感じられた。よく見ると首に細いチェーンを巻いていて、小さな長方形の金属片を鎖骨のあたりにぶら下げていた。

僕はと言えば、マヌケなことに、この子は宇宙人じゃないかと考えていた。ウェットスーツのように見えるものはきっと宇宙服なんだ。乗ってきたUFOが水中に沈んでいるに違いない。だって、こんな寂しい場所で泳ぐ女の子なんているはずがないじゃないか……。

女の子は微笑むだけで、何も話しかけてこようとしない。僕を値踏みしているようだった。僕の方から話さなければいけないのだろうか？　しかし、僕は緊張して舌が麻痺《まひ》していた。記念すべきファースト・コンタクトだ。どう言えばいいのだろうか。

それでもどうにか、言葉を咽喉《のど》の奥から搾り出した。

「ハ、ハロー。僕はハロルド・シャープリン。君は？」

それでも彼女は喋《しゃべ》ろうとしなかった。岸に上がってくると、笑顔で自分の口を指差し、次に手をぱたぱたと振って、否定のしぐさをした。僕は困惑した。

「えっ、ひょっとして喋れないの？」

少女は愛らしくうなずいた。それから僕の横をすり抜けて茂みの中に入り、そこに隠してあったスポーツバッグを引っ張り出した。中からバスタオルを取り出して髪を拭《ふ》きはじめたので、僕はようやく、彼女が宇宙人ではないと確信できた。

彼女はウェットスーツ姿のまま、バスタオルを肩に羽織ると、携帯電話を持って僕に近づいてきた。稲妻のような速さでキーを叩き、何か打ちこんで、それを僕に向けて液晶画面を見せた。

〈Tally Billingsley〉（タリー・ビリングスリー）

「タリー？　君の名前？」

少女はうなずいた。

「どこから来たの？」

彼女はまたケータイに文字を打ちこんだ。

〈Corpus Christi, Texas〉（テキサス州コーパス・クリスティ）

「テキサス……」

僕は驚きと憧《あこが》れをこめてその地名をつぶやいた。合衆国の南の端、モンタナとは正反対の位置にある州。それは僕にとって、月と同じぐらい遠い未知の土地だった。

〈Harold Shapin?〉

と彼女は訊《たず》ねてきた。

「違うよ。シャープリンだ。S・H・A・R・P・L・I・N」

すぐに分かったことだが、タリーは耳も不自由で、僕の唇の動きを読んでいるのだった。だから彼女に話す時には、向かい合って、口をはっきり開けて話さなくてはならない。最初は少し恥ずかしかったが、すぐに慣れてきた。

僕たちは草むらに座って話しこんだ。彼女は一部は身振り手振りで、一部はケータイに打ちこんで、自分のことを語った。父親は実業家であること。僕と同じく、小学校を卒業し、九月からジュニア・ハイスクールに通うこと。この夏の間、岬の向こうにあるコテージに、両親といっしょに避暑に来ていること。泳ぐことが何よりも好きであること……。

彼女の誕生日が一月で、もう二十二歳になっているのを知った時には、ちょっぴり悔しい想いをした。僕より半年も年上だなんて。

「テキサスに比べたら、ここの水は冷たくない?」

タリーはかぶりを振り、ウェットスーツの袖《そで》をつまんで引っ張ってみせた。保温性があるということか。

「でも、一人で泳ぐのは危ないだろ?　もし事故が起きたら……」

彼女は携帯電話に〈泳ぐのは得意〉と打ちこんだ。それから少し恥ずかしそうに、こうつけ加えた。

〈人の多いビーチは苦手〉

「ああ……」

きっと障害のことで何か嫌な思いをすることがあるのだろうな、と僕は思った。たとえば泳いでいて人にぶつかった時、僕なら「ごめんなさい」とすぐに言える。でも、彼女は言えない。謝ることもできない無礼な子だと思われて、にらまれたりするのかもしれない。

快活そうに振る舞っているけど、きっといろんな気苦労があるのだろう。一人になりたいと思うのも無理はない。

彼女の方も僕に質問してきた。特に僕が水中に沈めていた箱に興味があるようだ。箱を指差し、「これは何？」と言いたげな表情を浮かべる。

「ああっ、しまった！」

僕は叫んだ。タリーとのお喋りに夢中になっていて、箱からぷくぷくと気泡が出ているのに気がつかなかったのだ。泡が出ているということは、水が箱の中に入ってきていることを意味している。

慌てて引き揚げ、振ってみた。やはりちゃぷんちゃぷんと水の音がする。

「ああ、くそ、防水は完璧だと思ったのに！」僕は歯軋《はぎし》りした。「最初からやり直しか。スピーカー、水で傷んでないといいけど……」

タリーが不思議そうな顔をしているので、僕は秘密を打ち明けることにした。

「誰にも言わないでよ、これはね……」

僕は声をひそめた――意味はないが、気分の問題だ。

「怪獣を呼ぶ装置なんだ」

彼女は首を傾げた。

「フラットヘッド湖の怪獣――聞いたことない？」

僕は説明した。誰でも知っている通り、北米大陸の湖にはたくさんの怪獣が棲《す》んでいる。シャンプレーン湖のチャンプ、オカナガン湖のオゴポゴ、マニトバ湖のマニポゴ、ウィニペゴシス湖のウィニポゴ、メンフレマゴグ湖のメンフレー、エリー湖のベッシー、オンタリオ湖のキングスティ、スペリオル湖のプレッシー、クレセント湖のクレッシー、カスケード湖のスライミー・スリム、ベア湖のイザベラ、テミスカミング湖のマグワンプ、オーロガー湖のオーリイ、サンダーバード湖のオクラホマ・オクトパス……大きさも形も様々。一九五七年に南カリフォルニアのソルトン湖に出現した巨大カタツムリや、一九七七年にオレゴン州のクレーター湖に出現した首長竜のように、人間を襲うような危険なやつなら退治されるのだが、そういうことは滅多にない。たいていの湖の怪獣《レイク・モンスター》は魚や水草を食うだけのおとなしいやつなので、保護動物に指定されている。

このフラットヘッド湖にもレイク・モンスターが棲んでいる。推定ＭＭ３（水体積換算一六トン）と、怪獣としては小さめの部類。ガイドブックなどには「モンタナ・ネッシー」、もしくは単に「フラットヘッド・レイク・モンスター」と紹介されている。出現回数が少ないせいで、チャンプやオゴポゴに比べると、知名度は低い。

死んだ僕のお祖父《じい》ちゃんは、アマチュアの怪獣研究家だった。まだ若かった一九五五年、霧の日に釣りをしていて、霧の中から現われたレイク・モンスターと間近で遭遇したことがあるのだそうだ。よく幼い僕を膝《ひざ》に乗せて、その時の話をしてくれた。その体験談は当時、新聞にも載ったらしい。それ以来、お祖父ちゃんは怪獣の研究に取り憑《つ》かれた。

お祖父ちゃんは親しみをこめて、この湖の怪獣を「ガーティ」と呼んでいた。モノクロ・サイレントの時代に作られたアニメに出てくる、おとなしい恐竜の名前だ。

そう、ガーティは恐竜なんだ——と、お祖父ちゃんは誇らしげに説明してくれた。生物学者はハドロサウルスの仲間だろうと推測している。これは北米の他のレイク・モンスターとは違う、フラットヘッド湖の怪獣だけの特徴だ。他の湖のやつは、チョウザメや蛇やワニやアシカや淡水タコやカタツムリの巨大なやつ、あるいはプレシオサウルスで（首長竜は恐竜ではない）、恐竜は一匹もいないのだ。

僕自身は実物をまだ見たことはない。でも、お祖父ちゃんに話は聞いたし、これまで地元民や観光客が撮影した写真や動画もよく見ている。水面から半身を出したその姿は確かに恐竜で、アヒルのような長くて平たい口をしており、白亜紀に栄えたハドロサウルス科のアナトティタンあたりに似ている。もっとも、ハドロサウルスが陸棲《りくせい》の草食恐竜で、もっぱら四足歩行だったのに対し、ガーティは水中生活に適応しているようだ。目撃者の話によれば平たい尻尾《しっぽ》を使ってかなり速く泳ぎ、浅瀬や陸上では二足歩行をするという。

以前から先住民の伝説にはあったのだが、よく目撃されるようになったのは一九四〇年代からだ。おそらく一九三八年に下流にダムが完成し、湖の水位が一〇フィート上がって、環境が変化したのが原因だろうと言われている。一九六二年にこの近くに上陸した際には、石膏《せっこう》で足跡の型が取られた。それはレジンで複製されて、カリスペルの博物館に展示されている。鶏の足跡に似ているが、つま先から踵《かかと》まで四フィート（一二〇センチ）以上ある大きなものだった。

不思議なのは、ガーティが七年に一度、それも夏にしか目撃されないことだ。他の季節は観光客が減るから目撃される率も少ないのは当然だが、それにしても目撃報告が少なすぎはしないか。恐竜は肺呼吸だから、水面に頭を出しているところを頻繁に目撃されないとおかしいのに。

お祖父ちゃんは、ガーティは普段、水温の低い湖の底でクリプトビオシス状態で眠っていて、七年に一度しか目覚めないのだろうと言っていた。仮死状態になっている間、生物は歳を取らない。きっとガーティは、氷河期以前の時代からそうやって何万年も生き延びてきたのだと。

ガーティを撮影した8ミリ・フィルムやビデオはいくつもあるが、どれにもガーティの声は録音されていない。この半世紀以上、目撃者は何十人もいても、ガーティの吼《ほ》える声を聞いた者はほとんどいないのだ。だが、お祖父ちゃんは若い頃に聞いたという。灯台の霧笛のような、低く悲しげな声だったそうだ。

一九七〇年代後半、シンセサイザーが一般に普及しはじめた頃、お祖父ちゃんは思いついた。ガーティの声を機械で再現することはできないだろうか？　そして部品を集めて独学で専用シンセサイザーを組み立て、操作に習熟し、若い頃に聞いた声を再現しようと試みた。

何年もかけ、失敗と改良の繰り返しの末に、お祖父ちゃんはついに、記憶にあるのとまったく同じ声を完成させ、テープに録音した。すると今度は出来映えを試したくなった。この声を湖に流せば、ガーティは仲間だと思ってやって来るのではないか？　一九八三年の夏のある日、お祖父ちゃんは試してみた。テープに録音した機械の声を、湖岸から水中スピーカーで流したのだ。野生動物保護法に抵触するかもしれないので、その実験はたった一人で、こっそりとやった。

実験は成功した——と、お祖父ちゃんは語っていた。確かにガーティは声に誘われ、姿を現わしたのだと。

でも、お祖父ちゃんはなぜかその実験の成果を秘密にし、誰にも話さなかった。自分の胸にしまいこんだのだ。一五年以上も後になって、僕にだけこっそり話してくれた。

「どうして？」と幼い僕は訊《たず》ねた。怪獣を呼べるなんてすごいことなのに、なぜみんなに自慢しないのかと。

お祖父ちゃんはなぜか、ばつが悪そうに微笑んで、こう答えた。私は人に自慢したくてやったわけじゃない。純粋な好奇心とチャレンジ精神だったんだ。自分の考えが正しいことを確かめられたから、それだけで満足なんだ……と。

そのお祖父ちゃんは二年前に死んだ。

「それがこのテープだ」

僕はラジカセから取り出したカセットをタリーに見せた。

「前回の目撃は七年前の一九九七年。今年の夏はまたガーティが目を覚ますはずなんだ。このテープを流せば、ガーティはきっと現われる。僕は恐竜が見たいんだ。まだ実物を見たことないから。お祖父ちゃんの使った水中スピーカーは壊れてたから、しかたなく自分で新しく作ったんだ。でも……」

僕は悲しい目で、水漏れのした木箱を見下ろし、ため息をついた。

「一からやり直しだな」

タリーは僕の話に無言で耳を傾けている。

「こんな話、退屈？」

僕は心配になって訊ねた。だいたいにおいて女の子というのは、男の子が工作や恐竜に打ちこむ熱意を理解しないものだ。

しかしタリーは違った。かぶりを振ると、携帯電話にこう打ちこんだのだ。

〈すごく面白い〉

〈恐竜は私も好き〉

それを読んで、僕は天にも昇る気持ちになった。恐竜の好きな女の子なんて、すっごくレアだ！　神様、この出会いに感謝します！

気がつくと、ずいぶん長く話していた。タリーの髪はすっかり乾いていた。彼女は急に立ち上がり、〈着替えなくちゃ〉〈しばらくこっちに来ないでね〉という文章を僕に見せた。僕がうなずくと、スポーツバッグを抱えて森の中にすたすたと入っていった。

待っている間、僕はどきどきしていた。今、森の中ではあの子が素っ裸になっているのだと想像すると、頭の中が熱くなった。頭以外の場所もだ。インターネットと電子工作と恐竜にばかり熱中していたとはいえ、僕だって第二次性徴を迎えつつある健康な男の子だ。女の子の裸には興味がある。「いけないいけない、こんなこと考えちゃ」と自分を叱りつけ、覗《のぞ》きに行きたいという衝動と懸命に戦った。

何分かして、タリーは再び姿を現わした。清楚《せいそ》な白いワンピースに着替えている。ヒマワリ形の飾りが付いた大きな麦藁《むぎわら》帽子をかぶり、白いスポーツバッグを提げ、サンダルを履いていた。僕はぼうっとなった。ウェットスーツ姿のタリーも素敵だったが、この格好も最高にかわいい。僕が思わず「キュートだね」と言うと、彼女ははにかんだ。

岬の方に向かう道のところまで、自転車を押して彼女を送っていった。実験が失敗に終わった悔しさなんて、すっかりどこかに吹き飛んでいた。タリーといっしょに歩くだけで、世界は輝いていた。

〈明日《あした》もまた会える？〉

そう彼女が訊ねてきたので、僕は勢いよく「もちろん！」と答えた。

彼女と別れ、家に向かって自転車を漕《こ》ぎながら、僕は遅まきながら気がついた。この感情は話に聞く「恋」だ――僕は生まれて初めて恋に落ちたのだ。

「ひゃっほう！」

僕は空に向かって歓声を上げた。

2　消えたタリー

それから二週間、僕たちはほぼ毎日、あの岸辺で逢瀬《おうせ》を楽しんだ。待ち合わせの時刻はいつも午前一〇時。僕はズボンの下に水泳用トランクスを穿《は》いていった。二人きりでいっしょに泳いだ。とは言っても、泳ぎはタリーの方が格段に上手《うま》かった。まるで人魚のように優雅で、速く、力強いのだ。本当に水が好きなようだった。彼女は僕の手を取り、クロールのフォームを修正してくれた。美しい女の子にスイミングの指導を受けるのは素晴らしい体験で、僕はたちまち上達した。

お返しに僕は釣りを教えてあげた。ビギナーズラックというやつで、タリーはいきなり二フィート近くある鱒《ます》を釣り上げた。僕が力を貸して獲物を岸辺に引き揚げると、彼女は無言で飛び跳ね、手を叩《たた》いて大喜びした。

遊び疲れると、火照る身体を岸辺の草の上に横たえ、話をした。生い立ちのこと、身の回りのこと、学校のこと、恐竜のこと……話題には不自由しなかった。

ある日は僕の家から恐竜図鑑を持ってきて、二人で眺めた。ユーオプロケファルス、パラサウロロフス、シャントゥンゴサウルス、オビラプトル、ヒプシロフォドン……僕たちは秘密の儀式のように、呪文《じゅもん》のような奇妙な名前を指でなぞった。絶滅した恐竜だけでなく、現代に生き残っている恐竜や古代生物の話もした。二〇世紀初頭、メキシコで捕らえられてサーカスの見世物にされたティラノサウルス。一九一二年、イギリスの探検隊が南米ギアナからロンドンに連れ帰ったプテラノドン。一九六〇年、カリブ海の海底から仮死状態で引き揚げられてよみがえったティラノサウルスとアラモサウルス。一九七七年、日本のフジヤマの近くに現われたランフォリンクスとプレシオサウルス……

…。

将来の夢も語った。僕は宇宙開発関係の仕事に進みたいと話した。本当は宇宙飛行士になりたかったのだけど、裸眼視力が〇・一以下だとなれないと聞いて断念したのだ。

携帯電話の画面を介さないといけない関係で、タリーが僕に伝える言葉は、僕が彼女に話す言葉の一〇分の一ぐらいでしかなかった。それでもけっこう彼女のことを知った。両親のこと。コーパス・クリスティでの生活。スイミングが好きで、将来は水泳選手になるのが夢だということ……。

ある時、いつも彼女が首から下げている金属片が気になって、何なのか訊ねてみた。彼女は裏返して見せてくれた。僕はよく見ようと顔を近づけた。兵隊の認識票《ドッグタグ》みたいに、名前、電話番号、血液型が刻まれているのだ。万一の時のためか。

それよりも印象的だったのは、彼女の胸に六インチ（一五センチ）まで顔を近づけられたことだった。ウェットスーツの上からも明らかな胸のふくらみも気になったのだが、それよりも、彼女が頭をのけぞらせたことで、白く細い咽喉《のど》がさらけ出されたことにどきどきした。無防備に目の前にある少女の咽喉に思いがけないエロスを感じ、思わず吸血鬼みたいにしゃぶりつきたくなった。

もちろんそんなことはしなかった。僕は思春期で、日々いろんな妄想に悶々《もんもん》としていたが、自制心だけはあった。生まれて初めての恋を、ガラス細工みたいに大切にした。タリーを愛しているからこそ、うかつに手を触れて壊したくなかった。

七月三〇日、僕は誕生日を迎え、一二歳になった。タリーと同じ一二歳！　また半年後には追い抜かれるとはいえ、「彼女と同い年」というのは意味もなく嬉《うれ》しかった。

両親にねだりにねだって、念願の携帯電話を買ってもらった。僕は有頂天になった。ギークの性《さが》で、さっそく機能をいろいろ試した。着信音はお祖父《じい》ちゃんの作ったガーティの声に変更した。電話が来るたびに怪獣が吼《ほ》えるというのはかっこいい。タリーに聞かせられないのが残念だ。

翌日にはタリーにメールアドレスを教えてもらった。これで離れていてもいつでもメールを交換できる。彼女との心の距離がまた縮まったように感じた。

ケータイにはカメラの機能もあった。僕はまずタリーの写真を撮り、次に「いっしょに撮らない？」と持ちかけた。彼女は承諾した。

カメラのフレームは小さく、僕たち二人が写真に収まるためには、腕をぴんと伸ばしてケータイを遠ざけたうえ、ぴったりと寄り添わなくてはならなかった。僕は左腕で彼女の肩を抱き寄せた。彼女も大胆に密着してきた。少女の右腕が僕の腰にからみつくのを感じ、少女の右胸が僕の左胸に押しつけられるのを感じた。少女の汗の匂いをかすかに嗅《か》いだ。彼女の微笑みは僕のすぐそばにあった。僕は幸せを感じながらシャッターを切った。

そのショットは僕の人生で最高の一枚になった。僕は写真をプリントアウトし、その後何年もの間、よく取り出しては眺めた。写真の中で、寄り添う幼い恋人たちはにこやかに笑い、本当に幸福そうだった。

これから起きる事件も知らずに。

ある日、岸から帰る途中、曲がり角にあるバンヴィル家の前で、アンナお婆さんに声をかけられた。「冷たいコーラでも飲んで行きなさい」というのだ。子供としては、冷たいコーラと聞いて断る理由はない。僕たちはお婆さんの家におじゃました。

僕らはコーラとクッキーをごちそうになった。アンナさんは昼間から缶ビールを飲んだ。「適度なアルコールが健康の秘訣《ひけつ》よ」と笑う。一九一五年生まれの八九歳。なのにちっともボケていなくて、昔のことを克明に話す。驚くべきことに禁酒法を覚えている世代だ。

禁酒法！　ジャズ・エイジ！　大恐慌！　僕らにとっては学校の歴史の時間に習う、白亜紀と同じぐらい遠い過去。だから彼女の少女時代の話を聞くのは、タイムトラベラーの話を聞くようで面白かった。

「酒をなくせば、この世界はもっと良くなると思ったんだろうね」

アンナさんは水槽で飼っているペットの亀に餌をやりながら、禁酒法の愚かさを語った。

「酔っぱらいが暴れることもなくなり、みんな品行方正になって、犯罪も減るだろうって――そんなことがあるもんかい。酒の製造や販売を禁止したって、世の中はちいっとも変わりゃしなかった。カナダじゃ酒の製造は合法だから、国境を越えていくらでも入ってきた。密造酒もずいぶん出回った。おかげでもぐり酒場《スピーキージー》が大繁盛さ」

「スピーキージー？」

「こっそり酒を飲ませる店だよ。ニューヨークだけでも三万軒以上もあったって話だ。みんな禁酒法前よりもたくさん酒を飲むようになったんだよ。おかげでギャングがずいぶんのさばった。酒の密輸や密売で大儲《おおもう》けしたのさ。アル・カポネ。ラッキー・ルチアーノ。フランク・コステロ……聞いたことはないかい？　最近は『アンタッチャブル』の再放送とかしないのかね」

「ああ、禁酒法は世紀の悪法だな」

そう言いながら居間に入ってきたのは、孫のジャック・バンヴィルさんだった。四〇歳。西部劇の悪いガンマン役が似合いそうな風貌《ふうぼう》。二年前まで日本で働いていたんだそうだけど、奥さんのカナコさんと帰国して、祖母と同居をはじめた。

今は小規模な電子出版のビジネスをやっているという。外国から版権を買った本を翻訳して、紙じゃなく電子データの形でネットを通して販売するんだ。印刷や配本の手間がかからないから、元手がほとんど要らず、パソコンが一台あればOK。こんな田舎にいながらできる新しいタイプのビジネス。なかなか目のつけどころがいい。

ジャックさんは日本で暮らした印象を語った。特に僕がびっくりしたのは、銃を持っている人がほとんどいない、という話だった。うちにも猟銃があるし、どの家にも銃があるのは当たり前だと思っていたのに。

「じゃあ、強盗が入ってきたらどうするんですか？」

「銃を持った強盗もいないのさ。強盗だけじゃない。殺人も、性犯罪も、アメリカよりずっと少ないんだ」

ジャックさんは一〇年以上の暮らしですっかり日本びいきになっていた。「あの国はいいぞ。俺はすっかりあの国の流儀に染まったね」と連発する。「でも、不用心なところまで日本人をまねなくていいのよ」と、アンナさんは文句を言った。ジャックさんは日本での暮らしに慣れてしまって、玄関の鍵《かぎ》を掛け忘れることが多いのだそうだ。日本人は在宅中は鍵を掛けないことが多いというのも、初めて知った。強盗が少ないかららしい。

「でも、ポルノ・コミックスが氾濫《はんらん》しているそうじゃないの」アンナさんは眉《まゆ》をひそめた。

「禁酒法と同じさ」ジャックさんはくすくすと笑った。「猥褻《わいせつ》なコミックスを禁止したって犯罪が減るわけじゃない。禁止するからかえって欲しがる奴が出てくるし、非合法な商売でボロ儲けする奴も出てくる」

ジャックさんは他にも日本の話をした。「日本で出ている本では、フラットヘッド湖の怪獣の名前が『ハーキンマー』と書かれている」という話には大笑いした。何だよ、ハーキンマーって。そんなの聞いたこともない。

さて、僕は怪獣を呼ぶことを忘れたわけじゃない。毎日、我が家のガレージで、水中スピーカーの製作に再挑戦していた。タリーと湖で遊ぶ時間が増えた分、家での自由時間は減っていたけど、それをフルに工作に費やしていた。

タリーにどうしても恐竜を見せてやりたかったからだ。

僕だってバカじゃない。この楽しい時間が永遠に続かないことぐらい気がついていた。来週にはタリーはテキサスに帰ることになっている。それを考えると胸が痛くなる。でも、僕にはどうにもならない。彼女を引き止めることも、僕がテキサスに行くことも不可能だ。地図で見ると、フラットヘッド湖とコーパス・クリスティは一六六〇マイル（二六七〇キロ）離れている。絶望的な距離だ。

この恋は最初から、ひと夏の期間限定のイベントだったのだ。

僕にできることといえば、残されたわずかな時間を可能な限り有効に使うことだけだった。できる限り印象的な時間を、長く記憶に残る体験を、二人で蓄積すること。忘れがたい夏にすること。そのためには、恐竜を呼ぶというイベントは不可欠だった。七年に一度の夏。ガーティの現われるシーズン。これを逃すわけにはいかない。

二週間かけて、スピーカー2号は完成した。前回の失敗を踏まえ、箱には重し《バラスト》を付け、防水も厳重にした。いきなり湖に沈めて前回のようにタリーの前で恥をかかないように、浴槽に沈めてテストもした。完璧《かんぺき》だ。

翌朝、僕は意気揚々と、スピーカーとラジカセを自転車に載せ、家を後にした。準備に手間取ったもので、約束の時間に二〇分ほど遅れそうだった。タリーにはメールでそう伝えた。

一〇時二〇分。いつもの入り江に来たが、タリーの姿は見えなかった。スポーツバッグもどこにもない。僕が遅刻したから怒って帰ったのか？　いや、そんなことはあるまい。きっと彼女も遅刻しているのだ。僕は岸に腰を下ろして彼女を待った。

風はなく、湖面はとても静かだった。

何もせずにただ待っている時間は、ひどく長く、つまらなかった。実験を開始するわけにはいかない。万が一、彼女が来る前に怪獣が来てしまったら困る。

タリーにまたメールを送ったが、返信はなかった。彼女の場合、バイブレーション機能で着信を知るしかないので、ケータイを身体から離していると気がつかないのだ。僕は小さく肩をすくめ、「しかたないな」とぼやいた。

三〇分待ち、四〇分待った。僕はだんだん不安になってきた。

一時を回った頃、僕はようやく立ち上がった。もしかしたらタリーは病気なのかもしれない。あるいは怪我をして入院していて、メールも打てないのかも。だとしたらお見舞いに行かなくては。

僕は彼女のコテージに行ったことはないが、おおよその場所は聞いていた。たくさんのコテージが並んでいる地区を自転車でうろちょろし、ほどなく郵便受けに〈ビリングスリー〉と書かれた家を見つけた。ベルを鳴らすと、四〇歳ぐらいのきれいな女性が出てきた。顔が似ているから、タリーのお母さんだとすぐ分かった。

「タリー、いますか？」

僕が訊《たず》ねると、彼女は怪訝《けげん》な顔をした。

「あなたは？」

「ハロルド・シャープリンです」

「ハロルド？」

タリーは僕の存在を両親に秘密にしていたようだった。おかしなことではない。僕だって親にタリーのことを話していない。話せばうるさく詮索《せんさく》してくるに決まってるからだ——親というのは恋にはじゃまっけなものだ。

僕はタリーと湖岸で毎日会っていたこと、今朝も会う約束をしていたことを話した。話を聞くにつれ、お母さんの顔に不安が広がり、蒼《あお》ざめていった。

「あの子は……一時間半以上も前に家を出たのよ！」

僕も恐怖に襲われた。

それからは一気に慌ただしくなった。コテージの奥からタリーのお父さんが現われ、僕は同じ話を繰り返して語った。ジャック・バンヴィルさんをはじめ、近所の人たちも集まってきた。通報を受け、パトカーがやって来た。ライフガードのモーターボートも湖岸を捜索しはじめた。僕も他の人たちといっしょになって、タリーの姿を捜し回った。

午後二時を回った頃、それが見つかった。

男の人が拾ってきたそれを、僕もちらっと目にした。タリーのウェットスーツ——黒地にオレンジのストライプが入ったその断片が、僕らのいつもの逢瀬《おうせ》の場所から二〇〇ヤードほど離れた湖岸で、波打ち際にひっかかっていたのだそうだ。ずたずたに引き裂かれ、原形を留《とど》めていなかった。

そして大量の血が付着していた。

3　小さな復讐者《ふくしゅう》

僕は警察に連れて行かれ、何時間も事情聴取を受けた。刑事さんたちは、僕が犯人ではないかと疑っているわけではなく、状況をはっきりさせたいだけだと説明した。僕は可能な限り冷静に、何もかも正直に話した。「怪獣を呼ぶスピーカー」の件は、子供らしい害のない遊びだとみなされ、お咎《とが》めはなかった。

警察署の中で、次々に入ってくる情報を耳にした。ウェットスーツが見つかった場所の近くの茂みでは、タリーのバッグも発見され、彼女が泳いでいる間に何かが起きたと推測されること。ウェットスーツに付着した血痕《けっこん》は人間のもので、タリーの血液型と一致したこと。その量からして、血を流した人間はまず確実に死んでいるだろうということ……。

夕方、ママが迎えに来た。刑事さんからお許しが出て、僕は家に帰された。帰る途中、ママが心配していろいろ訊ねてきたけど、僕は「まあね」とか「さあ」とか生返事ばかりしていた。

仕事から帰ってきたパパは、ママから事情を聞き、「おまえの好きな子だったのか？」と訊ねた。僕が「うん」と答えると、静かに「そうか」とだけ言って、それ以上何も言わなかった。下手に慰められるより、そっとしといてくれる方がありがたい。息子の心理がよく分かっている、いいパパだ。

三人で黙々と夕食を食べた。食後、噂を聞いたクラスメイトの一人が電話をかけてきたけど、面倒くさいので一分ほどで切った。シャワーを浴び、一〇時に自室に入った。

ベッドに入って何分かして、ようやく涙が出はじめた。

それまで、あまりにも意外な展開で、悲しみを覚える心のゆとりすらなかったのだ。タリーが――昨日まであんなに元気だったタリーが、もうこの世に存在しないなんて、実感できるわけがない。あの太陽のような笑顔がもう見られないなんて、信じられるわけがない。だが、ひとたび心の麻痺《まひ》が解けると、一気に悲しみが噴出してきた。

僕はベッドの中で泣いた。涙が止まらなかった。


翌朝の地元紙の朝刊には、〈フラットヘッド湖の怪獣、少女を殺す?〉という大きな見出しが躍っていた。

昨夜のうちに警察が新たな情報を発表していた。ウェットスーツは刃物を使ったのではなく、強い力で引っ張られて裂けたと判明した。人間の力でそんなことが不可能なのは明白だ。ウェットスーツの素材はきわめて強靭《きょうじん》だから、引っ張ったぐらいであんな風に裂けはしない。また、スーツからは人間の血だけではなく、動物、おそらくは爬虫類《はちゅうるい》の細胞と思われるものが検出されたとのことだった。現在、州の犯罪研究所にサンプルを送って検査を依頼しているという。

タリーの消息が最後に確認されたのは、僕が入り江に到着する五〇分ほど前の九時三〇分頃だということも分かった。彼女がドラッグストアでチョコレートの詰め合わせを買ったのを、店主が記憶していたのだ(僕と食べるつもりだったのだろうか?)。

テレビでもニュースをやっていた。メリーランド州にある国立気象局から、MPC(怪獣予報センター)の調査チームが専用機でカリスペルシティ空港に到着していた。さっそく地元テレビのリポーターが彼らを捕まえ、質問攻めにする。調査チームの人は辛抱強くそれに答えていた。いいえ、爬虫類系のレイク・モンスターは魚食性が多いのですが、人間を襲わないとは断言できません。一九七七年のクレーター湖の例や、八二年のネス湖の例があります。日本のキタヤマ湖では、釣り人が禁止されていたカーバイドを使った漁を行なったため、怪獣が凶暴化しました。いいえ、保護動物指定を解除するかどうかは、今後の調査しだいです。はい、この湖の観光資源であることは熟知しています。ですが、人間を殺傷した怪獣は処分することになっていて……。

MPCの調査官が冷静なのに対し、リポーターはエキサイトしているのが感じられた。ろくなニュースなどない田舎だから、一〇年に一度あるかないかというこのショッキングな事件に、きっとテレビ局を挙げて張り切っているのだろう。不謹慎だとは思わなかった。この人たちも商売なんだな、と妙に超然とした視点で眺めていた。

ニュースを見終わると、僕は二階の自室に戻り、閉じこもった。ベッドの上で膝《ひざ》を抱え、壁を見つめる。

昨夜、ベッドの中で感じた想い――タリーが死んだというのは何かの間違いではないかというかすかな希望は、朝の光に照らされ、情報が集まってくるにつれて薄れていった。僕はもう、彼女の死を受け入れられるようになっていた。同時に、胸の奥から冷たい怒りが湧き上がってくるのを覚えた。

こんな不条理があっていいのか。僕の初恋がなぜこんな残酷な結末を迎えなくちゃならない？　あんないい子が、なぜ死ななきゃならない？　まだ一二歳なのに、何も悪いことをしていないのに、人生がいきなり断ち切られるなんてことが許されるのか。彼女はただ水が好き、泳ぐのが好きなだけだったんだ。水泳選手になるという純粋な夢が、こんな無残な結末を迎えるなんてことが、あっていいのか。

いいわけがない。

間違っている。

許せない。

僕の心の中に、しだいにひとつの決意が固まっていった。

パパはすでに仕事に出かけていた。ママは前庭で花壇の手入れをしている。窓からその様子を確認してから、僕はパパの部屋に忍びこんだ。

猟銃は鍵《かぎ》のかかったガラス戸棚に保管してある。だが、僕は鍵の隠し場所を知っていた。実際に銃を撃ったことはないけども、去年、パパといっしょに鹿狩りに行った時に、「アメリカの男の基礎知識だ」と言って、操作法をしっかり教えてくれた。銃は釣り竿《ざお》を入れるバッグに隠し、ついでにありったけの銃弾もバッグに詰めこんだ。

いったん裏口から外に出て、ママが玄関から家の中に入るのを確認してから、音を立てないように自転車を押し、こっそり道路に出た。僕の部屋のドアには〈起こさないで〉という札をかけておいたし、ラジオをわざとつけっぱなしにしておいた。ママは僕が意気消沈して部屋に閉じこもり、ラジオを聴いていると思うはずだ。

ラジカセと水中スピーカー、それに猟銃の重みでよろめきながらも、僕は自転車のペダルを漕《こ》いだ。心の中は激しく冷たい怒りで満たされていた。

復讐？　いや、そんなカビの生えた言葉で僕の感情は表現できない。そもそも鹿撃ち用の猟銃なんかでMM3の怪獣が殺せるのかどうかも分からない。倒せなくてもかまわないのだ。僕はただ、撃ちたかった。怪獣に弾丸を撃ちこみたかったのだ。不条理な現実に対して、せめて一矢を報いないことには、むしゃくしゃが治まらなかったのだ。

バンヴィルさんの家の前を通りかかった時、風に吹かれて紙きれがひらひらと飛んできた。顔にぶつかる寸前、手でつかみ取った。見ればそれはあの〈フラットヘッド湖の怪獣、少女を殺す？〉という記事の切れ端だった。僕は腹を立て、それを丸めて道端に放り投げた。

いつもの場所に着くと、水中スピーカーを仕掛けた。今度は水漏れは起きない。ラジカセにケーブルを接続し、カセットを入れる。エンドレス再生にセットして、再生ボタンを押す。

ボオオオオオ……水中からくぐもった音が響いてきた。チューバのような低音の、腹に響く声。どこか悲しげで、何かを呼びかけるような声――お祖父《じい》ちゃんが何年もかけて完成させた労作。

テープは両面に録音されているから、電池が切れるまで音は出続ける。僕は草むらに座りこみ、猟銃を膝の上に載せて、怪獣がやって来るのを待った。

怪獣はいっこうに現われない。

僕はお祖父ちゃんの話を思い出した。「ガーティが現われるまでずいぶん待った」と言ってなかったっけ。「ずいぶん」って何時間ぐらい？　それとも何日？

だいたい、この音が怪獣に聞こえている保証はあるのか。いくら動物の聴覚が人間より敏感だからって、こんな小さなスピーカーから出る音が、湖の中心の方で聞こえるのか。

いや、そもそもお祖父ちゃんの言ったことは本当だという証拠はあるのか。

僕は子供だが、まったく純真というわけでもない。お祖父ちゃんの話を疑ったことがないと言えば嘘になる。大人はよく善意から子供を騙《だま》すものだからだ。サンタクロースの話のように。だから水中スピーカー作りに熱中しながらも、常に「ホラ話かも」という疑惑は心の隅にあった。

でも、騙されてたとしてもかまわない。僕はお祖父ちゃんが好きだった。お祖父ちゃんの嘘、それも夢のある嘘なら、騙されてあげてもいいと思っていた。空振りに終わったっていい。タリーといっしょに恐竜を待つだけで、夏の日の素敵な思い出になると。

だが、それは昨日までのこと。今この時、猟銃を抱えて待ちながら、怪獣が現われるのを切望している僕にとって、お祖父ちゃんの話がホラだったのかもという疑惑は、耐え難いものだった。

サンタクロースがいないことを知ったのは八歳の時だった。この世にファンタジーなんかないことを思い知らされ、とても寂しい想いがした。今、それと同じ失望を味わっている。そうとも、現実なんてこんなもんだ。子供の無邪気な夢なんて叶《かな》うわけがない。恋は終わる。夢は潰《つい》える。それが現実の法則というものではないのか……？

4　謎のメッセージ

正午を回り、お腹が空いてきた。急いでいたから弁当なんか持ってきていない。困ったことになったぞ。今日は夜までここで粘るつもりだから、何か食べるものを買ってこないと持ちそうにない。

まだ怪獣が現われる気配はない。スピーカーをこのままにして、少しこの場を離れても問題はあるまい。さすがに猟銃を置きっぱなしにするのはまずいので、釣り竿を入れるバッグにしまって、肩にかつぐ。音を流し続けるラジカセをその場に残し、僕は自転車を押して道を戻った。

歩きながら考えた。食べ物を買うといっても、このあたりの店といえば、少し行ったところにドラッグストアが一軒あるきり。あそこはソーダ・ファウンテンがあるぐらいで、サンドイッチとかは置いていない。まあ、クッキーを売っていたはずだから、それを買って腹の足しにすればいいか……。

クッキー？

その単語が頭にひっかかった。何だろう、妙に気になる。無意識が警報を発している。この言葉に注意しろと。

最近、クッキーを食べたのはいつ？　一昨日《おととい》だ。バンヴィルさんの家でごちそうになった。でも、あれはアンナさんの自家製だった。ドラッグストアで買ったものじゃない。タリーがドラッグストアで買ったのはチョコレートの詰め合わせだ。

待てよ。

何で彼女はチョコレートを買ったんだ？　僕と食べるため？　それはおかしい。だったらなぜ、いつもの場所から離れた場所で泳いでいたんだ。なぜいつもの場所で僕を待っていなかった？　それに、なぜいつもよりずっと早く家を出た？

もしかして、チョコレートは他の誰かにあげるつもりだったのではないか？　そのために彼女は早めに家を出たのでは？　でも、いったい誰に……？

その瞬間、ひらめいた。さっきから宙ぶらりんになっていた「クッキー」という単語が、「チョコレート」と結びついたのだ。

バンヴィルさんだ――タリーは前日にクッキーをもらったお返しに、チョコレートを持って行くつもりだったのではないか？　夏の暑さでチョコレートが溶ける前、午前中のうちに。

気がつくと、バンヴィルさんの家の前に来ていた。ふと足下を見ると、来る途中に丸めて捨てた新聞紙が落ちていた。よく考えてみると妙だ。何でこんなところに今朝の朝刊が落ちてるんだ？　それも紙面まるごとではなく、四分の一ページぐらいに破った大きさだ。

それを拾い上げ、広げてみた。すぐに変なことに気がついた。見出しの文字にところどころ穴が開いているのだ。釘《くぎ》か何かで刺したようだ。こんな感じ――

〈Fla•••ad L•ke Mon•te• Ki•••d •oung G•rl?〉

穴の開けられた文字だけを拾って読んでみる。THEASRLLEYI……何だこりゃ。意味が分からない。

だが、すぐに気がついた。タリーのことで頭がいっぱいだった僕の目は、その文字列の中に「TALLY」という名を読み取ったのだ。これはアナグラムだ！　文字列を正しい順序に復元するのに、一分もかからなかった。

TALLY IS HERE（タリーはここにいる）

びっくりして、新聞を見直した。よく見れば、本文にもあちこちに穴が開いている。たとえば〈the police department〉（警察署）という部分には、こんな風に穴が開けられていた。

〈t●● po●ice de●art●●nt〉

続けて読めば〈HELP ME〉（助けて）。

僕は夢中になって、他にも穴の開いた文字を探した。それらを並べた文字列は、そのまま読めばいいものもあったし、アナグラムを解読しなければならないものもあった。

僕が見つけた文字列はこういうものだった。

I HAVE NOT DIED（私は死んでいない）
BANVILLE（バンヴィル）
CONFINED（監禁された）
IN GARRET（屋根裏部屋に）
CALL POLICE（警察を呼んで）
JACK IS MURDERER（ジャックは殺人者）

僕は興奮してバンヴィルさんの家を見上げた。今まで気に留めたこともなかったが、二階の上には屋根裏部屋があるらしく、破風に小さな窓があった。だが、内側から板か何かでふさがれているようで、中を見ることはできない……。

いや、本当にそうか？　今ちらっと、半インチほどもない板の隙間から、蜂蜜《はちみつ》色の髪のようなものが見えたのは錯覚か？

後から冷静になって考えれば、その時の僕は常軌を逸していた。頭に血が上り、まともな判断ができなくなっていたのだ。暗号の指示通り、警察を呼ぶべきだったのに、そうしなかった。その代わり、バンヴィル家の玄関のチャイムを鳴らした。

出てきたのは、東洋人の女性だった。ジャックの奥さんのカナコだ。

「はい、ハロルド、どうしたの？」

僕は彼女に猟銃を突きつけた。カナコは目を丸くする。

「ちょっと……！」

「タリーを返せ」

僕は自分でもびっくりするほど冷酷な声が出せた。きっとその時の僕の表情は、ひどく恐ろしかったはずだ。

「なっ、何のこと⁉」

銃口を顔の前に突きつけられ、カナコはうろたえた。

「とぼけても無駄だ！　この家の屋根裏にタリーが監禁されてることは分かってるんだ」

僕の本気が伝わったのだろう。カナコはひどくおびえた様子で、階段の方にそろそろと後退する。「上れ！」と僕は命じた。彼女はゆっくりと階段を上り、僕は油断なく銃を構えながら後に続いた。

「ジャックはどこだ？」

「が、外出中よ」カナコの声は震えていた。

「アンナさんは？」

「具合が悪くて寝てるの。だから大声を出さないで。そっとして」

アンナさんのことも気になったが、今はタリーの方が大事だ。僕はカナコを脅しながら、二階から屋根裏に通じる細い階段を上った。

「ねえ、ハロルド、あなたは何か誤解してるわ」屋根裏部屋のドアの前で、カナコはやけに大きな声で言った。「ここにはタリーなんかいない。だからその猟銃を下ろして。危ないでしょ」

「うるさい！　さっさとドアを開けろ！」

しぶしぶカナコはドアを開いた。僕は彼女を押しのけるように中に飛びこんだ。

「タリー！」

そこは小さな部屋だった。天井は屋根に合わせて傾斜している。物置として使われているらしく、段ボール箱がやたらに積み上げてある。窓はひとつきりで、それも内側から木の板が打ちつけられていた。その窓の前に、予想通り、タリーが立っていた。びっくりした顔で僕を見つめている。

予想外だったのは、彼女が素っ裸だったことだ。

僕はどう反応していいか分からず、ぽかんと口を開けて立ちすくんでしまった。その隙を突いて、横から太い腕が伸びてきたかと思うと、一瞬で猟銃をひったくられてしまった。ドアの背後にジャックが隠れていたのだ。カナコの声を聞いて状況を理解し、とっさに身を隠して待ち伏せしたのだろう。僕の声が聞こえなかったタリーは、当然、僕に警告を発することもできなかったのだ。

ジャックは銃をバットのように振り回し、銃床で僕の肩を打った。僕は苦痛にうめく。続いて強烈なキックが腹に炸裂《さくれつ》する。僕は何フィートも吹き飛ばされてタリーにぶつかり、もつれ合って倒れた。

タリーがおろおろして僕を揺さぶる。でも、僕は起き上がれない。肩と腹に食らった打撃が強烈すぎた。身体を丸めて咳《せ》きこみ、自分の肩を抱いて苦痛に耐えるので精いっぱいだ。涙がぼろぼろとこぼれる。

涙でにじむ視界の中で、ジャックが猟銃を手に、大股《おおまた》でゆっくりと近づいてくるのが見えた。僕は恐怖に襲われた。逃げたいけど動けない。黒光りする銃口が迫ってきてクローズアップになるのを、ただ見ていることしかできなかった……。

「だめよ、銃は」カナコが止めた。「銃声を聞かれたらどうするの？　それに、この子がどうやってここを嗅《か》ぎつけたか聞き出さないと。他の人も来るかもしれない」

ジャックは舌打ちし、銃口を下ろした。

「こいつをボディチェックしろ」

カナコは僕の身体を探り、ズボンの尻《しり》ポケットに入れていた携帯電話と、あの新聞紙を抜き取った。それを広げ、「見て」と言って夫に見せる。ジャックはすぐに理解したようだった。

「こいつ……窓の隙間からこれを捨てたな⁉」

ジャックはすごい形相でタリーをにらみつけた。タリーはおびえ、僕にしがみついてくる。

「あんたが不注意なんでしょ⁉」カナコが夫を強くなじる。「この部屋に新聞なんか持ちこむから……」

「うるさい！　それより、外に行って拾って来い！　きっと一枚だけじゃなく、他にもあるはずだ！」

カナコは慌てて飛び出していった。ジャックは「帰りに大きめの包丁を持って来い！」と怒鳴った。

痛みは少しましになってきた。僕はどうにか上半身を起こした。タリーは心配そうに僕を抱き寄せる。大好きな女の子が裸で抱きついてきているという夢のようなシチュエーションなのに、僕は痛みでそれどころじゃなく、楽しんでいる余裕なんかない。ちくしょう、天国と地獄がごちゃ混ぜになった気分だ。

僕は痛みに耐えながらシャツのボタンをはずした。脱いだシャツをタリーの肩に着せかける。「ひどいことされた？」とささやくと、タリーはかぶりを振った。確かに見たところ外傷はないようだ。僕は安堵《あんど》した。もし彼女が暴行されてたりしたら、激怒してジャックにつかみかかっていただろう。

タリーは僕のシャツに袖《そで》を通した。裾《すそ》はぎりぎり股間《こかん》に達する長さ。全裸よりちょっとはましという程度になったが、それでも刺激が減ったので、僕はほっとした。

「ほう、騎士道精神か」ジャックはせせら笑った。「だが、すまんな。お前を生かしておくわけにいかないんだ。その娘と違って、お前は声が出せるからな」

そう言いながらも、銃口はぴたりと僕に向けている。すぐに撃たないのは、やはり銃声が誰かに聞かれるのを恐れているからか。ということは、僕はカナコが刃物を持って戻ってくるまでの命なのか。

僕は気圧《けお》されまいと、彼をにらみつけた。

「アンナさんはどうした？」

ジャックはにやにや笑って答えない。その代わり、タリーが僕の肩を叩《たた》いた。振り返ると、彼女はひどく悲痛な顔でかぶりを振った。その表情の意味を、僕は即座に理解した。

「……殺したんだな」

あの暗号にもあったではないか。〈ジャックは殺人者〉と。

「じゃあ、あのウェットスーツの血は……？」

「ああ、そうだ。察しがいいな」ジャックは平然と言った。「俺の裏のビジネスに気がつきやがったもんでな。エキサイトして、警察に届け出るなんて言い出したから、黙らせるしかなかった」

僕は愕然《がくぜん》となっていた。アンナさんが殺されていたことも衝撃だったが、自分の祖母を殺して平気でいられる人間がいるという事実に戦慄《せんりつ》した。冷酷な殺人鬼なんてドラマの中の話、あるいはニューヨークやロスのような大都会の話だと思っていたのに、こんな近くにいたなんて。

「……そんなの、すぐにバレるぞ」

「バレるもんか。二週間や三週間ぐらいなら、近所の目なんかごまかせる。八九歳の婆さんだ。『調子が悪くて二階で寝ています』って言えば、怪しむ者なんかいない」

「いつまでもごまかせないだろ」

「ああ、そんなに長く居座るつもりはないさ。ヨーロッパにでも逃亡する。だが、そのためにはたんまり逃走資金が必要でな。稼がなきゃいけないんだ」

彼はタリーを指差した。

「その娘の裸の写真でな」

5 本当のヒーロー

悪人《ヴィラン》が捕らえた誰かを殺す前にべらべら自慢話をするというのも、三流ドラマやコミックスの中の話だと思っていた。僕はいつもそういうシーンを見るたびにツッコんでいた。無駄なお喋《しゃべ》りなんかしてないでさっさと殺せよ、と。そうやって殺すのを先に延ばしているせいで、ヒーローに踏みこまれるのだ。

だが、ジャック・バンヴィルはまさにそういうことをやった。彼はあくまで銃を使わず、刃物を使って僕を殺害するつもりだった。カナコが刃物を持って戻ってくるまで二〇分以上かかったもんで、何か喋っていないと間が持たなかったのだ。

ジャックとカナコが手を染めていたのは、児童ポルノの密輸と密売だった。海の向こうの日本には彼らの仲間がいた。そいつが書店で小さい子供の出てくるポルノ・コミックス（アメリカでは非合法だが、日本ではごく普通に売られている）を買い、すぐにバラしてスキャンし、その画像データをメールでジャックに送付する。受け取ったジャックは台詞《せりふ》に英訳を付け、アメリカ国内のマニアにネットを通して売りさばく。日本での定価の二〇倍以上の値段で。それでも大勢の顧客がいた。非合法のポルノ・コミックスを手に入れるためなら金を惜しまない連中。電子出版ビジネスの裏でやっていたこの闇商売で、ジャックは月に一万ドル以上稼いでいた。

禁酒法と同じだ。禁止されているものを欲しがる人間は常にいる。そして、法律で禁じられているものは何でも、悪人にとって儲《もう》けのタネになる。

アンナさんは孫のその商売に気がついた。潔癖な彼女はそれが許せず、警察に通報しようとした。それで争いになり、かっとなったジャックはアンナさんを殺害した。

ジャックとカナコは共謀してアンナさんの死体を隠そうとした。ところが、裏庭に穴を掘って埋めようとしていたところに、タイミング悪くタリーが現われた。前日のクッキーのお返しに、チョコレートを持って。

ジャックたちは考えた。死体を見られた以上、タリーを帰すわけにはいかない。しかし、アンナさんと違い、少女の失踪《しっそう》はすぐ大騒ぎになるだろう。何としてでも、世間の注目をこの家からそらさなければ。

タリーが首から下げていたドッグタグを見て、その血液型が祖母のものと同じだと気がついたジャックは、湖の怪獣に罪を着せることを思いついた。車で引っ張ってウェットスーツを引き裂き、アンナさんの血をたっぷり染みこませた。さらにアンナさんの飼っていた亀を殺し、その口の中の粘膜を削ってなすりつけた。それを湖岸に投げ捨て、捜索隊に発見されるように仕向けたのだ。こうした偽装工作はみんな、僕が湖岸でぼんやりとタリーを待っていた間に行なわれた。

タリーがすぐに殺されなかったのは、利用価値があったからだ。ジャックとカナコはかなりの金を貯めこんでいたものの、まだ逃走資金には足りなかった。そこで、ポルノ・コミックスより危険で高く売れる商品——本物の女の子のポルノ画像で、手っ取り早く儲けることを思いついたのだ。

ジャックは今朝、タリーの希望を打ち砕くために、朝刊を持ってこの部屋に入った。お前は死んだことになっている、誰も助けになんか来ないぞ、と。屋根裏部屋の窓には、前日のうちに板を打ちつけてある。声の出せないタリーには助けを呼ぶ手段はないと、ジャックは甘く見ていた。

だが、彼は新聞を屋根裏部屋に置き忘れるという失策を犯した。タリーはそれを利用してSOSを発することを思いついた。筆記用具などないので、落ちていた釘《くぎ》（ジャックが窓に板を打ちつける際に落としたものだ）で新聞に穴を開け、さらに小さく破って、窓の隙間から外に捨てたのだ。そうして何枚も放たれたメッセージのひとつを、僕がたまたま拾ったというわけだ。

やがてカナコが戻ってきた。土まみれになった新聞紙を何枚か手にしている。

「家の周りで見つかったのはこれだけ」彼女は息を切らせていた。「後は風で飛んでったみたい」

「風向きは？」

「今は西風よ」

「だったら湖の方に飛んでいくな。問題ない——刃物は？」

カナコは大きな肉切り包丁を差し出した。ジャックはそれを手に取り、重量や刃の鋭さを確認した。「ま、こんなもんでいいだろう」と、出かける前に服を選ぶような日常的な口調で言うと、僕に向き直った。

「さあ、終わりにしようか」

僕は恐怖で口の中がからからになったが、それでも勇気を奮って言った。

「……子供が二人も続けて行方不明なんて、絶対に怪しまれるぞ」

「どうかな」これから子供を殺すというのに、ジャックは面白がっていた。「猟銃を家から持ち出したのは、この家に乗りこむためじゃあるまい？　たまたまこの家の前を通りかかって新聞を見つけたはずだからな。怪獣に復讐《ふくしゅう》するつもりだったんじゃないのか？　ん？」

図星だったので、僕は沈黙した。ジャックはただの頭の悪いヴィランではないようだ。

「だったら、返り討ちに遭ったことにすればいい。お前の身体をずたずたにして湖に投げこめば、見つけた連中は怪獣のしわざだと思うさ」

そう言うと、猟銃をカナコに預けて、ぶらぶらと近づいてきた。僕は戦慄した。こいつは僕を「解体」するつもりなのだ！

タリーが急に立ち上がった。僕の前で腕を広げて、ジャックを通せんぼする。僕は驚いた。彼女にはこんな強さがあったのか。

タリーは身体を張って僕を守ろうとしている。彼女にどれほど愛されているかを知り、絶体絶命の危機の最中なのに、僕は感動していた。さらに言うと、下半身裸の彼女を後方斜め下から見上げるのは、思いがけない絶景だった。マジで「このまま死んでもいいかも」と思ってしまったぐらいだ。

無論、それは無駄な抵抗だった。ジャックはクモの巣でも払いのけるかのように、逞《たくま》しい腕の軽いひと振りで、タリーの細い身体を横に転がした。楽しそうなにやにや笑いを浮かべ、肉切り包丁を手に僕に迫ってくる……。

その時、階下で奇妙な音がした。

「何、あの音？」

カナコも気がついた。ジャックも包丁を振り上げた手を止め、耳を澄ませる。聞こえなくてきょとんとしているのはタリーだけだ。

ボオオオオオオ……。

僕にとって、それは聞き間違えようのない音だった。チューバのような、あるいは霧笛のような、どこか寂しい音。

「……何だ、あれは？」

ジャックが気味悪そうにつぶやく。それを見て僕は、しめた、と思った。彼らは音の正体に気づいていない。この状況を利用できるかもしれない。

「怪獣だよ」

「何⁉」

「知らないの？　あれはレイク・モンスターの鳴き声だ」

「バカな！　下から聞こえてくるぞ」彼はカナコをにらみつけた。「テレビがつけっ放しなんじゃないのか？」

「テレビなんかつけてないよ！」カナコもおろおろしている。

「だったら……そう、下水道の配管か何かが音を立ててるんだ」

そう言ったものの、ジャックは自信がなさそうだった。当たり前だ。これは明らかに下水のパイプの立てる音なんかじゃない。おまけにその重々しく悲しげな声には、聞く者の不安を誘う効果があった。

声はいったん止まった。家の中を不気味な静寂が支配する。だが、二〇秒ほどしてまたはじまった。

ボオオオオオ……。

「いったい何だ、これは？」

「だから怪獣だって」

「うるさい！　いいかげんなことを言うな！」

ジャックのうろたえている様子が、僕にはおかしくてならなかった。僕は嘘なんかついていない。それは間違いなく怪獣の声だ。ただし、本物じゃなく、お祖父ちゃんが作った人工の声だけど。

そう、僕の携帯電話の着信音だ。

カナコが持ち去って、階下のどこかに置いてきた携帯電話。それが鳴っているのだ。

たぶんママからだろう。猟銃を持ち出したのがバレたのかもしれない。だがジャックたちには、まさか携帯電話が怪獣の声で吼《ほ》えるなんて想像もつかないのだ。

「怪獣じゃなかったら幽霊だ」僕は面白くなって追い討ちをかけた。「アンナさんの霊が怒って……」

「だ、黙れ！」ジャックの声はうわずっていた。「おいカナコ、下に行って見てこい！」

しかし、カナコは蒼《あお》ざめていた。僕がとっさに発した「幽霊」というフレーズは、女性の方により大きな効果があったようだ。

「い、嫌よ！　あんたもいっしょに来て！」

「バカ！　こいつらを見張ってる役が必要だろうが！」

「だったらあたしが見張ってるから、あんたが下に行けばいいでしょ！」

二人が滑稽《こっけい》な言い争いをしている間に、着信音はまた止まった。しかし――

ボオオオオー！

今度は僕も驚いた。その声は階下からではなく、外から聞こえてきたのだ。しかも大きい。明らかにケータイの着信音なんかじゃない。

まさか！

続いて、樹が倒れるめりめりという音、ずしんずしんという一定間隔の地響きが聞こえてきた。だんだんこちらに近づいてくる。僕は確信し、予想し、興奮した。屋根裏部屋の床を通して、かすかに震動が感じられる。窓ガラスがびりびりと震える。

「そんな!?」

ジャックは窓にかじりつき、細い隙間から外の様子をうかがった。だが、次の瞬間には、悲鳴を上げて飛び離れた。僕は危険を感じ、とっさにタリーを抱いて後退した。

大音響とともに、窓のあった側の壁がごっそりと崩壊し、青空が現われた。カナコが絶叫する。タリーも僕にしがみついてきた。

家のすぐ外に巨大な爬虫類《はちゆうるい》の顔があった。こちらを覗《のぞ》きこんでいる。距離が近いため、その全体を覆う灰色の細かい鱗《うろこ》まではっきり見えた。カモノハシのような平たい口は、その上に子供が寝転がれそうな広さがあった。顔の大きさに比べて眼は小さく、ハムスターの眼のようにくりくりしていて愛らしかった。

また階下でケータイが鳴り出した。怪獣は頭を下げ、僕たちの足の下、二階部分に首を突っこんできた。音源を探しているのだ。家全体がぎしぎしと揺れる。極端な前傾姿勢のため、背中は水平に近くなっていて、この屋根裏部屋の床とほぼ同じ高さにあった。

それを見て、僕は決心した。逃げ出すチャンスは今しかない。

僕はタリーに顔を向け、「跳ぶよ」と言った。彼女は一瞬、たじろいだものの、すぐに凛《りん》とした表情でうなずいた。ああ、この子はこんなかっこいい顔もできるのか。

僕たちは手をつなぎ、短い助走をつけて、壊れた床の端から空中に跳躍した。一瞬の飛翔《ひしよう》ののち、怪獣の背中に着地する。厚い皮膚は踏みしめられた土のように硬い。背中はバスの屋根ほどの広さがあり、丸みを帯びていて、大きく左右に揺れていた。

僕たちはヤモリのようにへばりつき、振り落とされないよう必死だった。二階の屋根の高さから落ちたら、ただでは済まない。

「こんちくしょう！」

振り返ると、ジャックが我に返って猟銃を構えていた。僕たちめがけて発砲する。大きな銃声とともに、弾丸が僕の頭の上をひゅんとかすめるのが感じられた。

その銃声はガーティを驚かせたらしい。不愉快そうなうなり声とともに、いきなり頭を持ち上げた。屋根裏部屋の床が下から突き破られ、ジャックの身体が押し上げられる。怪獣の頭にしがみつき、情けない悲鳴を上げるジャック。次の瞬間、ガーティが大きく頭を振ったので、ぽーんとボールのように飛ばされた。アンナさんが育てていたバラの花壇に、尻《しり》から落下する。

ガーティは上半身をもたげた。僕たちのしがみついていた背中が傾斜してゆき、尻尾《しっぽ》が地面に触れる。普通の恐竜みたいに先細りの尻尾ではなく、ビーバーの尻尾のように横に広がっていた。

僕たちはその尻尾を滑り台のように滑り降りた。地上に達するとすぐ、走って離れる。近くにいて踏み潰《つぶ》されたり、尻尾ではじき飛ばされたりしたらかなわない。

安全圏まで離れたところで振り返り、タリーといっしょに見上げた。ガーティは今や、そのユーモラスな頭を屋根よりも高くもたげていた。人間の五倍ぐらいの身長。動物園で見たゾウの何倍も大きい。口を開き、咽喉《のど》を震わせ、空に向かって咆哮《ほうこう》する。

ボオオオオオ。

気がつくと、騒ぎを聞きつけ、近所の人たちが集まってきていた。ライフルを持っている男の人も何人かいる。

「こりゃ驚いた！」誰かがタリーを見て叫んだ。「殺されたはずの女の子じゃないか⁉」

僕は飛び出していった。さっきタリーがやったように、銃を持った人たちの前で腕を広げ、通せんぼする。

「撃たないで！　あいつは女の子を殺してなんかいない！　濡《ぬ》れ衣《ぎぬ》なんです！」

タリーも僕の横に立ち、同じように腕を広げた。人々は銃を握りしめたまま、きょとんと顔を見合わせる。

「ほら、タリーは無事です！　悪い奴に捕まってただけなんです！　ガーティが——あの怪獣が助けてくれたんです」

信じ難い話だと、自分でも思う。だが、げんにタリーがこうして生きている以上、信じざるを得まい。銃を持った人たちは、一人、また一人、銃口を下ろしていった。

タリーが僕の肩を叩《たた》き、注意を惹《ひ》いた。振り返ると、ガーティは半壊したバンヴィル家に背を向け、とぼとぼと湖に帰りつつあった。声に誘われてきたものの、ここには仲間はいないと納得したのか。あるいはうるさい人間たちが集まってきたからか。

僕は家に駆け寄った。バラの花壇の中では、ジャックがトゲにひっかかってうめいていた。腰を打ったのか、起き上がれないようだ。僕は後ろからついてきた人たちに、

「こいつが誘拐犯です！　捕まえて！」と指示すると、タリーとともにガーティの後を追った。

ガーティは正確に元来た道を戻っているようだった。樹が何本かへし折れ、茂みが踏み荒らされ、深い足跡も残っていて、ここを通ってきたのだとはっきり分かる。やがて僕たちが逢瀬《おうせ》を楽しんだ入り江に達した。巨体が水中に飛びこむと、爆発のようなものすごい水しぶきが上がり、波が岸辺に押し寄せた。

「ガーティ！　ありがとう！」

去ってゆくガーティの後ろ姿に、僕は大声で呼びかけた。タリーも手を振る。航跡を残しながら遠ざかり、しだいに水中に没してゆくガーティ。別れを惜しむかのように、最後にもう一度だけ、空に向かって吼えた。

ボオオオオオ……。

そしてその姿は湖の中に消えた。

波がおさまると、フラットヘッド湖は太古の静寂を取り戻した。

バラの花壇の中でもがいていたジャックは、人々に縛り上げられ、警察に突き出された。カナコも壊れた家の中で呆然《ぼうぜん》とへたりこんでいるのを発見され、連行された。二人とも怪我はしているが命に別状ないと分かり、僕はほっとした。悪人とはいえ、ガーティに人殺しをさせたくなかった。

　実のところ、二人の偽装工作は、彼らが思っていたほど完璧《かんぺき》なものではなかった。僕たちが屋根裏部屋でピンチに陥っていた頃、ウェットスーツの血がタリーのものではないことは、DNA鑑定で判明していたのだ。爬虫類の細胞が恐竜ではなく亀のものであることも。だから僕が何もしなくても、警察は誘拐事件と見て捜査し、たぶん数日後には二人は逮捕されていたはずだ。

　しかし、僕が飛びこまなければ、あの日の午後、タリーは恥ずかしい姿を撮影され、その映像をアメリカ中の小児性欲者《ペドフィル》に売られていただろう。その意味では、やはり僕は彼女を助けたと言える。

　いや、本当のヒーローはガーティだ。

　もちろん彼（そういえば雄なんだろうか？）は僕たちを救おうなんて思っていなかったはずだ。上陸地点では、僕のラジカセが無残に潰れていた。ガーティが上陸する際に踏んづけたのだろう。仲間の声に惹かれてやって来たものの、急に声が途切れてとまどったはずだ。そこへ別の場所から声が聞こえてきた。彼はまっすぐに声のする方向に向かい、バンヴィル家を発見した。そして家の中に仲間が閉じこめられていると思いこみ、助け出そうとして壁を破壊した――といったところではなかろうか。

　理由はどうでもいい。僕たちはガーティのおかげで助かった。そのうえ夢が叶《かな》った――この夏、二人で恐竜を見るという夢が。

　ガーティは僕たちにとって、夏のサンタクロースだ。

エピローグ　七年目の帰還

それらはすべて七年前のことだ。

今、僕の前には、最新の新聞のスポーツ面がある。一九歳の聴力障害の女性水泳選手が、二〇〇メートル自由形で国内タイ記録を出したという記事。彼女は順調に実力を伸ばし続けている。すでに来年のロンドン・オリンピック出場も射程に入っていた。

僕は去年、念願叶って宇宙開発の本場ヒューストンの大学に入学した。航空宇宙工学を学んでいる。将来は宇宙船の設計に携わるつもりだ。ヒューストンとコーパス・クリスティは、車で三時間ほどの距離。今では彼女と月に二度は会っている。僕たちは大学を出たら結婚する約束を交わしていた。

初恋は実らない、と世間では言われている。まして一六〇〇マイルも離れて、メールとビデオレターだけで六年間も恋が持続するなんて、信じられない奇跡だろう。だが、僕たちはその奇跡を現実にした。

七年前のあの夏の日、僕たちはともに大切な教訓を学んだのだ。絶望的な状況でも希望を捨ててはいけないということ。知恵を働かせ、勇気を奮えば、どんな困難も克服できるということ。努力する者にのみ奇跡は訪れるということ。

あの日のピンチに比べれば、一六〇〇マイルの距離なんて、たいした障害ではなかった。

今年の夏はタリーを連れて里帰りをしようと思う。あの事件からちょうど七年目。思い出の入り江で夏を過ごすのだ。

あの日、テープはラジカセごと踏み潰され、携帯電話も壊れてしまった。もうお祖父《じい》ちゃんの作った怪獣の声は残っていない、と僕はみんなに説明していた。ガーティを呼ぶことはもうできないのだと。だが、それは事実ではない。ガーティが誰かに利用されては嫌だから、嘘をついたのだ。

テープからパソコンに落とした音声データを、こっそりUSBメモリに移して保管していることは、僕とタリーだけの秘密だ。

怪獣神様

プロローグ　折れた花

白い漆喰《しっくい》の壁に囲まれた殺風景な部屋の中央で、少女はスチール製の折りたたみ椅子《いす》に座っていた。

今年で一四歳。病人のように力なくうなだれており、簡素な白いノースリーブのワンピースからは、成長期特有のひょろりと長い手足が伸びている。頬にバンドエイドを貼り、右肘《みぎひじ》と左の脛《すね》に包帯を巻いているのが痛々しい。両手は膝《ひざ》の上に置かれ、頭はやや傾けて、魂の抜けたような虚《うつ》ろな眼で取調室の床を見つめている。実際には何も目に入ってはいないのだろう。その証拠に、長い髪がひと房、顔の前に垂れているのに、払いのけようともしない。その横顔は、快活な笑顔を浮かべたなら、きっと美しかっただろう。だが、今は……。

折られた花のようだ、と警察署長のナムウォンは思った。この少女の心は折れている。肉体的にはかすり傷しか負っていなくても、きっと魂に深い傷を負ったのだろう。想像するしかないが、よほど衝撃的な体験だったに違いない。

それなのに——何か罪を犯したわけでもないのに、こんな若い女の子が、警察署の一室に閉じこめられ、何人ものいかつい大人の前に座らされ、ライトを当てられ、まるで容疑者のような扱いを受けている。そのことで、ナムウォンは胸が痛むのを覚えた。

「……ねえ、シリヤム」

彼は少女に語りかけた。小声で、できる限り優しく——きつい言葉を投げかけたら、少女は繊細なガラス細工のように砕けてしまいそうに思えたのだ。

「話してくれないかな？　何があったかを。最初から」

少女は答えない。まるで聞こえていないかのようだ。署長はちらっと振り返って、部下たちの顔を見た。彼らも居心地の悪そうな顔をしている。子供をいじめているようで気分が悪いのだ。

だが、やらなければならない。これはありきたりの殺人や強盗などではない。大きな被害を出し、タイ国民の注目を集めている大事件なのだ。詳しく調書を取り、完璧《かんぺき》な報告書を作成しなくてはならない。平の警官にまかせてはおけないので、ナムウォンは自分で少女を取り調べることにしたのだ。

彼は気を取り直して言った。

「つらいのは分かる。でも、事実を明らかにするのがおじさんたちの仕事なんだよ。君の口から話を聞かなくてはならないんだ」

「…………」

「どうだろう。話してくれないかな、シリヤム？」

「……違う」

少女が初めて口を開いたので、ナムウォンは驚いた。

「何が違うんだね？」

「……私はシリヤムじゃない」

死から復活したかのように、少女はゆっくりと顔を上げ、大人たちを見つめた。さっきまでは虚ろだった黒い瞳《ひとみ》には、今、強い意志の灯《とも》が点っていた。

「そんな名前で呼ばないで」彼女は小さな、しかし力強い声で言った。「私は、そんな名前じゃない……」

1　湖の出会い

それは何の予告もなしに空から舞い降りてきた。

シリヤムは湖岸の斜面の上に立ち、ぽかんとそれを見上げていた。青い宝石のような球体が雲間に浮かんでいる。最初は風船かと思ったが、どんどん大きくなってくるので、落下してきているのだと分かった。

距離感がつかめないため、大きさがよく分からなかった。最初の印象はビー玉ぐらいだったが、近づいてくるにつれ、その印象は急激に修正された。ソフトボールぐらいに、バスケットボールぐらいに、人間ぐらいに……それでもまだ大きくなり続ける。重力に引かれて落ちてくるのではなく、妙にゆっくりしていて、明らかに減速がかかっていた。

それがどうやら家よりも大きいらしいと気づき、ようやくシリヤムの心に疑問が芽生えた。何だろう、あれは。気球？　隕石《いんせき》？――それとも爆弾？

逃げようという気は起きなかった。あまりにも突然で、あまりにも奇妙すぎて、恐怖心が湧いてくる暇もなかったのだ。ただ顔を上げて、それが高度を下げてくるのを見つめていることしかできなかった。

地上に近づく頃には、物体の速度はとても遅くなっていた。今やビルほどの大きさになったその球体は、近くの山の峰よりも低い高度で、少女のいる入り江のすぐ上に浮かび、気球のようにゆっくりと降りてきている。表面は物質ではなく、ちらちらとゆらめくガスの炎のような青いコロナに包まれていた。太陽ほどまばゆくはなく、太陽を覆い隠し、崖《がけ》の上で空を振り仰いでいる少女の周囲に巨大な影を落とした。よく見れば球体はゼリーのように半透明で、中に封じこめられた何か巨大なものが透けて見えていた。

少女が驚きに打たれて見守る中、青い球体は陽が沈むように湖面に着水した。ドーンという音とともに水しぶきが上がる。落下の勢いはたいしたことはなかったが、球体の体積が膨大なものだから、大量の水を押しのけ、津波のような高波を生じた。巨人が寝返りを打ったように、湖面が大きくうねった。波が入り江の岸に押し寄せる。

その驚くべき光景は少女の感覚を混乱させた。シリヤムはめまいを覚えて何歩かよろめいた。突然、足の下から地面が消失し、身体がずり落ちた。足を踏みはずしたのだ。

「きゃあっ⁉」

とっさに崖の縁に生えていた草にしがみつき、転落をまぬがれた。

今は渇水期で、水位は満水時より八メートルも低く、森の縁と湖面の間には赤茶けた土の急斜面が露出していた。少女はそこにぶら下がり、足をばたばたさせてもがいていた。斜面は急であるだけでなく滑りやすく、這《は》い上がることができない。ちらっと振り返ると、斜面の下の方には大きな岩がごろごろしていて、そこに激しく波が打ち寄せているのが見えた。あんなところに落ちたらただでは済まない。

草が少女の体重を支えきれず、根がずるずると抜けてきた。左手だけで草につかまり、別の手がかりを求めて右腕を振り回す。だが、つかめるものは何もない。絶望が脳裏を横切る。もうだめだ。あと数秒で滑り落ちてしまう。

「助けて！」彼女は思わず叫んでいた。「神様、助けて！」

その瞬間、悟りにも似た諦観《ていかん》が、ふっと少女の心に訪れた。なぜ生に執着する。あがく必要がどこにある。ここで人生が終わっても、何も悪くはないではないか。どうせ長く生きてもいいことなどあるわけがないのだ。私が死んでも悲しむ者はいない。世界は何事もなかったかのように動き続けるに違いない。斜面からの転落。岩に頭をぶつけて苦しまずに一瞬で絶命できるのなら、それはきっと幸せなことなのだ……そう考えると、草をつかんでいた手から力が抜けた。

その時、水平に並んだ丸太のようなものが三本、斜面すれすれに沿って上がってきて、今まさに転落しかけていた少女を、ひょいとすくい上げた。そのままエレベーターのように空中高く持ち上げてゆく。

三本の柱は少女の身長ほどの長さがあった。ごつごつしていて、傾斜しており、根元の方でつながって大きな板状になっている。シリヤムはそこに転がり落ちた。ざらざらした板に手をつき、上半身を起こして、呆然《ぼうぜん》とあたりを見回す。死を覚悟していたので、自分が生きていることが信じられなかった。絶望が消滅した反動で、心に大きな空白が生まれた。

すると――

〈だいじょうぶかい？〉

空白になった心を満たすように、大きくて優しい声が空から降ってきた。シリヤムは驚いて空を振り仰いだ。

太陽をバックに、途方もなく巨大なものがシルエットとなってそそり立っていた。最初、その全体像が把握できず、寺院か何かの建造物のように見えた。全体が青みがかった色をしていて、たくさんの突起がある。上部には巨大な扇のようなものが広がっていて、その根元から別の複雑な構造物がこちらに突き出していた。

ぽかんとして見上げるうちに、シリヤムはその中に〝顔〟を見出《みいだ》した。長い首の先にあり、こちらに突き出された顔は、大型トラックぐらいの大きさがあった。青い鱗《うろこ》に覆われていて爬虫類《はちゅうるい》的だったが、顔つきは馬のようでもある。水牛を思わせる立派な角が大小二対、頭部の両側から張り出し、天に向かって力強く湾曲している。他にも何本もの小さな角が頭部に生えていた。口には何十センチもある歯が洞窟《どうくつ》の鍾《しょう》乳石《にゅうせき》のように並んでおり、小さな自動車ぐらいひと口で噛《か》み砕けそうだった。下顎《したあご》からも短い角が二本張り出しており、これは下に垂れ下がって、老人の顎鬚《あごひげ》を連想させた。

まったく非人間的だが、それでいてグロテスクな印象は受けなかった。むしろ寺院の装飾のような美を感じさせた。少女を見下ろす眼は優しそうで、周囲に刻まれた深い皺《しわ》が年齢を感じさせた。

その生きものの両肩からは、翼のような器官――としか形容できないのだが――が何十メートルも張り出していた。空に向かってそり返り、団扇《うちわ》のような形に広がっている。その縁にはいくつもの突起が並んでおり、薄い皮膜は部分的にステンドグラスのように青く透けていた。正面から見ると、まるで仏像の背中にある光背のようだ。

長い首の後ろには、馬のようなたてがみがあり、風でなびいているのが見えた。シリヤムの位置からでは背面はよく見えないが、どうやら顔面と同様、青い鱗に覆われているようだ。胸には亀の甲羅を思わせる装甲があり、砲弾などはじき返せそうだった。

こんな巨大で荘厳な生きものを、少女は見たことがなかった。いや、人類の大半は一度も目にすることなく一生を終えるのではないか。

MM8級の大怪獣――このスケールではもはや生物という感じがせず、山や森のような自然の一部、あるいは寺院や神殿のような宗教的建築物のような印象を受ける。間近で見上げるその迫力は、天災のように圧倒的で、少女は恐怖すら超越した完璧な無力感に打ちのめされた。ライオンを前にしたネズミは、こんな感じがするのだろうか。

思わず座ったまま後ずさりしたが、あの三本の柱に背中がぶつかった。気がつくと、舟に乗っているように身体が揺れている。そこでようやく、自分が怪獣の手の平の上にいることに気がついた。三本の柱は指で、他にも短い親指があった。人間の手の大きさにたとえるなら、その上に座っている少女は、梅の実ほどしかなかった。

こいつが指を閉じたら、自分はあっさり握り潰《つぶ》される――その事実を、シリヤムは危機や災難というより、一種の運命のように受け止めた。逃げようとか抗《あらが》おうとかいう意思は、まったく湧いてこなかった。ここまでの圧倒的な力の差の前には、どんな抵抗も無意味だ。

すると、また声がした。

〈済まないね。君がいることに気がつかなかった。驚かせてしまったね〉

空から聞こえてくるのは、のんびりとしていて、とても紳士的な印象の、年老いた男性の声だった。空気を伝わってくるのではなく、頭の中に直接響いてくるようだ。なのに声がする方向がはっきり分かる。それは確かに怪獣の頭部から発せられている。

〈私の声が聞こえるかい？〉

少女は無言で、こくんとうなずいた。

恐怖を覚えるべきだ、と理性は告げている。だが、できなかった。心は完全にこの怪獣に圧倒され、恐怖心すら麻痺《まひ》してしまっている。それに怪獣の声は、その巨大で異様な姿にもかかわらず、とても優しく、ユーモラスな印象すらあった。

〈だいじょうぶだよ。恐れることはない――さあ〉

怪獣はゆっくりとかがみこんだ。エレベーターが下降するような感覚に襲われ、シリヤムは軽いめまいに襲われた。怪獣は手を動かして、少女のちっぽけな身体を崖の上にまで運んだ。

〈気をつけて。今度は落ちないようにね〉

怪獣は手を少し傾けた。シリヤムはそろそろと怪獣の手から降り、土を踏みしめた。斜面にぶら下がったせいで、白いワンピースが土で汚れているが、怪我はしていない。

少女に別状がないのを確認すると、怪獣は手を持ち上げた。再び背を伸ばし、巨体を一歩後退させる。小さな生きものをおびえさせないようにとの配慮だろうか。

〈こわかったかい？〉

怪獣は優しく問いかけてきた。

「……あなたが喋《しゃべ》ってるの？」

シリヤムが恐る恐る訊《たず》ねると、怪獣はくすくすと笑った。

〈そうだよ。他に誰がいるかね？〉

シリヤムは混乱した。わけが分からなかった。この国でも昔から多くの怪獣災害が起きている。怪獣は恐ろしいものだと、大人たちから教えられてきた――だが、怪獣が言葉を喋るなんて聞いたことがない。

あらためて怪獣の全身像を観察した。大型怪獣に多い直立二足歩行型だった。恐竜のように前傾姿勢ではなく、人間のように垂直に立っているのだ。膝《ひざ》から下が水中に没しているので正確な身長は分からないが、水面に出ている部分だけで一〇階建てのビルぐらいはありそうだった。首から上だけを見れば、前に絵で見たことのある伝説の龍《りゅう》のようだが、全体としてのプロポーションはむしろ太った人間に近い。両腕は先に行くほど太くなり、肘《ひじ》から手首にかけての皮がだぶついて重力で垂れ下がって、ローブの袖《そで》のようになっている。また、腰の前には厚い皮がエプロンのように垂れていた。

驚きが去ると、恐怖がじわじわと咽喉《のど》にこみ上げてきた。少女はそれをぐっと呑《の》みこんだ。恐れることはないのだ、と無理に自分に言い聞かせる。この怪獣はどうやら自分を傷つけるつもりはないらしい。

「……助けてくれたの？」

〈そうだよ〉怪獣は言う。〈私を呼ぶ、君の声が聞こえたからね〉

シリヤムはようやく、怪獣がタイ語を話しているわけではないことに気がついた。喋っている間、怪獣の口はまったく動いていないし、耳には何の音も聞こえてこない。怪獣が伝えようとしている内容が、直接、頭に伝わってきていて、それが声として解釈されているようだ。うわさに聞くテレパシーというやつだろうか。

「あなたを……呼んだ？」

〈言ったじゃないか、「神様、助けて」と。目の前で呼ばれたからには、助けないわけにはいくまい？〉

怪獣は少しおどけた口調で言った。少女の頭はますます混乱した。

「あなたは……神様なの？」

〈そうだよ〉怪獣の声にはわずかに自慢げな響きがあった。〈私は神だ。この星の神ではないがね……君の名前は？〉

少女の咽喉はからからになっていたが、それでもどうにか自分の名を口にできた。

「シリヤム……シリヤム・ワッタナジンダ」

〈シリヤムか。初めまして。私はゼオー。惑星ボラージュから来た〉

巨大な怪獣はそう言うと、芝居がかったしぐさで、大きく腕を広げた。神のあいさつなのだろうか。

「惑星……？」

〈そう、別の星だ。この星には旅の途中で立ち寄っただけだ。誰にも危害を加える意思はない。長旅をしてきたので、少し休んでいきたいだけだ〉

ゼオーは巨大な指で少女を指差した。

〈できることなら、私と会ったことは他の者には喋らないでくれるとありがたい。大勢が押しかけてきたら、おちおち休んでいられないからね——お願いできるかな？〉

「……分かった」シリヤムはかくかくとうなずいた。「約束する」

〈ありがたい——それじゃあ〉

そう言うと、ゼオーはゆっくりと後退し、水中に沈んでいった。その巨体は、まるで水に溶けるかのように消えてゆく。後には波紋が残るだけだった。

その時ようやくパニックが襲ってきた。シリヤムは湖に背を向け、村に向かって夢中で駆け出した。

2　怪獣目撃

タイ王国陸軍のヘリコプターUH－60ブラックホークは、山に囲まれた農村の学校の校庭に、すさまじい爆音を立てて降下した。赤茶けた土埃《つちぼこり》が竜巻のように舞い上がり、ヘリの姿を霞《かす》ませる。木造一階建ての小さな校舎の窓からは、子供たちが顔を出し、珍しい光景を興奮して眺めていた。

ローターの回転が落ち、土埃と爆音がおさまってくると、側面の扉が開いて、まず数人の兵士が出てきた。続いてタイ気象庁の怪獣対策チームのメンバーがぞろぞろと降りてくる。リーダーのアナン・ヤムナムは色黒で恰幅《かっぷく》のいい中年男性で、部下にてきぱきと何か指示していた。

ヘリから降りてきた者の中には、二人の日本人も交じっていた。

「うわあ、木造校舎ですよ。かわいい！」

校舎の窓から手を振って歓迎する子供たちに、笑顔で手を振り返しながら、藤澤《ふじさわ》さくらは無邪気にはしゃいでいた。

タイの教育制度は、日本の幼稚園に相当する三年間のアヌバーン、小学校に相当する六年間のプラトム、中学と高校に相当する六年間のマタヨン、それに四年間の大学に分かれている。ここはそのマタヨン校で、日本で言うなら中学一年から高校三年までの生徒がいっしょに学んでいるのだ。とは言っても田舎の学校だから、生徒数は六学年合わせても八〇人ほどしかいない。

「昭和三〇年代って雰囲気ですよね。懐かしい〜」

「懐かしいって、お前、昭和六〇年代生まれだろうが」

先輩の灰田涼《はいだりょう》が仏頂面でツッコむ。

「前に映画で見たんですよ、こういう風景。まだこんなところが残ってるんですね」

「ああ、バンコクは近代都市だったんだがな」

このウッタラディット県はタイの北部にあり、首都バンコクから五〇〇キロ近く離れている。日本で言うなら東北地方だ。学校の周囲には一面の水田が広がっていた。草葺《くさぶ》き屋根の農家。農道に沿って立ち並ぶ木製の電信柱。さすがに農作業には牛ではなくトラクターを使っているが、日本人のノスタルジーを喚起する風景であるのは確かだ。

さくらは珍しがって観光気分で喜んでいる。もっとも、都会のライフスタイルを愛する涼には、あまり興味のない光景だった。

「サワッディークラップ（こんにちは）」

警官の制服を着た若い男が、校庭の隅から駆けてきた。にこやかな表情で一同を出迎える。二〇代後半ぐらいだろうか。眼が細く、優しそうな顔で、ちょっと日本の若手俳優に似ていると、さくらは思った。警官としてはやや頼りなく感じられる。

若い警官は怪獣対策チームのメンバーにタイ語で自己紹介した。アナンは自分と部下、それに涼たちを警官に紹介する。

「リョウさん、サクラさん、こちらはこの地区の巡査のチャットチャイ・ヴァチャジットパンです。目撃者のことをウッタラディット県警に報せてきたのは彼です」

アナンは英語で紹介した。涼たちは軽く頭を下げ、「インディーティーダイルージャククラップ（はじめまして）」「インディーティーダイルージャクカ（はじめまして）」とあいさつする。

「目撃者は講堂に待たせているそうです。行きましょう」

一同は校庭を横切ってぞろぞろと歩き出した。子供たちは窓から首を突き出して彼らを見ているだけで、校舎からは出てこない。ヘリコプターに近寄ると危険だから、校庭に出るのを禁じられているのだろう。

「平和そうな村ですね」さくらがタイ語でチャットチャイに話しかける「ここじゃ犯罪なんかも少ないのでは？」

日本人女性のタイ語が流暢《りゅうちょう》だったので、若い警官は少し驚いた様子だった。

「タイ語、お上手なんですね」

「同じアパートにタイから出稼ぎに来てる人が住んでましてね」さくらは頭をかいた。

「ご近所づき合いするうちに、日常会話は自然に覚えちゃったんですよね。この技術指導が決まってから、あらためて外国語教室に通って勉強し直しましたけど」

あまり知られていないが、気象庁は世界各国の気象機関と密接な関係を持っている。台風の進路予測に東南アジア諸国の協力が、津波の警報に太平洋沿岸諸国の協力が不可欠なのはもちろんだが、アメリカやオーストラリアなどの高い気象予報技術を持つ国とは頻繁に専門家の交流があり、様々な共同研究も行なわれている。逆に技術が未発達な発展途上国からは、ＯＤＡ（政府開発援助）の一環として研修員を受け入れたり、逆に日本から専門家を技術指導に派遣したりする。日本の気象庁職員たちは、アジアや中南米やアフリカの各地で、気象レーダーの整備、地震火山観測網の整備などに協力しているのだ。

怪獣災害対策の指導もそうした国際協力のひとつだ。怪獣大国である日本では怪獣対策のノウハウが進歩しており、世界各国から高く評価されている。それを発展途上国の関係者に指導するため、気象庁特異生物対策部からしばしば経験豊富な第一線の人間を派遣するのだ。怪獣に接近する際の手順、軍（日本の場合は自衛隊）との連携、注意報や警報を発する基準、市民の被災をいかに防ぐかなど、日本では常識であっても、海外ではまだ浸透していない国がたくさんある。

ここタイも、昔から何度も大きな怪獣災害が起きている国だ。しかも二〇〇四年のスマトラ島沖地震の余波か、ここ数年、東南アジア各地で怪獣災害が頻発している。タイの気象庁も危機感を募らせ、日本から怪獣対策の専門家を招致したのだ。

ほんの二ヶ月とはいえ、涼とさくらが指導に訪れたことを、タイの気象庁職員たちは大いに歓迎していた。二〇〇六年のクトウリュウ事件での彼らの活躍は、気象関係者の間では有名である。何しろ、観測史上最大のMM9級怪獣の出現にもかかわらず、民間への被害を最小限に抑えることに成功したのだ。期待されるのは当然だろう。

「タイには前からいっぺん来たかったんですよね」とさくら。「寺院とか見たかったし。ただで来ることができて、儲《もう》けた気分です。まあ、仕事が忙しくて、観光してる時間がないのが残念ですけど」

「そんなにいい国でもないですよ」チャットチャイは恥ずかしそうに言う。「この地方も、人口が少ないから事件も少ないというだけで、窃盗や暴力事件もたまに起こります。もっと悲惨な事件も……」

「悲惨な事件？」

巡査は少しためらってから言った。

「人身売買です。一昨年《おととし》、この村の幼い女の子がチェンマイに売られて、児童売春をさせられるという事件があったんです。幸い、一年ほどで保護されて戻ってきましたけど」

「ああ……」

こんなのどかな地方にも、そんな悲劇があるのか——いきなり幻想を破られて、さくらは落胆した。

「もっとも、かつてに比べればずっと減りましたよ。二〇〇〇年に政権が替わった直後、タイの汚名を返上しようというので、売春、特に児童売春の取り締まりがきびしくなりましたからね。犠牲になる子供は確実に減っています。それでも、なかなか完全には根絶できない」彼はため息をついた。「悲しいことですけどね」

さくらは肩身が狭い思いをした。タイの児童売春の相手は外国からの観光客が多く、日本からもそうした目的でタイを訪れる者が多いと聞いたことがある。自分には責任がないこととはいえ、同じ日本人として恥ずかしく、腹立たしい。

一同が校庭から離れると、ブラックホークは再びローターの回転を上げ、土埃を巻き上げて飛び立った。この後、怪獣が現われたという湖を空から捜索することになっている。何時間かかるか分からないので、燃料を補給するため、一四〇キロ離れたラムパーンの陸軍基地に向かうのだ。

一〇〇人も入れないであろう小さな講堂には、三人の男性が待っていた。机と椅子が三組用意され、神妙な表情で着席している。怪獣対策チームのための椅子もあった。この学校の教室で用いられているらしい木製の椅子で、小さくて座りにくい。さくらはまたしてもノスタルジーを覚えた。

「彼らが目撃者です」

チャットチャイが紹介する。三人とも四〇代ぐらいの男性で、肉体労働者らしく、逞《たくま》しい身体は陽に焼けていた。警官や怪獣対策チームの面々を前にして、緊張しているのが分かる。

「待ってください。三人同時に聴取するんですか？」

涼が英語で異議を唱えると、アナンは怪訝《けげん》そうな顔をした。

「いけませんか？　同時に話を聞いた方が早いでしょう？」

「いえ、日本やアメリカでは、怪獣の目撃者の聴取は可能な限り別々に行なうのが原則です。目撃者たちが共謀して嘘の証言をするかもしれませんし、たとえ本当に目撃していたとしても、互いに話をさせると記憶の汚染が起きる可能性があります」

「記憶の汚染？」

「一九九四年に、パリに地底怪獣が出現した事件を覚えてますか？　あの時、目撃者が口を揃えて『怪獣には耳と角があった』と証言したために、怪獣の正体に関する情報が混乱したことがあります。怪獣は地中からちょっと顔を出しただけだったんですが、一人の目撃者がテレビのインタビューを受けて、『怪獣には耳と角があった』と自信たっぷりに証言したもので、他の目撃者の記憶もそれに影響されてしまったんです。実際には耳も角もなかったのに」

「なるほど。目撃者同士が話し合えないようにした方が、証言の確実性は増すということですか」

アナンはその新しい知識を吟味し、三人の男たちにタイ語で何か質問した。その返事を聞き、小さくうなずく。

「残念ながら、この三人はもう何時間もいっしょにいて、見たものについて話し合っているそうです。ですから記憶の汚染を防ぐのは手遅れでしょう」

「そうですか……」

「それに新しい方式をすぐに試すというのは問題があります。今回は我が国の方式でやらせていただけないでしょうか？」

「せめて、絵だけは別々に描かせるようにしていただけませんか？」

「そうしましょう」

それから数十分、アナンは三人の男を質問攻めにし、話を引き出した。男たちは最初は緊張していたものの、しだいに饒舌《じょうぜつ》になり、自分たちが見たものを詳しく語った。それをアナンの部下がメモしてゆく。この場にいる人間でただ一人、タイ語の分からない涼には、さくらが同時通訳した。その内容を要約するとこうなる。

三人は昨日の夕方、この村から二キロほど離れたシリキット湖で釣りをしていた。そうしたら対岸に怪獣がいるのを目撃した。のんびりと水浴びでもしているように見えた。遠すぎて正確な大きさは分からなかったが、かなり巨大な怪獣のようだった。帰ってから他の村人にその話をすると、本当だとしたら大変なことだから警察に通報すべきだ、という話になった……。

かくして昨夜、通報を受けたチャットチャイが県警本部に報告し、その情報が今朝早くに気象庁とタイ王国陸軍に回ってきたというわけだ。

「その湖の地図は？」

涼が要求すると、すぐに怪獣対策チームの一人が机の上に地図を広げた。湖は中央の部分がくびれて狭くなっており、インクがにじんだHの字、もしくは羽を開いた蝶《ちょう》のような形をしている。フィヨルドのような凹凸や小島がたくさんあり、かなり複雑な地形だ。面積は琵琶《びわ》湖の三分の一ほど。湖の東岸と南西岸に小さな町があるものの、それ以外の湖岸はほとんど手つかずの原生林だ。

「変わった形の湖ですね」

「人造湖なんです。ここに――」アナンは湖の南東の端、湖が斜めに断ち切られている場所を指で押さえた。「シリキットダムがあります。一九七三年に完成した、タイで最大のダムです。これがナン河を堰《せ》き止めて、大きな貯水池を作ったんです」

アナンが目撃者たちに問いただすと、彼らは地図の上で、自分たちがいた場所と怪獣がいた場所を指し示した。

「直線で二キロ以上離れてるじゃないですか」

さくらが疑わしそうにつぶやく。涼も無表情でうなずいた。そんなに離れていては、怪獣がちゃんと見えたのか怪しくなる。

だが、よく調べずに「嘘だ」と決めつけるのは禁物だ。怪獣は常識が通用しない存在だ。どんな途方もない証言であろうと、先入観を捨てて真剣に調査する必要がある。

「絵を描いてもらえますか。机を離して」

三つの机が部屋の三箇所に離された。目撃者たちには画用紙と鉛筆が手渡され、見たものの絵を描くように要求される。三人とも絵など描き慣れていないらしく、苦心しながら記憶をたどってスケッチを描いた。

やがて絵が三枚とも描き上がった。ひどく稚拙で、子供のいたずら描きのようだが、同じ生きものを描いていることは分かった。怪獣は水中から上半身だけを出している。二足歩行恐竜に似ているが、人間のように直立していて、前足がやけに大きかった。ひょっとしたらこれかもしれない。特徴的なのはその背中で、三人とも大きな団扇《うちわ》のような器官を描いていた。その縁はぎざぎざで、炎のような形をしている。龍《りゅう》のような頭に角を描いている者もいた。

「おいおい、本当にここまではっきり見えたってのか?」

涼のその疑問を、さくらはタイ語に翻訳して目撃者たちに伝えた。彼らは口々に「見えたよ!」「かなり長い時間見てたんだから間違いない!」「嘘はついてない!」と訴えた。その様子は真剣で、演技しているようには見えない。

「本当に見えたそうです」

「参ったな……」

スケッチを見直し、涼は舌打ちした。二キロ以上も離れた場所から、本当にここまでディテールが見えたのだとしたら、かなり巨大な怪獣ということになる。まさか技術指導のために来た国で、こんな大物に遭遇するとは。

「リョウさん、どう思われます？」

目撃者を帰らせてから、アナンがささやいた。涼は絵を見つめ、難しい顔でかぶりを振る。

「分かりませんね。この背中の変なものは何なのか……鳥や翼竜の翼とは違うようですし、背びれのようでもない。地球上の生物でこれに似たものが思い浮かびません」

「ということは、やはり宇宙から？」

「その可能性はあります」

写真やビデオなどの証拠はない。三人の目撃談だけなら疑わしかっただろう。しかし三日前、この地域で青い球状のUFOが目撃されているのだ。四〇キロ離れたプレー市では、観光客がビデオで撮影しているし、何キロも離れた場所にいた複数の目撃者の証言が一致していることから、信憑性《しんぴょう》は高い。方向からすると、UFOはシリキット湖のあたりに降下したと推定されている。だからこそ、怪獣目撃の報を受け、バンコクから怪獣対策チームが飛んで来たのだ。

宇宙から怪獣が飛来することは、例こそ少ないものの、過去に何度かあった。宇宙怪獣は地球の生物の常識が通用しないものが多く、厄介な存在なのだ。

「ただ、これだけでは判断材料が少なすぎます。データベースを調べてみる必要がありますね。過去にこれに似た怪獣が、世界のどこかに出現した記録がないかどうか。あと、この地域に過去に出現した怪獣の記録も」

「もちろんそうします」アナンはうなずいた。「すぐに本庁にこの絵を送って確認させましょう」

「ただ、あまりこの絵を信じすぎるのもまずいかもしれませんね」涼は声をひそめた。「あの三人が示し合わせて、話をでっち上げている可能性もあります。タイではどうか知りませんが、日本ではちょくちょく、マスコミで有名になろうとして、嘘の怪獣目撃談を発表する者がいるんです」

「タイでも同じですよ」アナンは苦笑した。「過去に何度、そんな話に振り回されたことか。あと、『もうすぐ大怪獣が現われる』と言って世間を騒がせる予言者や占い師。あれも困りものです」

「そんな連中なら、日本にも昔からいますよ」

涼もつられて笑った。一九六〇年代には、金星人の霊が憑依《ひょうい》したと主張する女予言者が、「まもなく宇宙怪獣が襲来する」と予言して、けっこう大きな騒ぎになったという。

「今回もできることなら、そういうホラ話であってほしいんですがね」

「まったくです」

二人は笑うのをやめ、またスケッチを見つめた。

怪獣対策の専門家にしてみれば、巨大な宇宙怪獣なんかを相手にしたくないというのが本音だ。怪獣災害なんて、起きない方がいいに決まっている。

「とにかく、ヘリの準備ができしだい、湖を捜索しましょう」

「しかし、これだけ広いうえにこの地形だと、厄介そうですね」

涼は地図を見つめて考えこんだ。シリキット湖は面積では琵琶湖より小さくても、複雑な形をしているので、湖岸線は琵琶湖より長い。おまけに怪獣が身を隠せそうな入り江が無数にある。

「できればもっと情報が欲しいところですね」アナンは振り返って、チャットチャイに訊《たず》ねた。「怪獣の目撃談でなくてもいい。他に何か異変を見たとか聞いたという人はいませんか？」

若い巡査は「そう言えば……」と考えこむ。

「何かあったんですか？」

「ええ。三日前のことですが、村を巡回中に、シリヤムという女の子が湖の方から血相を変えて駆け戻ってくるのを見たんです。服が土で汚れてました。『何かあったの？』と訊ねたんですが、首を振るばかりで何も答えなくて……見たところ怪我とかはなかったので、犯罪ではないと判断したんですが」

さくらがその発言を翻訳すると、涼も興味をそそられた。

「三日前の何時頃？」

「ええと、確か午後四時を少し回ったぐらいかと……」

アナンと涼たちは顔を見合わせた。UFOが目撃されたのは、三日前の午後三時五〇分だ。

「その女の子の話を聞く必要がありますね」とアナン。「どこに住んでいますか?」

「この村の西のはずれです。祖父母といっしょに暮らしています。でも、今の時間ならこの学校にいるはずですよ」

「それはちょうどいい。その子を呼び出してもらいましょう」

校長に頼んでシリヤムを呼び出してもらうと、意外なことが判明した。

彼女は今朝、確かに登校した——しかし、途中から姿が見えなくなっているのだという。

3　神にもできないこと

シリヤムはまた湖に来ていた。

三日前、あの怪獣に出会った入り江——あの時は逃げ出してしまい、二度と戻るまいと思っていた。だが、今は違う。もう一度、あの怪獣に会いたくてたまらない。

もう人間は信じられない。話を聞いてくれる者がいるなら、人間でなくてもかまわない。

「ねえ」彼女は静まりかえった湖に呼びかけた。「いるんでしょ？」

湖面は鏡のように平坦《へいたん》で、大きな生きものがいる気配は感じられなかった。彼女は不安になった。三日前のあの体験は、夢か幻覚ではないかと思えてくる。

「出てきてよ！」

彼女は石をつかみ、力いっぱい湖に放り投げた。ちゃぽんという水音がして、波紋が広がる。

普通なら波紋はすぐに消えるはずである。だが、そうならなかった。次々に新しい波紋が生まれ、それがどんどん激しく、大きくなってくる。

やがて湖面が沸騰でもしているかのように激しく泡立ちはじめた。水面下では何かが青く光っている。シリヤムは警戒して一歩退いた。

泡立つ湖面から大きなものが浮上した。巨木の生長の様子を早送りで見るように、天に向かってぐんぐん伸び上がってゆく。それはたちまち少女の身長の二〇倍以上の高さに達し、湖面に塔のようにそそり立った。

二度目の遭遇とはいえ、シリヤムはやはり圧倒され、打ちのめされた。これが虎やライオンだったら、あるいはせいぜいMM2とか3とかの怪獣だったら、恐怖を覚え、悲鳴を上げていたかもしれない。だが、ゼオーはそんな当たり前の反応を惹《ひ》き起こしはしない。あまりにも大きく、あまりにも恐ろしすぎて、日常の感覚を超越しているのだ。何もしなくてもただ立っているだけで、すさまじい威圧感で見る者を沈黙させる。見上げていると、自分がいかにちっぽけな存在であるかを思い知らされ、めまいにも似た感覚を覚える。

前回と違うのは、あの時は午後だったので、怪獣の姿は逆光でシルエットになっていたことだ。今は午前中で、陽は正面から当たっている。それに今回は覚悟していたので、心理的にいくらか余裕があった。

〈また来たね〉

〈やあ〉ゼオーはのんびりした口調で話しかけてきた。

怪獣はとてものろのろした動作で水底を歩き、こちらに近づいてくる——いや、のろいように見えるのはそのスケールから来る錯覚で、実際には人間の駆け足ほどのスピードだ。巨大な戦艦が海を進むように、白波を立て、後方に航跡を残している。

水底が浅くなってくると、膝《ひざ》のあたりまでが水面に現われた。シリヤムはその時ようやく、怪獣には尻尾《しっぽ》があることに気がついた。それも二本——脚のつけねの後方、人間で言えば尻《しり》のあたりから、太くて立派な二本の尻尾が長く伸び、糸で操られているかのように宙に踊っている。尻尾にはたくさんのトゲが並んでいた。

怪獣がいよいよ岸のすぐそばまで来ると、シリヤムはさらに後退し、太い樹の背後に身を隠した。

〈失礼するよ——よっと〉

怪獣は前にシリヤムが死にかけた斜面を、ちょっとした階段のようにまたぎ越え、上陸した。巨体から水が滝のように流れ落ちる。何千トンもの体重がかかり、踏みしめら

れた地面がずぶずぶと沈む。斜面が地滑りのように崩壊する。森の樹が

怪獣はスローモーションのような動作で、一歩、さらに一歩と前進した。森の樹がばばりばりという音を立てて、巨体に押し倒される。最初の足跡は深く陥没し、水が流れこんできた。怪獣が全身を九〇度ひねり、向きを変えると、振り回された尻尾がさらに数本の樹をなぎ倒した。

〈よいしょっと〉

スペースを確保すると、怪獣は脚を折り曲げ、座りこんだ。ずうん、という低い地響きがする。

座った状態でも高さ三〇メートルを超えるその巨体は、平地であったなら何キロも遠くから目撃されていただろう。だが、入り江に面したこの谷間は、両側が尾根になっていて、入り江の対岸からしか見ることはできない。ちょっとした秘密の場所なのだ。あぐらをかいて座っているその姿は、光背に似た背中の器官のせいもあって、大仏像を思わせた。

〈さてと〉ゼオーはリラックスしていた。〈シリヤムだったね？　こわがることはない。出てきて姿をよく見せてくれないかな〉

隠れていても意味はなさそうだ。シリヤムはそろそろと樹の蔭《かげ》から姿を現わした。ゼオーは上半身をわずかに前に傾け、手の平を上にして右手を地面に置いた。乗れ、ということか。

こんな怪獣に命じられて、逆らえるものではない。それにシリヤムは自分でも意外なほど落ち着いていた。ゼオーは巨大ではあるが、心優しいようだ。人間を食うようなことはあるまい。

少女は恐る恐る手の上によじ登ると、ぺたんと座りこんだ。怪獣は手を水平に保ちながら、ゆっくりと持ち上げ、顔の前まで持ってきた。

地上五階ぐらいの高さまで持ち上げられ、シリヤムは生きた心地がしなかった。手の平は常にゆらゆら揺れている。怪獣の口が発する生臭い匂いを嗅《か》ぎ、鼻孔に出入りする風の音を間近で耳にした。幅が一メートルほどもある眼がぎょろりと動いて、少女を見つめた。

〈緊張しないで〉ゼオーは優しく言った。〈この前は訊ねるのを忘れていたが、この星は何という名前なんだね？〉

「ち……地球よ」

〈地球か——君たちはこの星の支配種族なのかね？〉

「支配種族？」

〈降りてくる前、上空から見えた。たくさんの街や道路、広い畑、ダム……〉怪獣は左腕を宙に差し伸べた。〈ずいぶんにぎやかな星だね、ここは。あれを作ったのは君たちなのかい？〉

シリヤムはおずおずとうなずいた。「……そうよ。人間が作ったの」

〈なるほど、この星の人間は君みたいに尻尾がないんだね〉

少女は興味をそそられた。「他の星の人には尻尾があるの？」

〈私の星の人間にはあったよ。星によって自然環境はみんな違うし、住んでいる生きものの姿も違う。私の星ボラージュでは、人間は爬虫類型《はちゆうるい》だった。君たちに似た人間の住む星もあれば、鳥のような人間、昆虫のような人間、植物のような人間の住む星もある。もっと奇妙な形の生きものも。しかし――〉

ゼオーはゆっくりと首をめぐらせ、あたりを見回した。

〈ここの景色は故郷のボラージュにとても似ている〉

その巨大な左手を伸ばし、近くに張り出した樹の枝を、折らないようにそっと撫《な》でた。枝は少し曲がってから跳ね返り、木の葉がぱっと舞い散った。

〈だからここを選んだんだ。私の星にもこんな樹がたくさん生えていて、こんな美しい湖があった。空の色も、太陽の色もそっくりだ……〉ゼオーは感慨深げに言った。〈とても親しみを覚えるよ〉

と、シリヤムの頭の中に不思議な光景が浮かんだ。高い視点から見下ろした映像だ。豊かな森に覆われた山々。ジャングルを縫って蛇行する川。青い空に輝く太陽……。

場面が切り替わった。広い畑を見下ろした光景で、何列も並んだ奇妙な植物の間を、とても小さな者たちがちょこまかと動き回っていた。農作業をしているらしい。小さくて細部は分からないが、人間ではないようだ。二足歩行をしているが、首は長くて蛇のようで、長い尻尾がある……。

スイッチが切られたように、その光景は不意に途切れた。

「今のは……？」

〈ああ、済まない。うっかりして、私の記憶が流れ出してしまったね〉

「記憶？」

〈気づいているだろうが、私たちは声で話してるんじゃない。心と心を触れ合わせて意思を伝え合っているんだ。だが、あまり深く触れ合うのは良くない。相手に話したくないこと、心の中に秘めておきたいことまで見られてしまうからね――君だって、思い出を勝手に他人に見られるのは嫌だろう？〉

シリヤムはたじろいだ。「え、ええ、……」

〈神にだって人間のプライバシーを侵害する権利はない。だから人間と話す時は、心の扉を閉ざして、心の表面だけでしか触れ合わないようにしている。相手の記憶が自分に、自分の記憶が相手に、流れこまないようにね〉

ということは、かいま見たあの映像は、ゼオーの星の風景なのか。誰も見たことのない遠い惑星の景色を目にしたのだと知り、シリヤムはぼうっとなった。

ゼオーは本当に他の星からやって来たのだ。

「……この前、神様だって言ったわよね？」

〈ああ〉

「ゼオーの星では、神様はそんな姿なの？」

〈そうだよ——地球の神はどんな姿をしているのかね？　やっぱり君みたいな姿かい？〉

「それは……」

シリヤムは口ごもった。タイは仏教国だが、ヒンドゥー教も根強く残っていて、各地に神殿もある。だから彼女もヒンドゥーの神についての基本的な知識ぐらいはあった。創造神プラ・プラーム（ブラフマー）や、維持神プラ・ナーラーイ（ヴィシュヌ）、雷神プラ・ピルン（インドラ）などは人間の姿をしている。しかし、知恵の神プラ・ピッカニー（ガネーシャ）はゾウの頭をしているし、龍神《りゅうじん》ナーク（ナーガ）、鳥神クルット（ガルーダ）、猿の神ハヌマーンなど、人間の姿をしていない神も多い。

「いろいろよ。いろんな姿の神様がいる」

〈だろう？　宇宙でもそうなんだよ。生きものの姿が違うのと同じで、星によって神の姿はみんな違うんだ〉

「地球には何しに来たの？」

〈何も。目的はない。休暇のようなものだ〉

「休暇？」

〈神だっていつも働いているわけじゃない。たまには休みも欲しい〉

「人間と同じなのね」

シリヤムはしだいに緊張がほぐれ、打ち解けてきていた。最初に感じた不安も消え失せ、むしろ巨大な怪獣（それも他の星から来た神様）と話すという突拍子もない体験に、子供らしくわくわくしていた。ゼオーの喋《しゃべ》り方はとてもおっとりしていて、優しく、親しみやすい。いつもせかせかしていて、トゲのある言葉をぶつけてくる村の大人たちとは大違いだ。

「でも、あなたがいない間、あなたの星の人は困ってるんじゃないの？　神様がいなくなっちゃったら誰にお祈りすればいいか分からない」

〈ああ、あまり早口でいっぺんに喋らないでくれないかな。君たちの時間は速すぎる〉

「時間？」

そんなに早口で喋ったわけでもないのに、とシリヤムは不思議に思った。

〈私と君たちとは、生きている時間の速さが違うんだよ。私の時間は君から見れば五分の一ぐらいの速さで、ゆっくり流れている。君たちにとっての五秒が、私にとっては一秒に感じられるんだ。だから君が普通に喋っているつもりでも、私にはすごく早口に聞こえる。私は逆にできるだけ早口で喋って、君の速さに合わせている〉

そう言うゼオーの声はとてものんびりしていて、「早口」には聞こえなかった。

「何だか不思議。大きさだけじゃなく時間まで違うなんて」

〈それが宇宙の仕組みというものだよ〉

シリヤムにはよく分からなかった。怪獣は人間とは異なる物理法則に支配されており、その時間の流れはサイズの平方根に比例する——という多重人間原理の基本原則など、タイの農村に暮らす一四歳の少女が知るわけもない。

それでもシリヤムは、意識してゆっくり喋ることにした。

「神様が留守だったら、あなたの星の人は困るんじゃないの？」

〈いやいや、神が本当に必要とされることなんて、めったにないんだよ〉ゼオーの声には自嘲《じちょう》の響きがあった。〈君たちだってそうだろう？　ほとんどの人は神の手助けなしに生きてるんじゃないかい？　神の力を借りるまでもなく、自力で困難を克服している……〉

「そんなことない。地球には神様にお祈りをしている人は大勢いるよ」

〈そうかな？　その中に本気の人間はどれぐらいいるだろうね〉

「どういうこと？」

〈私の星でもそうだった。人は「神よ、ご加護を」とか「神の恵みがあらんことを」などとよく言うが、心の底からそう言っている人は少ない。「ごきげんよう」といったあいさつと同じようなもので、形だけの空疎な言葉だ。子供の頃からの習慣でそう言っているだけで、本気で神が助けてくれると信じているわけじゃない〉

ゼオーの声は少し寂しげだった。

〈地球でもたぶんそうだろう。神を信じている人でも、「祈れば神は必ず助けてくれる」なんて都合のいいことを、本気で信じてはいないんじゃないだろうか。実際、その通り

なんだよ。私はすべての人を助けられるわけじゃない。助けるのは、ごく一部の人だけだ〉

「えこひいきなのね」

〈しかたがないだろう。私だって手の届く範囲の者、声の聞こえる者しか助けられない。君はたまたま私の手の届くところにいた。君の助けを求める声が聞こえた。だから助けた。それだけだ〉

「神様って何でもできるのかと思ってた」

〈「全能の神は神自身をも打ち負かす者を創ることはできるか？」〉

「え？」

〈「神は全能でなくてはならない」と信じる者に、私がいつも投げかける問いだよ。さあ、考えてみなさい。神は神自身をも打ち負かすほどの強大な敵を創造することはできるだろうか？〉

シリヤムは何十秒も頭を悩ませてから答えた。

「できるわけないわ。神様が何でもできるなら、どんな敵にも負けないはずだもの」

〈だったら、神にはできないことがあることになるね。自分でも勝てない敵を創ることはできない〉

「あっ、そうか」

〈逆に神がそんな強い存在を創ることができるなら、神はそいつに勝てない〉

「神様よりも強いものなんて想像つかない」

シリヤムは怪獣の巨体を見上げて言った。こんな巨大な生きものを倒せるものなど、とてもいそうにないと思える。

〈じゃあ、もっと身近な例にしようか――この星にも二人の選手が争うような競技はあるかい？　殴ったり、蹴《け》ったり、組み合ったりするような〉

「あるわ。レスリングとか、ムエタイ（タイ式ボクシング）とか」

〈では、二人のレスリングの選手が対戦する前に、どちらも神に勝利を祈願したとしよう。「神よ、どうか私を勝たせてください」と。しかし、勝つのはどちらか一方だ。すなわち、神は二人のうちのどちらかの願いしか叶《かな》えられない。それでは不公平だ。だから神はどちらに味方することもできない……〉

「そんなの屁理屈《へりくつ》よ」

〈いいや、これは論理というものだよ。全能などというものは論理的にありえない。たとえ神でも、できることには限界がある〉

ゼオーは空を振り仰いだ。

〈神にもできないことはたくさんある。すべての人を苦しみから救えない。すべての人を幸せにはできない。すべての敵を打ち負かせない。決して死なない命を創れない……〉

少し沈黙したのち、ゼオーはふと思いついたように言った。

〈この星にも戦争はあるのかい?〉

「あるわ」シリヤムはうなずいた。「昔、大きな戦争があったの。今も世界のあちこちで戦争してる。この国でもそう。この前から、東のカンボジアとの国境で何度も銃撃戦が起きてるって、ニュースで言ってた」

タイの東部、カンボジアとの国境であるドンラック山脈の山上には、アンコール・ワットよりも古いクメール遺跡カオ・プラ・ウィハーン(カンボジア名プレア・ヴィヒア)がある。位置的にはカンボジア領内なのだが、山が険しくてカンボジア側から接近するのは困難で、観光客はタイ側の国立公園から入場していた。以前から周辺地域では国境線をめぐる両国の争いがあったのだが、二〇〇八年、カオ・プラ・ウィハーンが世界遺産に登録されたことから、その帰属をめぐり、タイとカンボジアの間で紛争が再燃、銃撃戦がしばしば起きているのだ。

〈やれやれ、そんなところまでボラージュに似なくてもいいのにな〉

「あなたの星にも戦争があるの?」

〈ああ、悲しいことにね――さっきのレスリングの話と同じだよ。どちらの側も私に戦勝を祈願する。だが、私はどちらに手を貸すわけにもいかない……〉

「あなたが『戦争なんかやめろ』って言えばいいじゃない」

〈言ったよ。しかし、私の声が聞こえない者が多くてね〉

「声が……聞こえない?」

〈ああ。本当に私の声が聞こえる者は、ごくわずかなんだ——私の声が聞こえもしないのに、自分の行動が私の意思に沿うものだと偽る者は、その何倍もいるがね〉

シリヤムは考えこんだ。それは地球でも同じかもしれない。

〈実は降りてくる前、試しに地上に呼びかけてみたんだよ。『私の声が聞こえる者はいるか』と。だが、反応はなかった——もしかしたら君は、この星でただ一人、私の声が聞こえる人かもしれないな〉

「どうして？　なぜ私にだけゼオーの声が聞こえるの？」

〈それはおそらく、君が本気だったからじゃないかな〉

「本気？」

〈君はあの瞬間、何の偽りもなく、心の底から神に助けを求めた。だからその声が私に届いた。それで私と君の心がつながり、こうして話せるようになったんだろう〉

「なら、ゼオーは私のお願いを聞いてくれる？　私の望みを叶えてくれる？」

〈ああ、それが実行できるものならね〉

「できるわ。ゼオーなら簡単よ」

少女は身を乗り出し、怪獣の眼を見つめて、冷たい声で言った。

「村の連中をみんな踏み潰《つぶ》して」

4　うとまれている少女

「どういうことです⁉　子供が行方不明なのに、教師が捜しに行かないとは⁉」

村の中学校では、チャットチャイが二年生の担任教師に嚙《か》みついていた。生徒数の少ないこの学校では、一学年に一クラス、それも各クラスの生徒数は十数人しかいない。

「行方不明だなんて大げさな」中年の教師は不服そうだった。「あの子がいなくなることはこれまで何度もあったことですよ。騒ぐようなことじゃない」

「そんな！　教師としての責任は――」

「いいですか！」教師はチャットチャイに指を突きつけ、早口でまくしたてた。「教師として、私は子供たちを教える責任があるんです。授業を放り出してシリヤムを捜しに行くわけにはいかない。それではあの子だけを特別扱いすることになるし、他の子たちが授業を受ける権利を奪うことになる。そうじゃないですか⁉」

「しかし――」

「これは生徒の親たちからの要望でもあるんですよ。『問題児のために授業を遅らせるな』とね」彼は大きなため息をついた。「ほとほと手を焼いているんですよ、シリヤムには。すぐに授業を抜け出す。宿題はやってこない。他の子とも打ち解けない……あの子のせいで、どれだけ迷惑を蒙《こうむ》っているか」

チャットチャイは教師に不信の目を向けた。「打ち解けないのは、他の子がシリヤムをいじめてるからじゃないんですか？」

「何を根拠にそんなことを？」

「ないと言い切れるんですか？」

「まったくないとは言いませんよ。そりゃあ言葉でからかうぐらいはありますとも。何しろシリヤムはああいう子ですからね。だからと言って、授業から逃げ出していいわけではありません」

「あなたがそんな態度だから、子供たちがつけ上がって、いじめが起きるんじゃないんですか⁉」

若い巡査と中年教師の激しい舌戦を、涼とさくらは少し離れて見ていた。

「どうなってるんだ？」

「シリヤムっていう子、いじめられてたみたいですね」さくらが説明する。「教師がそれを見て見ぬふりしてたらしいです」

涼は顔をしかめた。「日本と変わらないな」

「だから学校から逃げ出したんでしょうかね？」

「さあ？　よく分からんが、複雑な事情があるんだろうな」

涼はわざと突き放すように言った。さくらはその少女のことが気になるようだが、彼としては怪獣と関係ない件に巻きこまれるのは遠慮したいところだ。

そうこうしているうち、空にローター音が響いてきた。燃料補給に行っていたヘリが戻ってきたのだ。

「藤澤、俺はヘリに同乗してくる。その女の子の方はお前にまかせる。その子を捜し出して、話を聞き出せ」

「はい」

少女の理不尽な要求を聞いても、ゼオーはまったく動揺していなかった。

〈残念だが、その願いを聞くわけにはいかないね〉

「どうして?」

〈第一に、それは君以外の多くの人を不幸にしてしまう。第二に、そんなことをしても君は幸せになれない〉

「そんなことは……」

〈いいや、そうだよ。復讐《ふくしゅう》すれば一時的に気は晴れるかもしれない。だが、幸せになれるわけじゃない。それどころか、人を殺せば、君はもっと重いものを背負いこむことになる〉

シリヤムは顔を歪《ゆが》めた。「事情を知らないくせに……」

〈ああ、知らないとも。だが、推測することはできる――私がどれだけ長く生きてきたと思っているんだね? 君みたいな願いを口にする者と、どれだけ出会ってきたと?

正直、その手の願いには飽き飽きしてるんだよ〉

ゼオーはおどけた口調でそう言ったが、すぐに真摯《しんし》な声音になり、少女に静かに言い聞かせた。

〈いいかい、シリヤム。人が憎しみや恨みといった感情を抱くのは当然のことだ。だが、それに支配されてはいけない。恨みにかられて報復すれば、相手もそれを恨みに思い、報復し返してくる。それの繰り返しだ。争いは終わることなくえんえんと続く。誰も幸せになれはしない……〉

「じゃあ、黙って我慢しろっていうの？　いじめる人たちを許せって？」

〈もちろん、罪を犯した者は罰せられなくてはならない。しかし、恨みで行動してはいけない。恨みの連鎖はどこかで断ち切らなくてはいけないんだ〉

「そんなこと……できない」

〈できなくても、やらなくてはいけないんだよ。それこそ神にはどうしようもない問題だ。人間自身で解決しなくては〉

ゼオーは悲しげに眼を細めた。

〈私には君を助けることはできない。君の周囲の人たちを踏み潰したところで、問題の解決にはならない……〉

シリヤムは失望した。「神様にまで見放されたら、私はどうしたらいいの？」

〈見放しはしないよ。私は君を見放したりはしない……〉

と、ゼオーは何かに気がついたらしく、巨大な頭をもたげた。

〈音がする〉

「音？」

〈ああ、飛行機械の爆音だ。ボラージュにも似たものがあった〉

シリヤムの耳には何も聞こえなかった。ゼオーは耳がいいのだろうか。

〈今日はここまでだ〉

ゼオーは少女を地面に下ろした。

〈他の人たちに見つかると面倒だ。私は身を隠す。君はいったん村に帰りなさい。また明日《あした》にでも会おう〉

そう言うと、ゼオーは少女の返事を待つことなく、ざぶざぶと湖に入っていった。

ブラックホークは湖の上空に飛来し、湖岸線に沿って飛行しながら捜索を開始した。見たところ湖面に怪獣の姿はないが、安心はできない。水量が減っているとはいえ、この湖の水深は深いところでは一〇〇メートル以上あるのだ。怪獣が身を潜められる場所はいくらでもある。

「あそこの水が濁ってます」

怪獣対策チームの若者が、湖面の一角を指差して言った。他のメンバーも窓に顔を寄せ、それを見下ろす。緑色の湖面の一部が灰色に変色し、コーヒーにクリームを注いだような模様を描いている。

「崖《がけ》崩れかな？」アナンが首を傾げる。

「あるいは水底の泥が何かに攪拌《かくはん》されたとか……」と涼。

「その可能性もありますが……あっ、ちょっと、あれあれ！」

アナンは別の場所を指差した。

「あそこが崩れてる！」

涼や他のメンバーもそれに気がついた。湖岸にたくさんある入り江のひとつ。その奥の岸辺で、幅一〇メートル以上にわたって斜面が崩落しているのだ。周囲には樹が倒れているのも見える。

「高度を下げて！」

アナンの指示で、パイロットは山にぶつからないよう注意しながら、湖面から高度五〇メートルにまでヘリを降下させた。ホバリングしながら、慎重に入り江に入ってゆく。ローターからの風で、湖面に激しくさざ波が立った。

「こいつは……大物だぞ」

アナンの顔は蒼《あお》ざめていた。入り江の岸辺はひどく踏み荒らされ、太い樹が何本もへし折られている。まるで暴風雨の通過した跡のようだが、ここしばらく、この地方に暴風雨など起きていない。地面にいくつもある巨大なV字形のくぼみは、おそらく怪獣の足跡だろう。

ヘリはどうにか平坦《へいたん》な場所を見つけて着陸した。降り立った怪獣対策チームは、ただちに散開し、調査を開始した。ある者は放射線を測定し、ある者は土壌のサンプルを採取し、ある者は現場写真を撮影する。

「ブルドーザーとかの跡はありませんね」一人が報告した。「獣道はありますが、車が通れるような広い道もありませんし」

「やはり本当だったか……」

アナンはうなった。三人の目撃者の狂言という説は消えた。これだけの大規模な工作を、機械を使わずに、たった三人でできるはずがない。

足跡の大きさも測定された。長さ七・二メートル。土の柔らかさとめりこんでいる深さから考えて、一平方メートル当たり一〇〇トンを超える荷重がかかったと推測される。V字形をしているのは指が二本ということか。地球上の動物には、これに似た足跡はない。

「これは大変なことだ……」

アナンは動揺していた。この足の大きさと体重からすると、怪獣はMM8はあるだろう。一九二三年に東京を襲い、一四万人の犠牲者を出した怪獣に匹敵する大きさだ。大都市に現われたら万単位の犠牲者が出るのは避けられない。

いや、都市を襲わなくても、シリキットダムを破壊されるだけで大惨事になる。タイ最大のダムが決壊したら、下流の広い地域が洪水に見舞われる。被害総額は計り知れない。

「リョウさん、あなたのご意見は？」

涼は即答した。「まず海軍に協力を要請すべきです」

「海軍？」

「タイの海軍にも対潜哨戒《しょうかい》ヘリがあるでしょう？　それを一機、こっちに回してもらって、ソナーで湖を探査するんです」

「なるほど」

民間の魚群探知機などより、軍用のソナーの方が性能がいい。それにボートを使って捜索すると、怪獣が急に浮上した場合に危険だ。ヘリを使って探査した方が、安全だし確実なのである。

「あと、空軍との連携も必要ですね」涼は入り江の左右にそびえる山を見渡した。「こんな地形では戦車は役に立ちません。山越しに曲射砲やミサイルで攻撃しても、命中率は低い。空軍による爆撃の方が効果的です」

「陸軍の攻撃ヘリは？　これまで何度も怪獣を倒してますが」

「それも有効でしょうが、陸軍だけ、空軍だけでは、火力が不十分です。これだけのサイズの怪獣となると、可能な全戦力を結集して叩《たた》く必要があります。それに宇宙から降りてきたということは、飛行能力もあると考えた方がいい。空軍との協力は不可欠です」

「確かに。飛び立たれては厄介ですな」

「ええ。それに中途半端に傷を負わせて凶暴化されると、かえって危険です」

「戦力を出し惜しみするなと？」

「そうです」涼は力強くうなずいた。「最大の火力を動員して、短時間で一気に叩き潰《つぶ》す——怪獣災害を防ぐには、それしかありません」

5　シリヤムの過去

「どこに行ってたんだ、このバカ娘！」

村はずれにある農家。湖から帰ってきたシリヤムを待っていたのは、五八歳の祖父の罵声《ばせい》だった。

「学校から連絡があったぞ！」ガルック・ワッタナジンダは激昂《げきこう》していた。「またさぼったそうだな！　これで何度目だ⁉　どうしてお前はそうなんだ⁉」

「……ごめんなさい」

シリヤムは聞こえないほど小さな声で謝った。

「お前ときたら、まったくあのろくでなしの娘だな！　そんなに勉強が嫌か⁉　学校に通わないとまともな人間になれんと、口をすっぱくして言ってるだろう！　それとも将来、犯罪者になるつもりか⁉」

「まあまあ、ガルックさん」チャットチャイが割って入った。「そんなに責めないであげてください」

だが、ガルックはすごい形相で、逆に巡査に食ってかかった。

「あんたは警官だろう⁉　子供が非行に走るのを見過ごすのか⁉」

「非行だなんて……」

「学校をさぼるのは立派に非行だ！」

横で聞いていたさくらはうんざりしていた。あの教師といい、この祖父といい、なぜこんなにもこの少女を目の敵にするのか。これでは逃げ出したくもなるというものだ。

ちらっと少女の横顔をうかがう。うつむき加減で床を見つめており、表情はこわばっていた。首をすくめ、両肩を抱き、自分の存在を少しでも小さくしようとしているように見える——そうすればこの世から消えてなくなることができるかのように。

「とにかく、今はどうしても彼女の話を聞きたいんです。重大事件の手がかりになるかもしれないので」

チャットチャイは何とかガルックを説得し、少女と話す許可を得た。家の中だとガルックが割りこんできて話をややこしくするかもしれないので、家の裏手の物置の前まで連れていく。

「さて、シリヤム」

チャットチャイはしゃがみこみ、少女の顔を下から見上げるようにして、優しい声で話しかけた。

「話してくれるかな。三日前、湖から慌てて駆け戻ってきたよね？　服を汚して……いったい何があったんだい？」

少女は口を一文字に閉ざして答えない。

「ねえ、何か見たんだろ？　僕に話してくれないかな？　何を見たの？」

チャットチャイがしつこく質問を繰り返すと、ようやく少女は、ぽつりと答えた。

「……何も」

「何も？」

「何もなかった」

いくら問い詰めても、シリヤムは「何も」と繰り返すばかりだった。だが、明らかにその態度は不自然だ。

「私が替わります」さくらが進み出た。「女同士なら心を開いてくれるかもしれないから」

さくらはチャットチャイと同じように、しゃがみこんで笑顔で話しかけた。

「はじめまして。私、さくら。日本から来たの。この国の怪獣対策チームの人たちに指導してるのよ」

少女の表情はぴくりとも変わらない。さくらは心の中で舌打ちした。これはかなり強情そうだ。

「私たち、怪獣災害を防ぐための情報を探してるの。あの湖に怪獣がいるかもしれないから——怪獣災害って分かるよね？　大きな怪獣は人間に害を与えるの。時には何万人という人が死ぬこともある。だから退治しなくちゃいけないの」

「……退治？」初めてシリヤムの表情に変化が現われた。「つまり殺すの？」

「そうね。かわいそうだけど」

「どうして？」

「しかたないのよ」さくらは悲しげにため息をついた。「あたしだってやたらに生きものは殺したくない。でも、そういう規則になってるの。日本でもタイでも。MM5以上の怪獣は、たとえおとなしくても、人里の近くに現われたら殺さなくちゃいけないって」

「何も悪いことしてなくても？」

「何もしなくても、怪獣はただ大きいというだけで危険なのよ。街に入りこんだら、一歩ごとに道路は陥没するし、ビルは壊れるし、火事は起きるし……ものすごい被害が発生するの。家や財産を失う人も大勢出る。もちろん亡くなる人もね。それは何としても防がなくちゃいけないの」

「……軍隊が来るの？」

「ええ。怪獣がいることが確認されたらね。このへんも戦場になるかもしれないから、一時的に避難しなくちゃいけないかも……」

「殺さなくてもいいじゃない。山奥でおとなしくしてるだけなら、放っておけばいいのよ」

「そういうわけにはいかないのよ」さくらは辛抱強く説明した。「湖からこの村まで、二キロぐらいしか離れてない。歩行速度にもよるけど、大きな怪獣なら一〇分ぐらいで来れちゃう距離なのよ。もし怪獣が腹ペコになって、人を食べるためにやって来たら——」

「ゼオーはそんなことしない！」

思わずそう叫んでしまってから、シリヤムははっとして口をつぐんだ。

「ゼオー？　それって怪獣の名前？」さくらは追及した。「あなたが名前をつけたの？」

「知らない！　怪獣なんて知らない！」

「知ってるんでしょ？　どんな怪獣だった？　ねえ？」

「知らないってば！」

興奮したシリヤムは、さくらに殴りかかろうとした。チャットチャイがとっさに少女の腕をつかんで制止する。

「やめるんだ、シリヤム！」

「放して！　怪獣なんて知らない！　見たことない！」

シリヤムはさんざん暴れ回った。チャットチャイになだめられて落ち着きを取り戻すのに、何分もかかった。

「ねえ、シリャム」さくらはあらためて話しかけた。「本当にその怪獣はおとなしいの？ 人を襲わないっていう保証があるなら、攻撃しなくて済むかもしれない」

少女の表情がわずかに明るくなった。「ほんと？」

「うん。気象庁や軍の人たちに掛け合ってあげてもいい——本当にその怪獣が危険じゃなければの話だけど」

「ゼオーは……危険じゃないよ。とても優しい神様なの」

「神様？」

シリャムはうなずいた。「そう。ゼオーは他の星から来た神様なの」

そして彼女は話しはじめた。三日前、ゼオーと出会った時から、今までの出来事を。


「あの話、どう思われます？」

三〇分後、ワッタナジンダ家を後にして中学校に帰る道すがら、チャットチャイはさくらに訊《たず》ねた。

「困っちゃいますねえ……」

さくらはそう答えるしかなかった。実際、どう考えていいか分からず、困惑している。

他の惑星から来た、怪獣の姿をした神様。

常識的に考えれば、すべては内向的な少女の心が生み出したファンタジーだと片付けてしまうべきだろう。シリャムは実際に怪獣を目撃し、その体験を元に、子供らしい空想をふくらませて、夢のある物語を創り上げたのだと。いい歳をした大人が、そんな話を真剣に受け取るべきではない。

しかし、少女の一途《いちず》な表情を見てしまうと、笑い飛ばすことがためらわれる。

「非常識な話なのは確かですよね。でも……」

「でも？」

「私、この仕事するようになって、いろいろ非常識な体験してますんで」

「じゃあ、シリヤムが言ってることは本当だと？」

「いや、そう判断するのも――だから悩んでるんじゃないですか」さくらは混乱した考えを整理しようとした。「あなたはどうなんです？　彼女はあんな嘘をつくような子だと思います？」

「分かりません」チャットチャイは正直に答えた。「できれば僕も信じてやりたいです。でも、あの子の場合、特殊な事情がありまして……」

「特殊な事情？」

「ええ。心に問題を抱えてましてね」チャットチャイの表情は暗かった。「僕は心理学の専門家じゃないから断定的なことは言えませんけど、ああいう子は現実逃避の妄想にふける傾向があるんじゃないかと思うんです。つらい現実から目をそらそうとして、荒唐無稽《むけい》な夢物語を頭の中で構築するんじゃないかと……そんな気がするんです」

巡査が何か大事なことを隠している様子なのが、さくらには気になった。

「その特殊な事情って何です？　それに、学校の先生もあのお祖父《じい》さんも、何であんなにあの子を毛嫌いするんですか？」

「……言わなくちゃいけませんか？」

「できれば――と言うか、ぜひともお願いします。重要なことですから」

普通なら女の子のプライバシーになど踏みこむべきではない。だが、今は特別だ。シリヤムの話が事実かどうかで、怪獣対策も変わってくるのだから。

チャットチャイはたっぷり一〇秒もためらってから言った。

「……秘密にしていただけますか？　外部には洩《も》らさないと」

「はい」

「さっき、チェンマイに売られた女の子の話をしたでしょ？　あれ、シリヤムのことなんです」

さくらは息が止まるほどの衝撃を受けた。

「まだ中学に上がる前、一二歳の時です」チャットチャイは暗い眼で言った。「おもに外国から来る金持ちの観光客の相手をさせられていたとか……」

「そんな……誰がそんなひどいことを!?」

「両親です」

「……!?」

「あの子の両親が、娘を売り飛ばしたんです」

シリヤムの父親は、まだ少年だった一九九〇年頃、隣国ミャンマーの軍事独裁政権から逃れてきた難民だった。両親はすでに亡くなっていた。職を探してタイのあちこちを渡り歩いたあげく、この村にたどり着き、農作業の口を見つけた。そこでシリヤムの母と知り合ったのだ。

若い二人は情熱のおもむくままに結ばれた。母の父であるガルック・ワッタナジンダは猛反対したが、二人はそれを振り切って結婚し、村はずれの小さな家で共同生活をはじめた。ガルックは激怒して娘を勘当し、一切の経済的援助をしないと宣言した。

二人は共働きで家計を支えた。村の人々の見るところでは、最初のうちは幸せな暮らしだったようだ。だが、シリヤムが生まれた頃から雲行きが怪しくなってきた。

育児には手がかかるうえ、子守りをしてくれる人のあてもなく、母親は仕事を辞めざるを得なくなった。収入は激減した。おまけに子供は医療費だ服だ学費だと、いろいろ金がかかる。そのうえ夫はギャンブルに手を出すようになった。三人家族は貧困にあえいだ。

夫婦の不満のはけ口は、反抗できない幼い娘に向けられるようになった。夫は仕事場でのいらいらやギャンブルで負けた悔しさを、「しつけ」と称してしばしば我が子を殴ることで発散した。家事と子育てに追われる妻も、子供に愚痴をぶつけるようになり、それはしだいにエスカレートしていった。お前が生まれなきゃ、もっと裕福な暮らしができたんだ。遊びにも行けたんだ。ああ、なんて金のかかる子なんだろう。お前なんかいなけりゃ良かったのに……。

シリヤムはずっと、父親の暴力で身体を傷つけられ、母親の言葉で心をえぐられながら育った。

彼女が小学校を卒業した時、ついに両親は決意した。もう子供に苦しめられるなんてまっぴらだ。二人きりで、金に不自由しない暮らしがしたい。この子にはこれまでずいぶん金を注ぎこんだ。育て上げた作物を売って儲《もう》けるように、この子を手放して金を手に入れたってかまうまい……。

彼らは「新しい仕事が見つかった」と嘘をついて村を出て、チェンマイに向かった。そこで一二歳になった自分たちの娘を売春組織に売り渡したのだ。

「そんな……信じられない……」恐ろしい現実に、さくらはすっかり打ちのめされていた。「実の親がそんなことするなんて……」

「どこの国でもそうですが、子供の人身売買の大半は、親によるものなんです」チャットチャイはあきらめたように言った。「見知らぬ他人に誘拐される例もありますけど、一部にすぎません。親が我が子を売るんです」

「それでシリヤムは……強制的に……？」

「ええ。チェンマイ郊外のクラブに監禁され、ひと晩に何人もの相手をさせられたそうです。客の中にはタイ人もいましたが、多くは外国からの観光客だったらしいです。日本、中国、韓国、台湾……」

「買春目的の観光客って、そんなに多いんですか？」

「タイを訪れる年間一〇〇〇万人以上の観光客のうち、約三分の二が単身の男性です。そのかなりの割合が、買春——それも年端もいかない子供とのセックスが目的だと言われてます。正確な数字は不明ですが」

さくらはめまいがするような感覚を味わった。日本からタイを訪れる観光客は年間一〇〇万人以上だと聞いたことがある。いったいそのうちの何パーセントぐらいの男性が、そんなおぞましい行為に加担しているのだろうか。

「シリヤムは逃げなかったんですか？」

「耐えられなくなって脱走して、警官に助けを求めたこともあったそうです。でも、その日のうちに連れ戻されました。その地区の警官はクラブの経営者から賄賂《わいろ》を受け取っていて、売春行為を見逃していたんです」彼はため息をついた。「だから彼女は、同じ警官である僕も信じてくれません」

あまりにひどい話に、さくらはもう声も出なかった。

「およそ一年後、警察内部に腐敗追放の動きが出て、一部の警官と売春業者の癒着が明るみに出ました。それで警官隊がクラブを急襲し、少女たちを解放したんです」

「……シリヤムの両親は？」

　せめて彼らが罰を受けてくれていればいいと思って、さくらは訊ねた。

「チェンマイ市内で暮らしていたらしいですが、クラブの手入れの話を聞いて逃亡したようです。今もどこかでのうのうと生きてるんじゃないですかね」

　チャットチャイは吐き捨てるように言った。

「シリヤムは祖父のガルック・ワッタナジンダの家に引き取られました。それでも彼女はまだ幸運な部類ですよ。性産業に強制的に従事させられていた子供の中には、引き取り手のない子供、妊娠していたり、エイズに感染していた子供も多いんですから」

　それが「幸運」と呼べるのかどうか、さくらには分からなかった。

「それにしては、あのガルックさんという人、シリヤムに冷たかったですよね」

「彼にしてみれば、親に反抗して飛び出した娘が産んだ子供ですからね。『かわいい孫』という感覚はないんでしょう。引き取りたくもなかったらしいです。警察から依頼されて、しぶしぶ引き取ったんですよ。

　それに彼には差別意識もある。シリヤムの父親はミャンマーの少数民族の出身です。そのうえ売春までしてたんですからね。それで色眼鏡で見てしまう。父親みたいに『お前はこそ振るいませんが、孫娘の言うことやることにいちいち難癖をつけては、『お前は一族の恥だ』となじるんです」

「そんなの、シリヤムのせいじゃないじゃないですか⁉」

「そうですよ。でも、どうにもならないじゃないですか」若い巡査は苛立《いらだ》っていた。

「僕だって彼女のことはかわいそうだと思います。でも、明白な虐待行為にでも発展しない限り、警察には口出しできない問題です。それに、ガルックさんは彼女をちゃんと学校に通わせてるし……」

「でも、その学校でもいじめられてるんでしょ？」

「ええ。彼女がチェンマイで何をやってたかは、村中の人間が知ってますからね。都会では売春がはびこっていても、こういう田舎では、いまだに純潔を尊ぶ風潮が強いんです。シリヤムは常に同級生や上級生の視線にさらされてる。彼女の過去をネタにした冗談を言う者や、卑猥《ひわい》な言葉でからかう者もいるそうです。大人たちに見えないところでは、小突かれたり蹴《け》られたりしているらしい。あの教師の話を聞いたでしょ？　学校側も見て見ぬふりをしてるんです」

「そんなの……生き地獄じゃないですか」

さくらの胸は激しく痛んだ。悔しさに涙がにじんでくる。チェンマイのクラブからは解放されても、依然としてシリヤムは地獄の中にいるのだ。

「だから僕は、彼女の話を信じられないんです。そんな過酷な境遇にある子供が、神様だ何だという夢物語に逃避したって、しかたないじゃないですか。むしろ『現実に向き合え』と言う方が残酷ですよ――そうでしょう？」

さくらには答えられなかった。

6　神を殺す者

翌日の午後、村は騒然となった。

まず軍隊のヘリコプターが飛来した。昨日のように一機ではなく、三機も。それも対戦車ミサイルやガトリング砲を装備したAH－1コブラ対戦車ヘリコプターだ。小学校の校庭だけではなく、刈り入れの終わった畑に次々と着陸する。

続いて戦闘用車両が続々とやって来た。アメリカ製のM60A3パットン中戦車やスティングレイ軽戦車、中国製の69－Ⅱ式戦車、イギリス製のFV101スコーピオン軽戦車、ブラジル製のEE－9カスカベル装甲偵察車、ドイツ製のコンドル装甲兵員輸送車などが、平和な田園にキャタピラやエンジンの音を響かせて行進してくる。中国製のMLRS（多連装ロケットシステム）、アメリカ製やカナダ製やイスラエル製の一五五ミリ榴弾砲《りゅうだんほう》なども牽引《けんいん》されてくる。もちろん補給用車両もだ。

タイ王国陸軍第3軍管区に所属する第1装甲師団と第1騎兵師団である。

軍の出動が決定したのは、今日の午前中、対潜ヘリコプターが湖をソナーで探査し、湖底に潜んでいた巨大な怪獣の存在を確認したのがきっかけだった。サイズはMM8。

タイ気象庁の怪獣対策チームは、この怪獣にラマスーン（雷の神）という固有名をつけた。

軍と警察の広報車が村を回り、スピーカーで村人たちに呼びかけている。

「この地区に怪獣警報が発令されました。住民の皆さんはただちに避難してください」

「村に通じる道路はすべて軍が使用しています。民間車両の使用は認められていません。車による避難は控えてください」

「貴重品と着替えだけを持ち、午後四時までに村役場の前に集合してください。そこからトラックで安全な場所までお運びします。繰り返します。午後四時までに……」

村役場の前の広場に、不安そうな顔の老若男女が一〇〇人以上も集まってきていた。バッグを抱えている者、トランクを提げている者、大きな布袋を背負っている者。小さな子供は何が起きているか分からず、親に手を引かれてきょとんとしている。

集まってきた人々を兵士が誘導し、軍用トラックに乗せてゆく。荷台が人でいっぱいになると、トラックは出発する。村に向かってくる戦闘用車両の列に逆行し、村の外へと避難民を運び出すのだ。

怪獣のいるシリキット湖から、ここまで戦火が拡大するかどうかは分からない。だが、怪獣は飛行能力を持っている可能性があり、広範囲の被害が予想される。そのため、湖から二〇キロ圏内には怪獣警報が発令され、民間人は全員避難させられていた。五〇キロ圏内には注意報が発令され、いつでも避難できる態勢を取っている。

二〇キロ圏内から民間人が完全に避難したことが確認されたら、戦闘が開始されることになっている。

「順調に進んでいるようですね」

役場前に張られた日除《ひよ》けのテントの下で、避難の状況を見渡しながら、涼は言った。後から後から集まってくる村民は、手際よくトラックで運ばれてゆく。チャットチャイの話では、まだ避難を渋っている頑固な年寄りが何人かいるらしいが、どうしても説得が通じない場合、警察が強引に連れ出すことになっていた。

「他の地区でも避難は順調です」無線機で報告を聞いていたアナンが言った。「この分だと日没までには完了しそうですね」

「じゃあ、夜になる前に攻撃ですか？」さくらが複雑な表情で訊《たず》ねる。

「ええ。できれば今夜中にかたをつけたいところですが……」

その時――

「嘘つき！」

少女のかん高い声が背後から響いた。

振り返ったさくらが目にしたのは、興奮し、怒りに燃えてこちらをにらみつけているシリヤムだった。

「嘘つき！　嘘つき！　嘘つき！」少女は駆け寄ってきて、か細い腕でさくらの胸を連打した。「攻撃しないって言ったじゃない！」

さくらは動揺した。「いいえ、そう進言してみるって言っただけで……」

「嘘ついたんだ！　最初からゼオーを殺す気だったんだ！」

「その子が例の……？」

アナンが訊ねた。さくらは困惑した顔で「ええ」とうなずく。シリヤムから聞いた話は、昨日のうちにアナンにも伝えてある。

「いいかい、シリヤム」彼は何とか少女を諭そうとした。「今朝、海軍のヘリコプターが、湖に怪獣が潜んでいるのを発見してね。MM8級の、ものすごく大きなやつで……」

「知ってるよ、そんなこと！」少女はアナンの言葉を激しくさえぎった。「でも、ゼオーは悪いことなんかしないよ！　それなのに何で攻撃するの⁉」

アナンは困った顔をした。「私たちも軍に進言はしたんだよ」

「進言？」

「『危険な怪獣かどうか分からない。もう少し様子を見るべきだ』とね」

厳密に言えば嘘である。アナンが軍に進言したのは、「怪獣の能力が不明なので、詳しいことが分かるまで攻撃を控えるべきだ」ということだった。シリヤムの話は軍には伝えられなかった。軍人があんなおとぎ話を信じるはずがないからだ。

「でも、聞き入れてもらえなかったんだ。『暴れ出してからでは遅い』と言われてね」

「そんな……」

「すまない――でも、分かってくれ。私たちは気象庁の人間で、軍にアドバイスをするだけなんだよ。攻撃するかどうか決定するのは軍なんだ」

「もういい！」

シリヤムはさくらを突き飛ばすようにして離れた。その顔は怒りに歪《ゆが》み、眼には涙が光っていた。こんなに激しく怒っている人間を、さくらは見たことがなかった。

「あんたたち、みんな同じだ！　何も悪いことをしてないものを傷つけるんだ！」

その言葉に、さくらは胸を突かれた。「シリヤム……」

「信じない！　もう大人は誰も信じない！」さくらを指差して、「日本人も信じない！」

そう言うと、さっと身をひるがえし、避難民の列の中に姿を消した。

「ああ……！」さくらは強い自己嫌悪に見舞われた。「あたし……あたし……」

「おい、藤澤……」

涼が心配して、さくらの顔を覗《のぞ》きこんだ。彼にはタイ語の会話は分からなかったが、シリヤムの形相やさくらたちの様子から、どんなやり取りがあったのかは推察できた。

「あたし、あの子を傷つけちゃった……」さくらは棒立ちですすり泣いた。「嘘をつくつもりじゃなかったのに……結果的に嘘になって……」

「お前のせいじゃないだろ」

「気休めは要りません！　あの子はあれ以上、傷つけちゃいけなかったんです！　ただでさえみんなから虐待されて、ひどい苦しみを味わってるのに。崖《がけ》っぷちぎりぎりまで追い詰められてるのに。もうひと押ししたら、いったいどうなるか……」

自分の言葉に、さくらははっとなった。慌てて周囲を見回す。しかし、見えるのはトラックへの列を作る避難民と、彼らを誘導している兵士だけだ。シリヤムの姿はどこにもない。

「大変！」

「どうした？」

「あの子、湖の方に行ったかもしれません！」

「まさか！」

涼とさくらは避難民の間を走り回り、シリヤムの姿を捜した。しかし、どこにも見当たらない。

見つけたのは、今しもトラックの荷台によじ登ろうとしているガルックと、その家族たちだった。

「ガルックさん！」さくらは駆け寄り、トラックの荷台の縁に手をかけた。「シリヤムを見ませんでしたか⁉」

「シリヤム？　ふん！　知るもんか！」

彼は不愉快そうに鼻を鳴らした。貴重品が入っているらしい大きな古い革の鞄《かばん》を大事そうに抱え、荷台に座りこむ。

「荷物を何も持たずに飛び出しおって！　まったく身勝手な奴だ。わしらにどれだけ迷惑をかけたら気が済むんだ！」

「見てないんですか？」

「ああ、知らんな。どれか別の車に乗っとるんだろう」

彼は孫娘の安否などまったく気にならないようだった。

やがて人をいっぱいに乗せたトラックは動き出し、村の外へと出ていった。さくらは呆然《ぼうぜん》とそれを見送った。

「どうしよう……彼女、きっと湖の方に行ったんですよ」

「……心配ない」安心させようと、涼は彼女の肩を叩《たた》いた。「湖までの道は軍が封鎖してる。途中で兵士に止められるさ」

湖に向かう途中の道には兵士の姿があったが、シリヤムにとってはたいした障害でもなかった。道を通る必要などない。このあたりの地理はよく知っている。森を通っていけばいいのだ。

枝で腕をひっかいたり、スカートにカギ裂きを作ったりしながら、悪戦苦闘して山の中を歩くこと一時間近く。尾根を越えると湖が見えてきた。そこからは一気に下ってゆく。いつもの入り江まではすぐだ。

だが、入り江まであと五〇〇メートルほどのところで、二人の兵士に発見されてしまった。

「待て！　そっちに行っちゃいかん！」

兵士たちは追いかけてくる。シリヤムは夢中で下り斜面の森を走った。だが、兵士たちの足は速い。少女の足では振り切れるはずもなく、たちまち距離を詰められる。振り返ったシリヤムは、自動小銃を持って走ってくる男たちの姿を目にし、激しい恐怖を覚えた。レイプされるのではないかという被害妄想に襲われる。彼女の頭の中では、男はみんなおぞましい性欲の権化だった。

「助けて！　ゼオー、助けて！」

湖に向かって駆けながら、彼女は何度もゼオーを呼んだ。

ついに岸辺に到着した。もう逃げ場はない。兵士たちはすぐそこに迫っている。このまま湖に飛びこんでしまおうかと思った、その時――

湖が激しく波立ち、巨大なものが水面に突き出してきた。ゼオーが浮上してきたのだ。

「ゼオー！」

シリヤムは歓声を上げた。

ゼオーは恐ろしい声で、ぐおーっと吼《ほ》えた。シリヤムが初めて耳にした、彼の本当の声だった。重低音に空気が激しく震える。

間近で見る巨大怪獣に兵士たちは恐怖し、くるりと背を向けて逃げていった。その慌てぶりがおかしくて、シリヤムは笑った。

〈怪我はなかったかね？〉

ゼオーは大量の水をしたたらせながら、ゆっくり岸辺に上がってきた。

「ええ、平気──それよりも、ゼオー、早く逃げて。みんながあなたを殺しに来る」

〈そのようだな〉ゼオーは空を見上げ、不快そうに鼻孔をひくひくとさせた。〈さっきから騒々しい音がたくさん聞こえる〉

「戦車がたくさん来てる。大砲も、ヘリコプターも。みんなあなたを攻撃しようとしてるの──ねえ、ここにいちゃ危険よ。自分の星に帰って」

〈自分の星に？　帰る？〉

「そうよ、帰って。ここにいたら殺される」

〈いや〉ゼオーは悲しげに言った。〈残念ながらそれは無理だな〉

「どうして？」

〈私の星は、もうない〉

「え？」

〈惑星ボラージュは消滅したんだ──ずっと昔に〉


日没後──

村に設けられた怪獣対策本部。偵察ヘリが送ってきた赤外線カメラの望遠映像を見て、アナンは愕然《がくぜん》となっていた。

「信じられん……」

今夜は月は出ておらず、湖岸は闇に沈んでいる。怪獣は陸に上がり、樹々の間に巨体を横たえていた。その体は高い熱を帯びており、赤外線映像の中では鮮やかなオレンジ色に染まっている。

そのすぐ横、怪獣の頭部の近くに、もうひとつのオレンジ色の光点が見えた。怪獣よりはるかに小さい。拡大すると、かろうじて人の形をしているのが分かる。

「シリヤムです」モニターを見つめ、さくらは確信をこめて言った。「彼女の言ったことは本当だったんです。彼女は怪獣と話ができるんです」

「そんなバカな！」

「じゃあ、この映像をどう説明するんですか？　あんなに近寄ってるのに、怪獣は彼女を殺さないじゃないですか」

「怪獣が気にしていないだけでしょう。人間だって、森の中で見かけた虫をいちいち踏み潰《つぶ》したりはしない」

彼女は振り返って涼を見た。「先輩はどう思います？」

「アナンさんの意見に賛成だ」

「そんな……」

「比率からすると、あの子は怪獣にとって虫も同然だ。危険なんか何もない。だから殺す必要もないんだろう」

「でも……」

「あのな」さくらが反論しかけたのを、涼はさえぎった。「怪獣が小さな子供の存在を気にかけていないだけの可能性と、あの怪獣が他の星から来た神で、女の子とテレパシーで話している可能性。どっちがありそうだと思う？」

「私はシリヤムの話を信じます！」

「お前が信じたことが真実とは限らない」

さくらは悔しくて唇を噛《か》んだ。涼やアナンの言うことは、いちいち筋が通っている。常識で考えれば、確かにその通りなのだ。しかし、さくらは納得できなかった。

「案野《あんの》先生が言ってました。多重人間原理では、三〇〇〇年ぐらい前まで、すべての人は神様の声を聞いたんでしたよね？　それがだんだん聞こえなくなっていった……」

「多重人間原理というより、ジュリアン・ジェインズの説な」

「だったら、現代にだって、神様の声が聞こえる人がいたっておかしくないじゃないですか」

「いっぱいいるぞ。カルトの教祖様とかな」

「あたしは真面目に言ってるんです！」

「俺だって真面目に言ってる」涼は苛立《いらだ》って言い返した。「怪獣に同情するな。俺たち気象庁職員の職務は、災害から人間を守ることだ。怪獣が災害を起こす可能性があるなら排除する――子供の夢物語を真面目に受け取って、大勢の人を危険にさらすわけにはいかない」

「彼女の言う通り、あの怪獣が他の星の神様だとしたらどうするんですか⁉　知性を持つ生き物だとしたら？」

「どうもしない。殺すだけだ」

「先輩……」

「思い出せ。俺たちはすでにクトウリュウを殺してるんだぞ？」

「あ……」

さくらは反論できなかった。二〇〇六年に瀬戸内海《せとないかい》に出現した怪獣クトウリュウは、数千年前に神として崇拝されていた多頭龍《りゅう》の一族だった。厳密には気特対が倒したわけではないが、気特対の作戦のおかげで倒されたことは間違いない。

「俺は奴が喋《しゃべ》るのを聞いた。あいつは明らかに知性を持っていた。それでも殺さなくちゃならなかった。奴の存在が人間にとって脅威だったからだ。

クトウリュウだけじゃない。怪獣が神として崇《あが》められていた例なんて、いくらだってある。一九五八年に東北《とうほく》地方に現われた怪獣がそうだ。一九三〇年代にニューヨークで暴れたでっかいゴリラなんかも、インド洋の島で先住民に崇拝されてたそうだし。しかし、人類は彼らを攻撃した。そして殺した——神だと分かっていながらな」

「でも、それは人間に危害を加えたからで……」

「そうじゃない。クトウリュウのことを考えてみろ。奴らはかつて神として人類の上に君臨していた。そして、その覇権を取り戻すために復活した。何も抵抗しなければ、人類はまた奴らに隷属することになっていただろう。それは俺たち人類にとっては迷惑なことだった——分かるか？　神が大きな力を持ち、人間の上に位置するものである以上、その存在自体が人類にとって脅威なんだ」

「神様に反抗するべきだって言うんですか？」

「誤解するな。宗教を否定してるんじゃない。目に見えない神を崇拝するのは、いっこうにかまわないさ。だが、実際に現われるのは困る。人間が必要としているのは、感謝したり祈りを捧《ささ》げる対象としての神であって、実体を持って君臨する神じゃない。ましてや災害を起こす神なんかでもない。

人間の進歩の歴史は、神への反抗の歴史みたいなもんだ。昔の人間は、災厄をみんな神のしわざだと考えていた。怪獣災害はもちろん、雷が落ちたり、洪水が起きたり、疫病が流行したりすると、『神の怒りだ』と言って恐れた。災厄に見舞われてもなすすべがなくて、すべては神の決めたことだと、あきらめるしかなかったんだ。

だが、人間はだんだん神に逆らうようになっていった。雷を防ぐために避雷針を立て、洪水を防ぐために堤防を造り、病気を治す薬を発明した。さらには怪獣を倒せる強力な兵器も開発した。それもこれも、大勢の人命を守るため、幸福や安全を守るためだ——違うか？　お前はその歴史を否定できるのか？」

さくらは沈黙するしかなくなった。

涼に言われるまでもない。大勢の人命と、一匹の怪獣の命、秤《はかり》にかけるまでもなく、どちらが重いかは決まっている。

だが、その結論に納得できたわけではなかった。

「それにしても参りましたな」

アナンはモニターに映る光点をにらみながらうなった。

「さすがに子供を犠牲にはできません。これでは攻撃のしようがない」

7 ゼオーの物語

深い闇に沈んだ湖畔の森。人口密集地から遠く離れ、人工の光に汚されていない澄んだ空には、何千もの星が輝き、天の川が白いベールのように横たわっている。時おりヘリコプターの赤い灯が視界を横切り、ローター音が静寂を破る。遠くからは、まだ展開を続けているらしい戦車隊のキャタピラの音も、かすかに聞こえてくる。だが、ほとんど気にならない。

今夜、この森にいるのは二人だけ――行き場を失った一匹の怪獣と、一人の少女だけだった。

ゼオーは語った。なぜ地球にやってきたのかを。

彼の星ボラージュの爬虫類《はちゅうるい》型の人間たちも、かつてはみんな神の声を聞いていた。ゼオーの託宣に従い、畑を耕し、魚を釣り、獣を狩った。不正を働く者はいなかった。神の声がいつも頭の中に響いているというのに、神の意思に逆らって罪を犯そうとする者など、いるはずがない。

　彼はいつも人間たちの前にいるわけではなかった(それでは人間たちを萎縮《いしゅく》させてしまう)。普段は深い海の底でひっそりと魚や甲殻類を食らい、泥に埋もれて過ごした。それでも孤独は感じなかった。人間の誰かが強く呼びかけてくれば、厚い海水の層を通してもその声は頭に響いた。彼の方からもしばしば語りかけた。

　彼は人間とよく語らった。相談相手になってやり、時には冗談を言い合った。彼は人間たちを慈しみ、保護した。こまめに干渉することはなかったが、深刻な願いには常に応《こた》えた。不漁の日が続けば海の底から魚の群れを追い立て、大漁をもたらした。ひどい日照りが続けば風を起こし、雨を呼んだ。自然のバランスを崩さない範囲で、人間たちのために手助けをしてやった。

　一年に一度、その年の最初の満月の夜に、海から上陸し、人間たちの前に姿を現わした。人々はゼオーの出現を祝い、祭りを開いた。彼に感謝し、崇拝し、供物を捧げた。ゼオーを称《たた》える歌を歌い、踊りを舞った。

　ゼオーにとっては最も幸福な日々だった。

　唯一の悲しみは、人間の寿命が自分よりもずっと短いことだった。ゼオーの五倍も速く生き、あっという間に死んでゆく。親しくなった者との別離の悲しみを、彼は数え切れないほど味わった。だが、それを埋め合わせるように、新しい生命も生まれ、新しい出会いがあった。何百世代、何千世代もの交代を繰り返しながら、彼は人間との関係を続けた。このまま何も変わることなく、季節は永遠に循環を続けるのだと思っていた。

だが、何万年も経つうちに、しだいに変化が起きてきた。

人間はゼオーの言葉に従うだけでなく、自分たちで知恵をつけてきたのだ。寒さから身を守る衣服を工夫した。頑丈な家を建てた。農耕道具、狩猟道具も、少しずつ便利なものに進化した。航海術を発達させた。家畜を飼うことを覚えた。車輪が発明され、石から金属を取り出す方法も発見された。どれもみな、人間たちの暮らしを楽にするものだったから、ゼオーはその変化を温かく見守っていた。

しかし、人間たちが賢くなるにつれ、神の声が聞こえない者が増えてきた。はっきりとした自分の意思を持つようになると、人は神を必要としなくなるらしい。だが、それでも支障はなかった。まだゼオーの声が聞こえる者が大勢いて、彼の言葉をみんなに伝えていたからだ。

暮らしが豊かになるにつれ、人間たちは急速に増えていった。小さな集落では人口を養いきれなくなり、森の中へ、荒野の彼方《かなた》へ、さらには海の向こうへと、住む場所を広げていった。新しい村が生まれ、それはすぐに町になり、都市になった。

だが、その繁栄に反比例するように、ますます神の声を聞く者は減っていった。ついにはほんの一握りになり、彼らが神官として人々を指導するようになった。

声が聞こえなくなっても、人々はまだゼオーへの畏敬《いけい》の念を忘れたわけではなかった。

ゼオーを奉る神殿や像が各地に建てられた。大勢の人間が巨石を切り出し、積み上げ、ゼオー自身に負けないほどの大きな建造物をいくつも造った。

　そのうち、争いが起きはじめた。

　最初は領土をめぐる争いだった。人々が惑星全体に広がったため、豊かな土地はどこも誰かの所有物になり、まだ残っているわずかな土地をめぐるトラブルが頻発しはじめたのだ。最初は言葉が飛び交っただけだった。やがて石が、続いて弓矢が飛び交った。

　ゼオーはその争いに介入できなかった。どちらが悪いか判断がつかなかったからだ。レスリングの試合と同じで、公正であろうとすればどちらに加担することもできない。それに巨大な自分が力を揮《ふる》えば、ちっぽけな人間たちは何百という単位で死ぬだろう。心優しいゼオーにはそんなことはできなかった。だから数少ない神官を通して、「争うな」「平和に共存しろ」という言葉を伝えただけだった。

　そのうち、予想もしないことが起きた。神の声を聞けない神官が出てきたのだ。

　彼らはゼオーの声が聞こえもしないのに、「神の声が聞こえる」と称し、人々に偽りの言葉を伝えはじめた。最初はおずおずと、やがて大胆に、彼らは神の声を騙《かた》るようになった。それは彼らにとって都合のいいメッセージだった。征服せよ。あの民の土地を奪え。立ちはだかる者は滅ぼせ。これが神の意志である。我々は神に祝福された民なのだ……。

　もちろんゼオーは、まだ残っている本物の神官の口を通して、そうした偽りの「神の言葉」を否定した。だが、分が悪かった。平和と共存を唱える真の神の声より、征服と略奪を訴える偽りの声の方が、大衆の耳には甘く心地好《よ》く響いたのだ。本物の神官がいたいくつかの平和的な国は、征服者に滅ぼされた。他の国では、平和を訴える神官がひきずり下ろされ、争いを好む偽の神官たちが支配者の座についた。

人間たちの暴走は止まらなかった。ゼオーは苦悩した。何度、力を行使しようと思ったか分からない。偽の神官が治める国を襲撃し、神殿を破壊し、彼らの言葉が自分の意思ではないことを示すべきなのではないのかと。だが、それは必然的に大災害を伴い、大勢の罪もない者を犠牲にすることになる。暴力によって問題を解決しようとするのは、結局のところ、人間たちと同じあやまちを犯すことになるのではないのか。

だからゼオーはためらった。神は正しくあらねばならない、と彼は考えていた。高潔かつ無謬《むびゅう》の存在でなくてはならない。一度でも罪を犯せば、もう神を名乗る資格はなくなる——その恐れが彼をためらわせ、ずるずると決断を先延ばしにさせた。

彼に希望を抱かせたのは、遠い過去の、人間たちがまだ純粋で幸福だった時代の記憶だった。それが人間本来の姿だと彼は思っていた。辛抱強く説き続ければ、いつか人間たちは正気に戻ってくれる。そう信じて、力の行使を控えていた。

だが、寿命の短い人間たちは、そんな時代のことなど記憶していなかった。神の庇護《ひご》の下で平和的に共存できた時代など、何百世代も前の出来事、忘却の彼方だった。そんなものはただの作り話だと信じられるようになっていたのだ。

結果的に、あやまちを犯すことを恐れすぎたことが、ゼオーの最大のあやまちとなった。

気がついた時には、ゼオーの声が聞こえる者はほんのわずかになっており、彼らの言葉に耳を傾ける人間も少なくなっていた。人間たちのほとんどは、偽りの神官が吐く偽りの教義を信じていた。

当然のことながら、偽りの神官たちが思いっきりで喋《しゃべ》った教義は、互いに矛盾していた。どの教義が正しいかで、新たな争いが起きた。どの派閥に属する者も、自分の信じる教義こそ正しく、他の教えは嘘だと攻撃した。どれもみんな嘘かもしれないという考えは、彼らの頭には浮かばなかった。

言葉による罵倒《ばとう》の応酬は、差別や迫害に発展し、弓矢や剣による争いになり、さらに強力な武器を動員した大規模な戦争へと拡大していった。人間たちの文明は加速度的に進歩し、敵を圧倒するための強力な武器を次々に生み出した。空を飛ぶ機械、怪物のような鋼鉄の機械、強力な爆発物、毒の煙……それらは戦争に投入され、一度に何百、何千という単位での殺戮《さつりく》を展開していった。

ついにゼオーが重い腰を上げ、大国間の戦争をやめさせようと戦場に姿を現わした時には、もう手遅れだった。いくら呼びかけても、彼の声を聞く者はもはや一人もいなかった。

それどころか、驚くべきことに、彼らはゼオーを攻撃してきたのだ。

彼らはいつの間にか、ゼオーを本当の神ではないと考えるようになっていた。本当の神は天の高みにおられるお方だ。海の底から這《は》い上がってくる怪獣などではないと。

人間たちに攻撃されたのは、ゼオーにとって強烈なショックだった。そんなことがありうるとは想像もしていなかったのだ。さらに驚いたのは、人間たちの兵器がゼオーに傷を負わせたという事実だ。ちっぽけな彼らは、いつの間にか巨大な神をも打ち負かす力を有していたのだ。

もはや力による恫喝《どうかつ》すら効果がないと知り、ゼオーは愕然《がくぜん》となった。人間を傷つける心配どころか、人間に殺される心配をしなくてはならなくなった。

〈もうやめろ！　こんなことはやめるのだ！　なぜ憎しみ合わねばならんのだ！　平和的に共存した方がどちらにとっても幸せだというのは、子供にでも分かりそうなことではないか！　それがなぜ分からん！〉

彼はまだ自分の声が聞こえるわずかな者たちに向けて、海の底から必死に訴え続けた。だが、その言葉を広めようとした者は、嘲笑《ちょうしょう》され、迫害を受けた。国家に反逆した罪で牢屋《ろうや》に入れられた者、精神の異常を疑われて入院させられた者、リンチに遭って殺された者もいた。やがてみんな沈黙してしまった。

そこから先は下り坂を転げ落ちるような勢いだった。相手よりも少しでも大きな力を求めて、人間たちの殺し合いの技術は進歩し、進歩し、さらに進歩した。火を噴く矢が空を飛び交い、巨大な爆発が一度に何万という単位で人の命を奪っていった。人間たちは原子エネルギーを解放しただけでは飽きたらず、何かに憑《つ》かれたように、さらなる強力な破壊の手段を追い求めた。

ある時、最後までゼオーの声に耳を傾けていた男の一人が、悲痛な思いでメッセージを伝えてきた。

「神よ、神よ、もうおしまいです」

彼らの国の科学者が、最強の兵器を開発したというのだ。それは単なる爆弾ではなく、特殊な粒子を放射することにより、鉄よりも軽いすべての元素に核融合を起こさせるというものだった。計算上、これで敵国の首都を蒸発させられるはずだった。軍人や政治家たちは喜んだ。だが、その計算には重大な間違いがあることを、別の科学者が指摘した。その兵器はひとたび使用されると、連鎖反応によって被害を拡大してゆき、ボラージュ全体を破壊するまで止まらないと。

だが、その警告は無視された。

海底に不吉な地鳴りが轟《とどろ》いた時、ゼオーはついに最期が来たことを直感した。海面に顔を出すと、水平線の向こうの空が真っ赤に燃えていた。彼は恐怖に襲われ、めったに使わない力を使い、青い光の玉となって空に逃れた。

上昇しながら見下ろすと、ボラージュの大陸の地表に、輝く巨大な円が広がっていた。膨張を続けるその円の縁では、あらゆるものが燃え上がり、融《と》け、蒸発していった。地上は一面のマグマの海と化した。海水も沸騰し、核の炎で燃え上がった。大気も灼熱《しゃくねつ》を帯び、宇宙へと膨張した。

必死に上昇を続けながら、ゼオーは自分の星の最期を見た。惑星全体が紅蓮《ぐれん》の炎に包まれ、太陽と化した。それで終わりではなく、連鎖反応は惑星の地下深くにまで及んだ。地殻が融け、マントルが沸騰し、高温のガスが惑星を風船のように膨張させた。

ボラージュは打ち上げ花火のように砕け散った。輝くマグマのしぶきと青いガスの雲が、宇宙に四散してゆく。ゼオーはそれに追いつかれないよう、さらに加速しなければならなかった。

滅びた惑星の残骸《ざんがい》が後方に見えなくなると、ゼオーは号泣した。悲しかった。人間たちの愚かさが、神である自分の無力が。

「……それでどうしたの？」

シリヤムは膝《ひざ》を抱えてうずくまり、ゼオーの長い話を聞いていた。

〈ずっと放浪の旅を続けてきた〉

ゼオーは寂しげに言った。

〈旅そのものは苦しくはなかった。私は仮死状態になれるから、星と星の間の冷たい闇を渡る時には、繭のようになって眠りについた。そうして宇宙を漂った。どこかの太陽に近づいて、暖かくなってきたら目覚める。その繰り返しだ。

数え切れないほどの惑星を渡り歩いた。ほとんどの惑星は不毛の地だった。太陽に近すぎたり遠すぎたり、大きすぎたり小さすぎたりして、生命を育《はぐく》むのに適していなかった。そんな惑星は通り過ぎた。たまに青い海を持つ惑星を見つけると降りてみた。生命を持つ星では、魚や甲殻類をたらふく食って腹をふくらませ、また出発した。

人間の住む星にも、いくつか出会った。鳥のような人間の住む星は、空気が濃すぎて、長くはいられなかった。植物のような人間の住む星もあった。彼らは文明を持っていたが、思考が異質すぎて、まったく会話が通じなかった。昆虫のような人間の住む星には、甲虫《かぶとむし》の姿をした乱暴な神がいて、私を追い出した。君たちに似た人間の住む星もあった。そこに降り立ったとたん、攻撃を受けた。私は慌てて逃げ出した……。

ボラージュに似た星はひとつもなかった。砂漠の多い星。氷の星。草が紫色をしている星。金属の結晶のようなものが林立する星。雲に覆われた熱い星。沼だらけのじめじめした星。空気が濃すぎる星。薄すぎる星。ひどい悪臭のする星……宇宙にはたくさんの星があって、みんな違うんだ。私は思い知った。ボラージュはかけがえのない星、宇宙でひとつしかない星だったということを。

だからこの地球は奇跡のようなものだ。こんなにもボラージュに似ている星は見たことがない。特にこの熱帯地方の森の風景は、ボラージュにそっくりだった。この星に骨を埋《うず》めよう。そう思ってここに降りてきた……〉

「骨を埋めるって……じゃあ、死ぬつもりなの？」

〈私はもう寿命なのだよ〉ゼオーは悲しげに笑った。〈神は不老不死だと言われているが、それにも限度というものがある。この肉体にも滅びが近づいているのが分かる。私はあまりにも長く生きすぎた。どれぐらい宇宙をさまよったのか、自分でも分からない。何万年、何百万年、あるいは何十億年だろうか……〉

彼は頭をもたげ、星空を見上げた。

〈星座の形もすっかり変わってしまった。もうボラージュの太陽がどの方向かも分からなくなった。とっくに燃え尽きてしまっているかもしれないな。

宇宙は冷たい。もうさすらうのは嫌だ。また旅立ったとしても、地球のような星が見つけられるとは思えない。だから私は、ここで旅を終わらせることにしたのだ〉

「……そうか、分かった」シリヤムはつぶやいた。

〈何がだね？〉

「私とゼオーの心が通じた理由――きっと私たちが似てるからだ」

〈孤独、ということかね？〉

「それもある。それに、何も悪いことをしていないのに、みんなから傷つけられた。見捨てられて、誰も分かってくれる人がいなくて、世界のどこにも居場所がなくて……そして……そして……」

少女はすすり泣きはじめた。

「……死に場所を探してた」

〈シリヤム……〉

「私がよくこの湖に来てたの、死に場所を探してたからなの。湖に飛びこめば楽になれるのかな、苦しみから解放されるのかなって、ずっと考えてた。でも、なかなか勇気が出なかった。そこにあなたが降りてきた……。

崖《がけ》から足を滑らせた時、私、このまま死んでもいいと思った。いえ、ここで死ぬべきなんだって思った。だからよ。ゼオー、あなたと心が通じたわけは。私たち、同じことを考えていたからよ」

〈……そうかもしれない〉ゼオーは静かに言った。〈だが、私たちには決定的に違っているところもある〉

「あなたが神様で、私が人間？」

〈いや、私には未来がないということだ。でも、君はまだ若い。未来がある〉

「ないわ、そんなもの」

〈あるよ〉

「ないわよ！」少女は絶叫した。「私が学校でどう呼ばれてるか知ってる？　ムーダム(黒ブタ)よ！　みんなからそう呼ばれて、蔑《さげす》まれて、小突かれて、蹴《け》られて……それでもなお生き続けろって言うの⁉　その方がよっぽど残酷じゃない！」

シリヤムはうつむいた。熱い涙が草の上にしたたり落ちる。

「私、死んだ方がいいんだ……生きてゆく価値のない人間なんだ……」

しばらくの間、夜の森の中に、少女のすすり泣きだけが響いた。

やがて、ゼオーは強い口調で言った。

〈それは違う〉

「……何が？」

〈君がうつむくのは間違っている。君には恥ずべきことは何もないじゃないか。君は悪いことは何もしていない。恥ずべきは君の周囲の人間たちのはずだ。無辜《むこ》の者を傷つける者たちだ。君は正しい。なぜ正しい者が顔を伏せなくてはならないんだ？〉

「だって……」

〈顔を上げなさい、シリヤム。うつむいていては、君の顔が見えない〉

少女は涙に濡《ぬ》れた顔を上げた。巨大な怪獣の恐ろしい顔を、間近で見上げる。

〈君に名前をあげよう〉

「名前？」

〈ボラージュでは、人は愛する者に新しい名前を贈る風習があった。その名前は愛の証《あかし》だ。名前を贈られた者は、愛を受け入れた印として、その名を名乗る。それを誇りにして生きてゆく。たとえ相手が死んだ後も〉

「……素敵な風習ね」

〈だから君に、愛とともに新しい名前を贈る〉

「……愛？」

〈そうだ〉

ひと呼吸置いて、ゼオーは言った。

〈ディマーシェ――太陽に向かって咲く花だ〉

その瞬間、シリヤムの頭の中にイメージが広がった。ゼオーの記憶が流れこんできたのだ。一面の美しい花畑。ほとんど金色に近い、まばゆいばかりの鮮やかな黄色の花が、太陽に向かって無数に咲き誇っている。少女は息を呑《の》んだ。

「きれい……」

〈これがディマーシェだ〉ゼオーは解説する。〈この花はいつも太陽に顔を向けている。美しく、誇り高く〉

「でも、こんなきれいなの……私にふさわしくない」

〈いいや、君にふさわしい。君はうつむいて生きていてはいけない。陽の当たらない花は実を結ばない。顔を上げて誇り高く生きなくては。その願いをこめてつけた――受け取ってくれるかな?〉

「ええ……ええ、ありがとう。受け取るわ」

少女はまだ涙を流していた。だが、それはもう悲しみの涙ではない。

ついに自分を愛してくれる人が現われた――その喜びの涙だった。

「ねえ、もっと話して。あなたの星のこと」

〈年寄りの昔話だよ〉

「それでもいい。あなたのことが知りたいの。教えて」

〈そうだなあ……〉

ゼオーは長い話をはじめた。ボラージュの風習、文化、歌、伝説……不思議に満ちた数々の物語を。

それを子守唄《うた》のように聞きながら、シリヤムは眠りに落ちていた。

8　総攻撃

夜明けの光が森に射しこんできた。

トンネルを車が通過するようなごうごうという音で、シリヤムは目を覚ました。上半身を起こし、眠たげに眼をこする。見上げると、横たわるゼオーの巨大な顔があった。目蓋《まぶた》を閉じ、眠っている。ごうごうという音は、彼の寝息だった。

「神様も眠るんだ……」

ちょっとおかしくて、シリヤムは微笑んだ。眠っているゼオーの顔は、まるで大きな彫像のようで、あまり恐ろしさを感じない。

まだ頭がぼうっとしている。顔を洗ってしゃきっとしたい。彼女は岸辺の方にぶらぶらと歩いていった。このあたりの岸は崖になっているが、少し行ったところに、なだらかな斜面になっているところがあったはずだ。

斜面はすぐに見つかった。小走りに駆け下り、水際にしゃがみこむ。手で水をすくい、何度も顔を洗った。昨日から何も食べていないので、腹も減っていた。水をごくごくと飲んで空腹をまぎらわす。

　ふと、背後に何かの気配を感じた。

　はっとして振り向くと、迷彩服を着た四人の兵士が、いつの間にかすぐ背後に忍び寄っていた。彼女が振り返った瞬間、わっと駆け寄ってきて、取り押さえられた。悲鳴を上げようとしたが、口を押さえられた。

　少女の腕力で特殊部隊の屈強な兵士の力にかなうものではない。一人が羽交い締めにして口をふさぎ、一人が腰を抱き、三人目が足を持った。三人がかりで少女の身体を持ち上げ、水辺に沿って走り出す。四人目は最後尾を走りながら、通信機で報告していた。

「少女の身柄を確保。これより帰還します」

　一〇〇メートルほど離れた岩蔭《かげ》にモーターボートが隠してあった。まだ暗いうちに来ていたに違いない。エンジンを止め、オールで漕《こ》いで、音を立てないように忍び寄ってきたのだろう。

　兵士たちはシリヤムを強引にボートの中に連れこんだ。その拍子に少女の口から男の手がはずれた。悲鳴がほとばしった。兵士は慌てて口をふさぎ直す。

（助けて、ゼオー！）シリヤムは心の中で叫んだ。（助けて！）

　次の瞬間、すさまじい咆哮《ほうこう》が大気を震わせた。驚いて兵士たちが振り向くと、森の梢《こずえ》の向こうから、ゼオーがのっそりと巨大な頭をもたげていた。枝や木の葉をばらばらと振るい落としながら、のろのろと起き上がってゆく。

「急げ!」

運転席についた兵士がエンジンを始動させた。騒々しい音を立て、モーターボートは水面を走り出す。たちまちゼオーのいる岸辺から離れてゆく。

ようやくゼオーは身長五〇メートルに達する巨体を起き上がらせたが、もう間に合わない。モーターボートはすでに岸から遠く離れ、時速八〇キロ以上で遠ざかってゆく。ゼオーの歩調では追いつけない。

ボートの後部座席に押しこめられたシリヤムは、必死にもがき、逃れようとした。だが、男たちの太い手に押さえつけられ、どうにもならない。「おとなしくしろ!」と一人の男が怒鳴る。彼らにしてみれば、少女を救うための行動なのだが、シリヤムにとっては恐怖に満ちた体験だった。男たちの手で乱暴に身体を触られ、頭の中でチェンマイでの悲惨な記憶がフラッシュバックを起こす。

(助けて! ゼオー!)

モーターボートが怪獣から離れ、高速で対岸に向かう様子は、湖の周囲の山に配置されていた偵察兵の望遠カメラで撮影され、軍の対策本部に生中継されていた。その画面を見ていた指揮官は、ボートが十分に離れたのを確認し、静かに命令を下した。

「攻撃開始」

すでに湖に近い田園地帯には陸軍が展開を終えていた。最初に火を噴いたのは何十門もの榴弾《りゅうだん》砲だった。続いて中国製の89式自走多連装ロケットシステムが射撃を開始する。一〇列三段、計三〇基のランチャーから、ロケット弾が炎の尾を引いて次々に飛び出してゆく。

一二二ミリ砲弾と一三〇ミリロケット弾の群れは、大きな弧を描いて山を飛び越えた。風を切り裂き、ゼオーに雨あられと降り注ぐ。立て続けに起きる何十という爆発。煙が怪獣の巨体を包みこむ。

「ゼオーっ!!」

シリヤムはモーターボートから振り返り、絶叫した。

ゼオーは砲撃の第一波に耐えた。だが、ほっとするまもなく第二波が飛来した。再び続けざまに爆発が起き、爆煙がゼオーを包む。恐ろしい悲鳴が上がる。さらに第三波が、第四波が来る。

三機の対戦車ヘリも山の向こうから姿を現わした。砲撃に巻きこまれないよう、慎重に距離を置いてゼオーの周囲を旋回しながら、ロケット弾と二〇ミリ・ガトリング砲を浴びせかける。

〈やめろーっ!〉

遠く離れていても、シリヤムにはゼオーの声が聞こえた。頭の中に混乱したイメージ

痛、硝煙の臭い、驚き、恐怖、怒り、悲しみ……でたらめに編集したビデオのように、
断片的な印象が無秩序に混じり合い、奔流となって押し寄せてくる。

混乱の中で、シリヤムは気づいた。これは記憶だ。ゼオーが初めてボラージュの人間たちから攻撃を受けた時の——自分と同様、彼も悲惨なトラウマを呼び覚まされ、フラッシュバックを体験しているのだ。

〈この星もか！　この星もなのか⁉〉激しい攻撃に苦しみながら、ゼオーは怒りとともに叫んでいた。〈この星の者たちも私の言葉を聞かぬのか！　滅びの道を歩むのか⁉〉

「ゼオー！　ゼオー！　しっかりして！」

シリヤムは叫ぶが、彼女の声はゼオーには届いていないようだった。五感を埋めつくす衝撃と爆発音と激痛、あふれだす怒りと悲しみによって、他の何も耳に入らなくなっているのだ。

ボートが対岸に到着した。シリヤムはひきずり下ろされ、今度はジープに乗せられた。振り返ると、攻撃はいったん中断していた。流れてゆく爆煙の中に、ゼオーがまだ立っていたので、彼女はほっとした。

ゼオーの周囲、半径二〇〇メートルほどにわたって、森の樹々がへし折られ、なぎ倒されていて、攻撃のすさまじさを物語っていた。その中心に立つゼオーも無傷ではなかった。全身に無数の傷を負い、血を流していた。

攻撃が再開された。爆音とともに飛来したのは、先尾翼《カナード》とデルタ翼を持つ戦闘機の六機編隊だった。配備されたばかりのタイ空軍の最新鋭機、サーブ39グリペンだ。ゼオーの数百メートル上を通過しながら、誘導爆弾を投下する。爆弾は落下しながら小さな安定翼を動かして軌道を修正し、正確にゼオーに向かってゆく。

ゼオーが反撃に転じた。

背中にある光背のような器官が、左右に翼のように広がった。それが青い光を帯びる。風が起きた。ゼオーの周囲に散らばっていた樹々の断片や木の葉が、ざわざわと音を立てて舞い上がる。湖面も不吉に波立ちはじめた。青い光が強まると、その風は一挙に突風に変化した。膨大な量の木片や木の葉、湖水が激しく巻き上げられ、ゼオーの周囲で回転をはじめる。

直径二〇〇メートルほどもある巨大竜巻が彼を包みこんだ。

誘導爆弾がその中に突っこんでゆく。その多くは、飛び回る木片にぶつかって命中前に爆発したり、風に巻きこまれて目標をそれたりしたが、一発だけ風の壁を突破して命中し、ゼオーをさらに怒らせた。

竜巻の中から青く巨大な光の玉が勢いよく飛び出した。最初の日にシリヤムが見たものだった。真正面にいたヘリに衝突する。ヘリの機体は一撃で粉砕され、ばらばらになって湖面に落下した。

青い球体は風を巻き起こしながら湖面を横切り、山を飛び越えた。その向こうには砲撃してきた部隊がいるはずだった。

もちろん陸軍は怪獣が空を飛ぶことも予期していた。ずらりと配置されていたスウェーデン製のボフォース四〇ミリ対空機関砲が、一斉に火を噴く。無数の曳光弾《えいこう》が火の粉のように舞い上がり、球体を迎撃した。

何百という命中弾を浴び、球体はふらふらと田園地帯に落下した。水田に衝突し、派手に泥をはね散らかす。球体は地面に半分めりこみ、ドームのようになっていた。

その落下地点に向かって戦車隊が動き出した。キャタピラで畑を踏みにじり、泥を巻き上げながら、球体に向かってゆく。

青い光が消え、再びゼオーの姿が現われた。泥まみれになり、苦痛に耐えながら、よろよろと起き上がる。全身から大量の血を流している。その眼からはもう正気の光が失われていた。

今やゼオーは神ではなく、一匹の凶暴な怪獣だった。

砲撃が開始された。パットン戦車の一〇五ミリ砲弾が次々にゼオーに命中する。ゼオーはまたも吼《ほ》えた。背中の器官が激しく発光する。さっきまでの一定の明るさとは違い、狂ったように明滅し、異様なリズムを刻む。

重力の方向が変わった。

ゼオーの前方で、水田や用水路の水が傾きはじめた。水は畦道《あぜみち》を越えてあふれ出し、戦車隊に向かって流れてゆく。風も同じ方向に吹きはじめた。それはたちまち強さを増し、嵐のように戦車群に吹きつける。

戦車の進行がしだいに苦しげになり、ついには停止した。キャタピラは回転しているのに、スリップするばかりで前に進めないのだ――まるで急斜面を登ろうとしているかのように。

ゼオーの前の水田が大規模に崩壊しはじめた。轟音《ごうおん》とともに、地面が横に動いてゆく。幅一〇〇メートル、長さがその何倍もある地域が、ベルトコンベアのように地滑りを起こしているのだ。暴風が荒れ狂う。樹々がめきめきと音を立てて倒れる。家屋が倒壊する。トラクターがひっくり返って畦道を転がり、続いて畦道そのものが崩れた。空気も、大地も、大地の上にあるものも、すべてが一方向に流れ落ちていた。

局所的に重力が傾いたために、水平の地面が斜面になり、崖《がけ》崩れを起こしているのだ。膨大な泥と土が津波となって戦車に襲いかかる。何十トンもある戦車がなすすべもなく押し流されてゆく。偵察隊のジープがひっくり返り、乗っていた兵士が放り出され、土砂に飲みこまれる。その上を暴風が駆け抜け、樹々や土くれが吹き飛ばされてゆく。

大気と水と大地を支配する――これがゼオーの力だった。

自転車に乗って村を巡回していたチャットチャイ巡査は、シリヤムを乗せた軍のジープと遭遇した。「止まれーっ！」と叫んで道の真ん中に立ちはだかり、強引にジープを止める。

「無事だったか、シリヤム⁉」

チャットチャイは自転車を道に倒すと、ジープに駆け寄った。少女は巡査に気がつかないかのように、西の山の向こう、チャリム地区の方を見つめている。戦場から何キロも離れていても、戦闘の音はひっきりなしに轟《とどろ》いてくる。砲声、爆発音、ジェット機の爆音、何か大きなものが壊れる音……それに混じって、時おり怪獣の恐ろしい咆哮《ほうこう》も聞こえる。

「邪魔をするな!」兵士が怒鳴った。「この子を連行する途中なんだ!」

チャットチャイは怒鳴り返した。「これは警察の管轄です!」

「何⁉」

「彼女は民間人です! 戦闘員じゃない! 軍が捕虜にする権限はありません!」

「捕虜じゃない! 保護しようとしてるんだ!」

「警察でも保護はできます!」

チャットチャイが兵士と口論している間も、シリヤムは黙って西の山を見つめ続けていた。

「聞こえない……」彼女は絶望的につぶやいた。「彼の言葉が聞こえない……」

さっきから頭に響いてくるのは、閃光や爆発音や苦痛といった感覚、激怒や憎悪や絶望や悲嘆の入り混じった、言葉にならない感情ばかりだ。意味のある言葉は何も聞こえてこない。彼女の呼びかけも聞こえないらしい。

ゼオーは完全に正気を失ってしまったのだ。

どうしたら彼を救えるのだろうか――と、考えていた時、山の向こうから一機のヘリコプターが飛び出してきた。偵察任務に就いていたブラックホークだ。

シリヤムはすぐに異状に気がついた。飛び方がおかしい。ふらついている。ローターの音も変だ。どこか傷ついたのか、黒い煙を出している。そして高度を急激に下げて――こっちに落ちてくる！

「危ない！」

兵士たちやチャットチャイも気がついた。慌ててジープから飛び出し、農道の脇の溝に飛びこむ。間一髪、大きくバランスを崩したブラックホークが傾きながら落ちてきた。ローターが地面に触れてはじけ飛び、破片がジープのフロントに突き刺さる。一瞬遅れて、ヘリの本体が地面に激突した。大音響があたりに轟く。

ようやく静かになったので、兵士たちは恐る恐る溝から顔を出した。惨状に呆然《ぼうぜん》となる。ブラックホークは大きくひしゃげ、長いテールを高々と持ち上げた状態で動かなくなっていた。コクピット周辺は押し潰《つぶ》され、原形を留《とど》めていない。これでは生存者はいないだろう。

「……シリヤム？」

チャットチャイはあたりを見回した。彼らが退避した溝の中には見当たらない。もしや、ヘリの下敷きになったのか……？

いた――道路に出て、チャットチャイが乗り捨てた自転車を起こし、またがろうとしている。

「待て、シリヤム！」

チャットチャイは飛び出した。しかし、少女はすでに自転車をスタートさせていた。力強くペダルを漕《こ》ぎ、白いスカートをひるがえして走り出す。伸ばしたチャットチャイの手は、わずかの差でそのスカートをつかみそこねた。

シリヤムはか細い身体が許す限りの全速力で自転車を走らせた――ゼオーがいるはずの方向を目指して。

9　別れ

「第一戦車隊、損耗率が甚大です！」

「榴弾《りゅうだん》砲部隊、後退します！」

「ヘリコプター部隊、壊滅！　ラマスーンの進行を止められません！」

前線から刻一刻と入ってくる戦況に、タイ気象庁怪獣対策チームの面々も、あせりの色を隠せなかった。怪獣の能力は思いがけないものだった。軍は予想外の苦戦を強いられている。

モニターには怪獣の進路が表示されている。攻撃によって飛行能力は奪えたようだが、それでも時速一五キロほどで着実に地上を進行してくる。すでに防衛線は破られていた。空軍が繰り返し攻撃をかけて牽制《けんせい》している間に、陸軍は布陣を立て直すのにおおわらわだ。

シリヤムの村が戦場になることはなかった。その代わり、ゼオーは湖の南のチャリム地区に進入していた。広々とした田畑の続く平原地帯だ。住民は避難済みとはいえ、多くの家屋が踏み潰され、あるいはゼオーの重力傾斜攻撃によって倒壊し、かなりの被害が出ている。民間人の犠牲者はいないが、すでに多くの軍人が死んでいるはずだ。

ゼオーは南西に向かっている。進行方向には、県庁所在地であるムアンウッタラディット郡がある。そこには大きな街があり、湖に面したタープラー郡に比べ、人口密度ははるかに高い。一時間前までは警報地域の外側だったが、注意報が警報に切り替えられ、住民の避難がはじまっていた。だが、怪獣が来るまでに、いったいどれぐらいの住民が街から逃げられるのか。

ムアンウッタラディット郡に突入したら、被害が大幅に拡大するのは目に見えている。

「……やっぱりあれ、神様なんですよ」モニターを見つめるさくらの顔は蒼《あお》ざめていた。

「あたしたち、神様を怒らせちゃった……」

「かもしれん」涼の表情もさすがにこわばっていた。「だが、それでも殺すだけだ」

またも爆発音が轟き、怪獣の怒りの咆哮が聞こえた。

「シリヤム、だいじょうぶかな……」

山の向こうの、黒煙に覆われた空を見上げて、さくらは心配そうにつぶやいた。

必死に自転車を走らせること四〇分以上。ようやく平原の田園地帯を進むゼオーの背中が見えてきた。だが、後を追って走ることはできないと、すぐに気がついた。何千トンもあるゼオーが歩いた跡は、道路があちこちで陥没し、自転車が通れる状態ではないのだ。やむなく、彼の進路に並行して延びている別の道を走った。

運のいいことに、軍の攻撃は一時的に弱まっていた。陸軍はタープラー郡とムアンウッタラディット郡の境界線を新たな防衛ラインに定め、そこに向けて戦力を移動させている最中なのだ。

ようやく移動するゼオーと並んだ。

「ゼオー！ 止まってえー！ 止まってえー！」

怪獣の左側二〇〇メートルほどのところを、自転車で並行して走りながら、大声で何度も呼びかける。だが、やはりゼオーには聞こえていないようだ。家を踏み潰し、立木をなぎ倒し、畑を踏みにじりながら、憑《つ》かれたように前進を続けている。

また一軒、民家が怒り狂うゼオーの巨大な足に蹴飛《けと》ばされ、ばらばらに飛び散るのが見えた。シリヤムの胸は痛んだ。軍人が死ぬのはまだ分かる。ゼオーを傷つけた罰だ。だが、あの家の住人が何をした。何も悪いことをしていないのに、家を壊され、畑を台無しにされ、借金に苦しむのか。

こんなのは間違っている。

シリヤムは決意した。長いことペダルを漕ぎ続けてきて、すでに両脚はへとへとだった。それでも残った力をこめ、自転車のスピードを上げた。スカートをはためかせて走る。ゼオーを止めなくては。

二〇〇メートルほど追い越したところで、十字路を右折、ゼオーの前に出ようとする。だが、目測を誤った。ゼオーの数十メートル前に出て進路をさえぎるはずが、彼の進行速度が予想外に速く、すぐ前に出てしまったのだ。

巨大な左足が持ち上げられ、こちらに迫ってくるのが見えた。踏み潰される！　シリヤムは慌てて自転車を左に急カーブさせた。次の瞬間、怪獣の左足は彼女のすぐ横に落下し、大音響とともに道路を踏み抜いた。地面が大きく揺れ、彼女は自転車から投げ出された。

道にぶつかった拍子に右肘《みぎひじ》を打った。血が出ている。痛みに耐えながら立ち上がるのに十数秒を要した。その間にもゼオーは前進を続けている。長い尻尾《しっぽ》が地面をひきずられ、貨物列車のように彼女の横を通り過ぎてゆく。その上には太いトゲが一定間隔で杭《くい》のように立ち並んでいた。

左脚もずきずきと痛む。どこかにぶつけたのか、それとも筋肉を酷使したせいか。何にしても、もう自転車は漕げそうにない。

このチャンスを逃したら、もうゼオーに追いつくのは無理だ。

シリヤムは決心した。尻尾は一定の速度でひきずられているのではなく、速くなったり遅くなったりを繰り返している。遅くなった時は人間の徒歩ぐらいの速さだ。しかも尻尾は先に行くほど細くなる。トゲもそれに比例して小さくなっていた。

尻尾の直径が一メートルほどになったところで、速度が緩んだ瞬間を狙い、飛びついた。馬に乗るようにまたがり、トゲにしがみつく。次の瞬間、激しく前方にひきずられたかと思うと、宙に持ち上げられた。

ゼオーは二本の尻尾を空中で鞭《むち》のようにしならせていた。シリヤムは振り回された。ジェットコースターのようなものすごい加速度がかかり、はじき飛ばされそうになる。それでもトゲにしがみつき、必死に耐えた。

視界が回転する。高度が上がったり下がったりする。右に左に、上に下にと振り回される。生きた心地がしない。それでも彼女は、自分の身の安全よりも、ゼオーを救うことで頭がいっぱいだった。

「ゼオー！　私よ！　聞こえないの⁉　やめて！　暴れるのをやめて！」

空中を振り回されながら、シリヤムは叫び続けた。だが、ゼオーは進むのをやめない。頭に流れこんでくるのは、形のない暗い感情ばかり。人間たちへの怒り、傷つけられた恨み、愛を得られない悲しみ、この世界のすべてのものに対する絶望……シリヤムにはそのすべてが理解できた。

それは彼女の中にあるものと同じだったから。

「でも違う！　違うのよ、ゼオー！」彼女は泣き叫んだ。「あなたはこんなことをしちゃいけないのよ！　こんなことをしたら、あなたじゃなくなるのよ！」

もう体力の限界だ。手から力が抜ける。空中に放り出されそうだ。気が遠くなる。絶望の中で、シリヤムは自分の想いのありったけを彼にぶつけた。

「私には聞こえるから！　他の人には聞こえなくても、私だけはゼオーの心が分かるから！　あなたの苦しみが分かるから！　だからどうかお願い、神様ならこんなことしないで！」

彼女は魂の底から声を絞り出した。

「お願い、ゼオー‼　人間みたいにならないで‼」

尻尾の動きが急にゆるやかになった。押し寄せてきていた暗い感情の奔流も弱まる。雲間から光が射すように、輝く理性の光が見えてきた。

ゼオーは足を止めた。ゆっくりと振り返り、尻尾の先にひっかかっている小さな生きものを、不思議そうに見つめる。

〈……君、なのか？〉

声が響いた。シリヤムはほっとして微笑む。

「ええ、私よ」

ゼオーは彼女を落とさないように尻尾をそろそろと動かし、手に近づけた。彼の両手が合わさって、水をすくうような形になると、シリヤムはそこに飛び降りた。

〈怪我をしているのか？〉ゼオーは心配そうに訊《たず》ねた。〈すまなかった。私のせいだ……〉

「いいえ。こんなのはいいの」

ゼオーの手の平に乗り、巨大な顔を見上げて、シリヤムは懐かしさを覚えていた。そう、つい昨日のことなのに、こんなにも懐かしい——まるでこの場所が、彼の手の平が、自分の家であるかのように。

間近で見ると、ゼオーの受けた傷のひどさがよく分かった。青い鱗《うろこ》はあちこちが剝《は》がれ、白い肉が無残に露出していた。大量の血が今もどくどくと流れ出し続けている。右側の眼が潰《つぶ》れ、頭の角も何本か折れていた。シリヤムは胸が詰まった。

「あなたこそ、痛いんじゃない……？」

〈かまわない。こんなのはたいしたことじゃない〉

彼は振り返り、自分がやってきた大破壊の跡を眺めた。潰れた家。えぐれた地面。破壊された戦車……。

〈私の犯してしまった罪の大きさに比べれば……〉

「ねえ、こんなことをしちゃいけないのよ」シリヤムは懇願した。「確かに私たちを傷つけた奴らは憎い。罰を受けるべきだと思う。だからって、憎しみを何倍にもして返すのは間違ってる。それは関係のない誰かを傷つけるだけだもの。その人たちはまた私たちを憎むことになる。いつまでも終わらない……こんなのは、どこかで断ち切らなきゃいけないのよ」

　それは昨日、ゼオーが彼女に言ったことだった。

〈ああ、分かっているよ〉ゼオーはすべてを悟っているように、落ち着いた口調で言った。〈君に言われるまでもなく、分かっているとも……〉

　前方に目をやる。この高さからだと、何キロも先までよく見える。平原の彼方《かなた》に、小さな黒いものがたくさん集結し、行く手をふさいでいるのが分かる。

　ゼオーが来るのを待ち受けているのだ。

「だいじょうぶよ」シリヤムは不安を覚えながらも、彼を安心させようとして言った。「私がいっしょにいれば、攻撃されないから」

　だが、ゼオーは攻撃されることを恐れてはいなかった。

　彼はあたりを見回し、高さ一〇メートルほどの給水塔を見つけた。鉄製のやぐらで、頂部に円筒形のプラスチックのタンクがある。それに歩み寄り、そっとかがみこんで、手を近づけた。

「待って！　何するの!?」

　手の平が傾いてゆくので、シリヤムは滑り落ちまいと必死に抵抗した。だが、無駄だった。手から振るい落とされ、タンクの上に落下する。

ぶつかった衝撃はたいしたことはなかった。むしろゼオーに捨てられた精神的ショックの方が大きかった。

「ゼオー⁉」

〈お別れだ、ディマーシェ〉

彼はそう言うと、数歩後ずさった。それから彼女に背を向け、軍隊の待ち受けている方向へ歩き出す。

「何考えてるの⁉」シリヤムは叫んだ。「そっちに行ったら殺されるのよ⁉　分かってるの、ゼオー⁉」

〈分かっているとも〉ゼオーは穏やかな――幸福そうな口調で言った。〈私は死なねばならない〉

「ゼオー⁉」

〈私は重大な罪を犯してしまった。怒りにまかせて人を殺した。たとえ神でも――いや、神だからこそ、罪は償わねばならない〉

「ゼオー……」

〈感謝するよ。君のおかげで正気に戻れた。怒り狂う破壊者ではなく、神として、誇り高く、正しく死んでいける〉

彼の背中がしだいに遠ざかってゆく。死に向かって歩んでゆく。シリヤムにはどうにもならない。この給水塔から降りられない。

彼を止められない。

「待って！　私も行く！　私もあなたといっしょに死ぬ！」

〈それはだめだ。君は何の罪も犯していないじゃないか〉

「ゼオー……」

〈私は君を殺しかけた。また同じ罪を犯させないでくれ。君は生きなくてはならないんだ〉

彼の口調は静かだったが、そこに秘められた決意は固かった。シリヤムは絶望とともに悟った。彼の決意を変えることは不可能であることを。

「ゼオー、ゼオー、ゼオー……」

シリヤムは泣きじゃくった。ゼオーは着実に歩みを進めてゆく。もうその背中はずいぶん小さくなった。

〈ああ、そんなに泣かないでくれ。私はそれほど不幸ではないよ。どうせ長くない命だったのだ。長い放浪の旅の最後に、故郷にそっくりのこの星を見つけて、君のような素敵な人と知り合い、思い出を分かち合えた……それだけで十分すぎるほど幸せだ〉

「私、またひとりぼっちになる……」

〈だいじょうぶ。君は生きていける——いや、生きなくてはいけないんだ〉

平原の彼方で閃光《せんこう》が無数にひらめいた。攻撃が再開されたのだ。砲弾が、ロケット弾が、ミサイルが、イナゴの大群のように空を埋め尽くし、怪獣に群がってゆく。

〈どうか君だけはあやまちを犯さないでくれ、ディマーシェ。その名の通り、顔を上げて誇り高く生きてくれ〉

「ゼオー！」

〈さようなら、ディマーシェ〉

ほんの数秒の間に、何百という爆発が同時に起きた。ゼオーの姿は爆煙にかき消された。少し遅れて衝撃波が届き、少女の胸を打った。

大小多数の爆発音が重なり、大気がすさまじい重低音に満たされた。大地が地震のように震える。彼女の乗っている給水塔もがたがたと揺れた。

「ゼオー……」

彼女は見た。激しく続く爆発の中心で、爆煙の中に誇り高くそそり立つシルエットを。

それがスローモーションのようにゆっくりと崩れ落ちてゆくのを。

それが最後に見たゼオーの姿だった。

エピローグ　顔を上げ、誇り高く

警察署の取調室——
白い漆喰《しっくい》の壁に囲まれた殺風景な部屋の中央で、少女はスチール製の折りたたみ椅子に座っていた。簡素な白いノースリーブのワンピース姿。頬にバンドエイドを貼り、右《みぎ》肘《ひじ》と左の脛《すね》に包帯を巻いている。病人のように力なくうなだれており、両手は膝《ひざ》の上に置かれ、頭はやや傾けて、魂の抜けたような虚《うつ》ろな眼で床を見つめている。

「……ねえ、シリヤム」

署長のナムウォンは少女に語りかけた。

「話してくれないかな？　何があったかを。最初から」

少女は答えない。まるで聞こえていないかのようだ。

ナムウォンは気を取り直して言った。

「つらいのは分かる。でも、事実を明らかにするのがおじさんたちの仕事なんだよ。君の口から話を聞かなくてはならないんだ」

「…………」

「どうだろう。話してくれないかな、シリヤム？」

「……違う」

少女が初めて口を開いたので、ナムウォンは驚いた。

「何が違うんだね？」

「……私はシリヤムじゃない」

死から復活したかのように、少女はゆっくりと顔を上げ、大人たちを見つめた。さっきまでは虚ろだった黒い瞳《ひとみ》には、今、強い意志の灯が点《とも》っていた。

「そんな名前で呼ばないで」彼女は小さな、しかし力強い声で言った。「私は、そんな名前じゃない……」

ナムウォンは驚いて部下たちと視線を交わし合う。みんなわけが分からなかった。シヨックのあまり少女の頭がおかしくなったのではないかと思っている。

そんな彼らの困惑を、少女は見つめていた——まっすぐに、もはやうつむくことなく。

「私はディマーシェ」

彼女は強い決意をこめて言った。

「それが彼がくれた名前。彼が私を愛してくれた証《あかし》。この名前とともに、私は生きてゆく。彼が教えてくれた通り、顔を太陽に向けて生きてゆく。もううつむいたりはしない。沈黙しない。耐え忍ばない。私たちは正しい。間違ってるのはこの世界の方。それを訴え続ける。正しい者の方が太陽から顔をそむけるなんて、あってはいけない」

ディマーシェは高く顔を上げ、大人たちを見回した。氷のように冷たい敵意と、炎のように熱い誇りをこめた視線で。

「私の名前はディマーシェ。親がくれた名前なんて——人間の名前なんて、もういらない……」

怪獣無法地帯

プロローグ　死にゆく男

恐ろしい病魔がヤミールを蝕《むしば》んでいた。焼けつくような激痛。皮膚の下に何千という虫がうごめいているような異様な感触。内臓が、筋肉が、骨が食われてゆくのが分かる。血管を猛毒が駆けめぐり、神経がずたずたにされてゆく。手の甲が醜く膨れ上がり、気味の悪い粘液が浸《し》み出してきている。身体が重い。もう起き上がることさえできない。激しい耳鳴りと眩暈《めまい》もしていた。雷鳴のような轟音《ごうおん》が頭を苛《さいな》み、世界が大きく揺れている。肉体を鍛え上げてきた彼だからこそ意識を保っていられるのだが、それも限界だ。

もうじき結末が訪れる。すみやかに闇が訪れ、この苦しみも終わる。それが今の彼にとって、唯一の希望だった。

すでに最後のメッセージは送った。きっと誰かが読んでくれる。この悲劇を、この無念を、後世に伝えてくれる。それが新たな悲劇を阻止することにつながり、未来を拓《ひら》く手助けになってくれるはずだ。

もう思い残すことはない。

いや、本当にそうか？——最後の時を前にして、激痛に苦しみながら、ヤミールの心に迷いが芽生えた。本当にあきらめきれるのか。すべてを忘れて安らかに死ねるのか。ようやく夢が実現したというのに、こんなところで、こんな不条理な形で人生が断ち切られることに、我慢ができるのか。

彼女に二度と会えなくてもいいのか。

不意にイメージが脳裏に浮かんだ。明るい太陽の下で微笑んでいる女性。この世で最も愛《いと》しい人。

気がつくと、頭を苛む轟音は少し収まっていた。だが、感覚が鈍っており、周囲のものがよく見えない。世界は依然として波にもまれる船のように揺れている。激痛のあまり頭がぼうっとなって、正常な判断力も失われかけていた。

試しに腕を動かしてみると、わずかだが動くようになっていた。彼は最後の気力を振り絞り、苦痛と戦いながら上半身を起こした。身体が少し軽く感じる。立ち上がろうとしたとたん、酔っ払っているかのようにバランスを崩し、頭を壁にしたたかぶつける。それでも必死に壁を手探りし、どうにかレバーを探り当てた。

まだ死ねない。死にたくない――激しい混乱の中で、愛する者への想いに加え、死を恐れる生物としての根源的な本能が、ヤミールを突き動かしていた。

それが自分自身の感情なのか、何か別のものの感情なのかさえ、もはや判然としなくなっていた。

レバーを力いっぱい引いた。

次の瞬間、爆発音とともに、あたりに光が満ちあふれ、風が激しく吹きこんできた。

1　密林の怪獣

　東経一七度、北緯三度。アフリカ大陸、コンゴ共和国北東部、リクアラ地方。

　一九六八年三月——

　驟雨《しゅうう》が白いカーテンのように降りしきる密林に、銃声が轟《とどろ》いた。一発、二発、三発。

「だめだ、効かない！」

「いいから走れ！」

「早く！　早く！　逃げるのよ！」

　密生した樹々と土砂降りの雨によって、視界が著しく妨げられている中、激しい雨音に混じって、男女の混乱して怒鳴り合う声が聞こえる。激しく動揺し、興奮している。恐怖にかられている。

　空は鉛色の雲に覆われて薄暗く、遠くで稲光がひらめいていた。どろどろという遠雷も響いてくる。

「走れーっ！　走れーっ！」

「待って！　待ってよーっ！」

　悲痛な女の声。それをかき消すように重なる雷鳴——いや、雷ではない。巨大な動物の吼《ほ》える声だ。それに混じって、樹がへし折れるべきべきという音。茂みが激しくかき分けられ、踏みにじられる音。何か大きなものが近づいてくる。

雨に煙る森の中から、シダの茂みを蹴《け》り破るようにして、白いサファリルックを着たずぶ濡《ぬ》れの二人の男が飛び出してきた。一人は三〇歳前後で金髪の優男。眼鏡をかけている。全力疾走してきたので、ぜいぜいと息を切らせていた。もう一人は四〇歳ぐらいで、黒髪で髭面《ひげづら》。がっしりした体格でライフルを持っている。ウェザビー・マークV。狩猟用の銃弾として世界最強と言われるコンマ460ウェザビー・マグナムを使用し、サイやアフリカゾウも一撃で殺せると宣伝されている大型ライフルだ。

だが、彼らを追っているものは、ウェザビー・マグナムでさえ倒せないほど頑強なのだ。

数秒遅れて、同じような格好の女が飛び出してきた。こちらは男たちより少し若い。やはり息を切らせており、濡れた黒い髪が海草のように頰に貼りついている。

三人は足を止め、呆然《ぼうぜん》と前方を見上げていた。ごつごつした岩山が立ちはだかっている。高さはたいしたことはないが、傾斜は急で、階段のようになった岩場を雨水が濁った滝となってなだれ落ちていた。

背後でまた咆哮《ほうこう》がした。三人は恐怖の表情で振り返った。樹が折れる音や茂みが踏みしだかれる音が、確実に近づいてくる。雨のカーテンを透かして、樹々の向こうに黒い巨大な影がうごめいているのが見える。

「登るんだ！」

女の抗議を、ライフルを持った髭面の男はさえぎった。

「他に方法がないだろ！」

「でも！」

「登れ、アネット！」

金髪の男が先に登りはじめた。濡れた土で足を滑らせながらも、岩の角や、岩の間から突き出した木の根をつかみ、慌てふためいて登ってゆく。

巨大な影が近づいてくる。地響きが伝わってくる。アネットと呼ばれた女も、やむなく登りはじめた。髭面の男はというと、手にしたウェザビー・マークVにちらっと惜しげな視線を向けたものの、あきらめて放り出し、二人の後に続いた。

その決断は正しかった。ライフルを手放すのを惜しんで崖《がけ》を登るのをためらっていたら、彼の命はなかっただろう。

三人が崖を八メートルほども登った時、それが背後のジャングルを突き破り、水滴をまき散らしながら姿を現わした。顔はクロコダイルを思わせたが、ワニではない。長い首を振り回し、大きな口を開けて怒りの咆哮を上げる。まるで至近距離に雷が落ちたかのような轟音。空気が激しく震え、近くの樹から滴がばらばらと落ちる。

灰色のウロコに覆われたそれは、インドネシアに棲《す》むコモドオオトカゲをさらに一〇倍に拡大したような生物だった。巨体の後ろ半分はまだ森の中にあるが、こちらに突き出している部分だけでもゆうに一〇メートル以上、胴の太さは人間の背丈ほどもある。

れている。

首は普通のトカゲ類より長く、空中でゆらゆらと揺れている。蛇のようにくねる長い胴体を側面から生えた短い脚で支え、腹を地面からやや持ち上げて歩いていた。巨大な口は人間を丸呑《まるの》みにできる大きさで、ちろちろと出入りしている舌は、先端が二股《ふたまた》に分かれている。

ングマ・モネネ――このリクアラ地方に棲息《せいそく》している怪獣だ。

三人はちらっと振り返ってそれを見ただけで、すぐに登攀《とうはん》を再開した。恐怖にすくんでいる時間はない。夢中で手足を動かし、滑る岩場を泥まみれになって這《は》い登る。動きを止めたら、あいつに追いつかれる。

怪獣は頭をもたげ、逃げる三人の人間を見た。伏せたサラダボウルほどもある眼球が、ぎょろりと動く。噛《か》みつこうと首を伸ばすが、届かない。しかたなく前足の爪を崖に突き立て、ゆっくりと這い登りはじめた。

体力の劣るアネットの動きがいちばん鈍かった。登山に慣れているらしい髭の男が、彼女の横を追い抜いてゆく。女を助けようとはしない。自分も逃げるので精いっぱいなのだ。先頭の金髪の男は、もう崖の上にまで達していた。

崖の頂上まであと少しというところで、アネットが足を滑らせた。悲鳴を上げながら、濡れて滑りやすくなった岩の表面を、三メートルほどもずり落ちる。崖の途中に突き出した岩棚にぶつかって止まった。腰をぶつけ、苦痛にうめく。

その間にングマ・モネネが這い上がってきた。

自分がやられる。

「アネット！」

崖を登りきった髭面の男が、振り返って怒鳴った。だが、助けには戻れない。戻れば

振り向いたアネットは、大きく開いた怪獣の口が迫ってくるのを目にした。並んだ鋸《のこぎり》状の歯がはっきりと見える。逃げ場はない。絶望が脳裏をよぎる。彼女はホイッスルのようなけたたましい悲鳴を上げた。

その時、別の何かが彼女の胴をぐいっとつかみ、勢いよく空中に持ち上げた。一瞬遅れて、アネットが今までいた位置で、怪獣がぱくんと口を閉じる。歯が空しく嚙み合わさり、がちりという音が響く。

宙吊《ちゅうづ》りになったアネットは、自分の腹を見下ろし、さらに恐怖した。誰かの腕に抱きすくめられたように思ったのだが、その腕のようなものは一本一本が黒くて太い指だった。全部で五本。首をひねって後ろを見ると、彼女の腰をつかんでいるものが見えた。巨大な黒い毛むくじゃらの手で、手首の太さは彼女の胴ほどもある。その腕は長さ何メートルもあって……。

新たに現われた怪獣が、黒い唇をまくり上げ、白い歯をむき出して吼えた。アネットは卒倒しそうになった。

それは信じられないほど巨大な類人猿だった。ゴリラに似ているが、はるかに大きい。全身が黒い毛に覆われており、顔も黒い。背中を丸めた姿勢だが、それでも高さは人間

の三倍ぐらいある。体重はおそらくアフリカゾウ以上だろう。右手でアネットを人形のように持ち、左手で崖から生えた太い樹をつかんで、斜面で体を支えている。さらに信じられないことに、その背中には金髪の若い娘が乗っていた。類人猿の短い首の後ろに這いつくばり、肩の毛につかまっている。

まさに美女と野獣。

獲物を横取りされて怒ったングマ・モネネが、奪い返そうと迫ってくる。両手がふさがっている野獣は反撃できない。アネットはまた悲鳴を上げた。

「ウザー・ダ！」

金髪娘が野獣の耳に口を寄せ、何か指示した。野獣は左手を放すと、崖を蹴って跳躍した。ングマ・モネネの攻撃はまた空振りした。

降りしきる雨の中を、野獣の黒い巨体が放物線を描いて宙を飛ぶ。五メートルほど下に着地したが、そこは足場が悪くて立つことができず、尻餅《しりもち》をついた。そのまま崖を滑り降りてゆく。その手に握られたアネットは、ずっと悲鳴を上げ続けていた。

すぐに崖の下に到着した。野獣は起き上がり、崖を見上げた。ングマ・モネネも巨体をくねらせ、ずるずると滑り降りてくる。

「ンボンガ！　ガルガ・ダ！　メ・ギネー・ダ！」

また娘が指示する。野獣は右腕を伸ばし、近くにあった大きな樹の上に、そっとアネットを下ろした。ようやく彼女は叫ぶのをやめ、太い枝にしがみついた。二階建ての家の屋根ぐらいの高さだ。

金髪娘はカニのように這って、巨大類人猿の右肩に移動した。まともな服を着ておらず、先住民のような格好をしている。さらに濡れた右腕の上を丸木橋のようにすたすたと歩いて、アネットのいる枝にひょいと跳び移った。体操選手のように流麗で無駄のない動き。振り返って野獣の背後を指差し、「ジャモル・レ！」と叫ぶ。ングマ・モネネが崖を滑り降りてきて、こちらに向き直ったところだった。

密林の小さな空き地で、二匹の怪獣は対峙《たいじ》した。金髪娘は枝の上にしゃがみこみ、梢《こずえ》から流れ落ちる雨に打たれながら、野獣の背中を緊張した様子で見つめている。

彼女のすぐ後ろで腹這いになって、枝に抱きついているアネットの目の前には、娘の足があった。靴は履いておらず、足首には木の実に紐《ひも》を通したものをアンクレットのように巻いている。アネットには信じられなかった。この密林を裸足《はだし》で歩けるなんて。

恐る恐る顔を上げ、娘の全身を見上げた。下半身にまとっているのは褌《ふんどし》のような布きれで、すらりとした長い脚が大胆に露出していた。雨粒の光る肌は、陽に焼けていて健康そうだ。上半身には汚れてぼろぼろになったランニングシャツ。右肩から左腰にかけて細い革ベルトを斜めに巻いており、腰に刃渡り三〇センチほどの山刀《マチエーテ》を吊るし、背中に原始的な石弓《クロスボウ》と矢筒を背負っている。首には小動物の骨を紐でつないだ首飾り。肩に垂れた髪は明るい真鍮《しんちゅう》色で、乱雑に切り揃えられた前髪からは絶えず水滴がしたたっていた。年の頃は一七歳ぐらいか。野獣を見つめるその横顔は、あばたがいくつかあるもののきりりとしていて美しかった。

雨の中、野獣とングマ・モネネは、ゆっくりと互いの位置を変えながら、交互に吼《ほ》えて威嚇し合っていた。相手の力量を見極めようとしているのだ。サイズではングマ・モネネの方がはるかに大きいが、頭の高さは野獣の方がやや高い。ングマ・モネネの武器は大きな口だが、野獣には太い腕がある。どちらが強いかは見た目では判断できない。

金髪娘は背負っていたクロスボウを下ろした。中腰になり、クロスボウの先端を枝に押し当てると、「ふん！」と全身の力を使って力まかせに弦を引く。弦をロックすると、矢筒から矢を引き抜いた。絵筆ほどの長さの小さな矢で、矢羽は付いていない。それを慣れた手つきでクロスボウの溝にセットする。ここまでの一連の動作が、ほんの一〇秒足らず。

姿勢を低くして身体を安定させる。両手でしっかりとクロスボウを構え、ングマ・モネネの顔面に狙いをつけた。怪獣はライバルである黒い類人猿に注意を奪われていて、人間のことは忘れてしまっている。両者はまだ戦いを開始していないものの、不安定な均衡状態にあった。

雨は小降りになってきている。

娘は引き金を引いた。びんっ、と弦が鳴ったと思うと、細い矢は一〇メートル以上先のングマ・モネネの顔面、左眼の少し下の柔らかい場所に、魔法のように突き刺さっていた。

人間なら致命傷かもしれないが、巨大な怪獣にとっては針で刺された程度の痛みだったはずだ。それでも一瞬、ひるませて眼を閉じさせることはできた。

その小さな矢が均衡を崩した。

野獣は右腕を大きく振り回し、巨大トカゲの左顔面を殴りつけた。左眼を閉じていたングマ・モネネは、死角からの攻撃に対応できなかった。強烈なパンチを食らい、首が大きく右に振れる。人間ならゴルフボールのように飛ばされ、即死していただろう。巨大な怪獣にとっても強烈な衝撃だ。

怪獣はすぐに向き直ろうとするが、今度はすかさず左腕による攻撃。顔の右側を殴られ、首が左に振れる。さすがにングマ・モネネは危険を感じて後退した。野獣の三発目のパンチは空を切った。

ングマ・モネネが逆襲する。突進して頭を素早く突き出し、野獣の右腕にかぶりついたのだ。野獣は一瞬、苦痛にひるんだ。ごーっというジェットエンジンのような叫びを上げる。戦いを見ていた金髪娘が、「オオ」と心配そうな声を洩《も》らした。

だが、野獣は負けない。すさまじい怪力を発揮し、腕を大きく振り回して、ングマ・モネネの頭を近くの樹の幹に叩《たた》きつけた。怪獣は思わず口を開いた。野獣は右腕を抜き取り、一歩退く。毛皮に血が滲《にじ》んでいた。

それからも一分ほど、怪獣同士のすさまじい応酬が続いた。野獣は少し慎重になり、嚙《か》みつかれないよう注意しながら、ヒット・アンド・アウェイで攻撃するようになった。

近づいては殴りつけ、すぐに飛び離れるのだ。ングマ・モネネはまたも噛みつこうとするが、野獣の方が敏捷《びんしょう》で、動きについていけない。野獣が少しずつ押している。金髪娘は「イバエ・バ！　イバエ・バ！」と声援を送る。

何度もパンチを食らった末に、ついにングマ・モネネは戦意を喪失したようだ。巨体をU字形に曲げたかと思うと、一八〇度方向転換して、ジャングルに戻ろうとする。野獣は追いかけようとしたが、トカゲの太い尾ではたかれ、転倒した。

頭を振って起き上がってきた時には、ングマ・モネネは短い脚で全速の逃走に移っていた。野獣はそれを追って走り出そうとする。

「ンボンガ！　メ・ジュウマ！　ムガド・バ！　ムガド・バ！」

金髪娘が懸命に叫ぶ。追いかける必要はないと言っているのか。野獣は娘の言葉を理解したらしく、しぶしぶ追跡を断念した。ングマ・モネネの巨体は密林の奥に消えてゆく。茂みを踏みしだく音がしだいに遠ざかっていった。

野獣は背を伸ばして胸を張り、手の平で胸をどんどんと叩く。勝利のドラミングだ。太鼓のような音が密林に響く。

気がつくと、いつの間にか雨はやんでいた。

「ンボンガ」娘はほっとした様子で、優しく野獣を呼んだ。「ネズモ・ダ・ガエラ」

野獣の名前はンボンガというらしい。娘に呼ばれて振り返り、拳《こぶし》を交互に地面に着けた四足歩行、いわゆるナックルウォークでのそのそと近づいてきた。

「あー」アネットはこわばった笑みを浮かべて、命の恩人にフランス語で話しかけた。「ありがとう……私、あなた、友達……分かる？」

娘は振り返り、きょとんとした表情でアネットを見つめた。

「あー、えー……言葉、分からないのかしら？　私、あなた……」

「分かりますよ」娘は流暢《りゅうちょう》なフランス語で答えた。「私、マリオン・ヤングです。よろしく」

今度はアネットがきょとんとする番だった。

ンボンガは二人のいる樹のすぐ近くにやってきて、肩を近づけた。マリオンは慣れた動作でその肩に飛び移り、続いて濡《ぬ》れた背中をさっと滑り降りて、地面に降り立った。五メートルぐらいの高さはまるで恐れていないようだ。野獣の傷ついた右腕を心配そうに調べる。

「オオ、ンボンガ……メ・ゾエビ・ギ・ガジル……？」

ンボンガは「こんな傷、たいしたことない」とでも言いたげに顔をそむけた。

その時、金髪の男と黒髭《ひげ》の男が、崖《がけ》を降りてきた。黒髭の男はすぐにライフルを拾い上げ、アネットとの間に壁のように立ちはだかる巨大類人猿に銃口を向ける。金髪の男の方もホルスターから拳銃《けんじゅう》を抜いていた。

「待って、待って」マリオンが慌てて前に出て、銃口の前に立った。「この子はおとなしいんです。私の言うことなら何でも聞きます」

二人の男はなおも銃をンボンガに向けながら、訝《いぶか》しげに横目で視線を交わし合った。確かにこの娘が巨大な野獣を操るのを崖の上から見ていたが、ングマ・モネネとのすさまじい戦いを目にした後では、「おとなしい」などという言葉は信じられない。

「見ててください」

マリオンは振り返って、ンボンガの顔を見上げ、両手で水をすくうような手つきをした。

「ンボンガ。ズ・ミウジ・ギネー・ダ」

ンボンガはすぐに理解した。腰を低くし、地面につけていた拳を裏返して、両手の平を上に向ける。マリオンはその上に乗ってうずくまった。野獣との比率は、子供が持つバービー人形ぐらいだった。

「ギネー・ダ！」

娘が命じると、巨大な野獣はいきなり彼女を垂直に放り投げた。アネットたちはあっけに取られて見上げる。マリオンはロケットのように上昇し、ジャングルの梢の上、二〇メートルほどの高さに達した。そこで高飛びこみの選手のように一回転すると、足を下にして、灰色の空から金色の矢となってまっすぐに落ちてくる。金髪が風にひるがえる。

ンボンガの手がそれを優しく受け止めた。彼女の落下速度に合わせて手を下ろし、衝撃を吸収したのだ。マリオンは巨大な手の平からひょいと飛び降り、何事もなかったかのように地面に降り立った。「信じてもらえますか？」と男たちに微笑みかける。二人はぽかんとして、ようやく銃口を下ろした。

マリオンは振り仰ぎ、まだ樹の上にいるアネットに呼びかけた。

「一人で降りられます？」

アネットは枝に横たわったまま幹の方を振り返り、「無理」と首を振った。幹はほとんど垂直で、手がかりがない。おまけに濡れていて、滑りやすそうだ。

「ンボンガ。デムド・バ。ガベリ」

マリオンが命じると、ンボンガはアネットに向かって手を伸ばした。巨大な黒い手が迫ってくるのを見て、アネットは震え上がった。

「いえ、いいわ。やっぱり一人で降りる。ああ、でも無理。降りられない。どうしよう……」

震えながらぶつぶつつぶやいているアネットを、ンボンガは優しくつかみ上げた。花瓶を置くように、そっと地面に下ろす。

「あ、ありがとう……」

アネットの顔は蒼《あお》ざめており、まだ震えていた。巨大な怪物の手につかまれるというのは、生きた心地のしない体験だ。それでもどうにか体面を取り繕おうとする。

「あー、私はアネット・モーリス。そっちの二人はアラン・ピロッツとジム・ケイザー。私とアランはフランスから地質調査に来たの。ジムはアメリカから」

「よろしく。私はマリオン・ヤングです。この近くに住んでます」

笑顔で手を差し出すマリオン。男たちはとまどいながらも、「よろしく」と言って娘と握手した。だが、その視線は娘の美しい肢体に磁石のように吸い寄せられている。シャツは胸の下で絞り、裾《すそ》を細結びに縛っているので、腹はへそのあたりまで丸見えだった。おまけに雨に濡れたシャツが肌に貼りついているため、半球形の胸の形がくっきりと浮かび上がり、乳首の形まで透けて見えている。下半身はさらに大胆だ。薄茶色の細長い布を、紐《ひも》で腰に縛りつけて股間《こかん》に通し、前後に垂らしているだけなのだ。布には五線譜のような紋様が描かれている。前後から見るとまだましだが、真横から見ると肌を隠しているのは細い紐一本で、脇腹も腰も太腿《ふともも》も、男たちの視線の前に無防備にさらけ出されている。

アランとジムがにやけた表情を表に出さないように苦労しているのが、アネットには分かった。男という動物の本性も嫌になるが、この娘がはしたない格好をしていることに何の自覚もないことにも腹が立った。最近、ロンドンを中心に若い女性の間で流行している膝上《ひざうえ》三〇センチのミニスカートでさえ、さすがに卑猥《ひわい》すぎると感じていたが、マリオンの格好ときたらそんなものを軽く超越している。

しかし、マリオンは男たちの視線にはまるで無頓着《むとんちやく》だ。恥ずかしがっている様子も、逆に裸体を誇示している様子もまるでなく、普通の服をまとっているかのように、ごく自然に振る舞っている。

「この子はンボンガ。私のお友達です」

マリオンが背後の野獣を紹介すると、アランは「やあ」とこわばった愛想笑いで、手を小さく振った。ンボンガは男たちを値踏みするように見下ろし、ふんっと鼻を鳴らした。見慣れない人間を警戒しているようだ。

「……よく慣れてるの？」アネットが恐る恐る訊《たず》ねる。

「二年前、まだ小さかった頃に川で拾って、育ててきたんです。弟みたいなもんですよ」

そう言われても、アネットたちの不安は去らなかった。この怪物が暴れ出したら、自分たちなど三秒で皆殺しにされるに違いない。

「それにしても災難でしたね」

「ああ、助かったよ」アランはようやく落ち着きを取り戻したようだった。「ボートで川を上っていたら、あいつにボートをひっくり返されて……」

マリオンは疑いの目を向けた。「もしかして、銃で撃ったんじゃありません？」

「しかたがなかったんだ」ライフルを抱えたジムが、ばつが悪そうに弁明した。「水面から鼻面だけを出して、ボートに近づいてきやがって……」

「雨が降ってたから、近くに来るまで気がつかなかったんだ」アランもフォローする。

「最初はワニだと思った。でも、水面下に見える影がものすごく大きくて……それで危険を感じて、ジムに『撃て』と言ったんだ」

マリオンは「やっぱりね」と、納得してうなずいた。

「撃たなければ良かったんです。普通、ングマ・モネネはボートを襲ったりはしませんよ。あまり眼が良くないんです。じっとしてれば、流木か何かだと思って通りすぎたはずです」

「今から言われても手遅れよ」

アネットは顔をしかめた。いや、事前にそう聞かされていたとしても、冷静にそのアドバイスに従えたかどうか。巨大な怪獣がボートのすぐ傍まで接近してくるのを目にしたら、誰でも恐怖にかられ、冷静さを保てないのではないか。発砲したジムを責められない。

「誰か怪我した人は？」

「いないと思う。ボートにはガイドとポーターも乗ってたけど、みんなあの怪獣がぶつかってくるより早く、川に飛びこんでた」

「俺たちより先に岸に泳ぎ着いて、後ろも見ずにジャングルに駆けこみやがった」ジムは憤慨していた。「ほんと、あっという間だ。煙のようにいなくなってた。雇い主を置いていくとは、なんて薄情な連中だ」

「当然でしょうね」マリオンは平然としていた。「ングマ・モネネを怒らせたらただじゃ済まないことは、このあたりの人ならみんな知ってます。そりゃあ一目散に逃げますよ。他の人のことを気にかけてる余裕なんてありません――あなたもさっき、そうだったんじゃないですか？」

　ジムは不機嫌そうに沈黙した。

「しかし、弱ったな」アランは難しい顔をしていた。「ボートをひっくり返されて、荷物がみんな川に沈んでしまった。ガイドもポーターも逃げてしまったし……」

「その荷物、重たいですか？」とマリオン。「流されそう？」

「どうだろう？　重いのもあるし、軽いのもあるな。中には貴重な機材の入ったケースもあったんだが……」

「この先の川？」

「ああ」

「あそこの川はそんなに深くありません。沈んでるだけなら、早く行けば回収できるかもしれません。行ってみましょう」

　マリオンは振り返って、ンボンガに歩み寄り、左腕に抱きついて「ズ・ダーゴ」と言った。ンボンガは左腕を持ち上げ、頭の上に持っていった。マリオンは腕に抱きついた状態で高く持ち上げられた。野獣の左肩に乗り移り、そこにちょこんと腰掛ける。

「どうします？」彼女は地上のアネットたちに声をかけた。「まだ席は空いてますけど？」

　アネットはまだ少し蒼ざめている顔で笑った。「遠慮するわ」

「そうですか——ンボンガ、グジル・ギ」

ンボンガは肩の上に小鳥のようにマリオンを乗せて、のっそりとナックルウォークで歩きだした。マリオンは振り落とされないように、ンボンガの頭にしがみついている。アネットたちはおっかなびっくり、その後について歩きはじめた。まだ信じられないことだらけだが、とりあえず分かったことがある。

この巨大な野獣は間違いなく、このジャングルの王者だ。下手に刺激しない方がいい。

2　怪獣と暮らす娘

赤道直下のアフリカ――

コンゴ共和国の北東部、コンゴ川の支流のウバンギ川とサンガ川にはさまれたリクアラ地方の広大な密林には、二〇世紀に入ってもなお、様々な巨大怪獣や怪生物が棲息《せいそく》している。最も有名なのは、テレ湖に棲《す》む水棲恐竜モケーレ・ムベムベだが、他にも多くの奇妙な生物が闊歩《かっぽ》しているのだ。大きな一本の角を持つ巨獣エメラ・ントゥカ。背中に鋸《のこぎり》状のひれを生やした怪龍《かいりゅう》ムビエル・ムビエル・ムビエル。甲羅の長さだけで四メートル以上もある亀ンデンデキ。体長一五メートルに達するワニ、マハンバ。大蛇ガコウラ・ンゴー（別名バディグイ）。巨大鳥ンゴイマ。ブタのような顔の怪魚ンビジ・ア・ングル。そして、先住民たちは森の守り神として崇拝しているが、白人は誰も目にしたことがない謎の獣サマレ……。

人呼んで怪獣無法地帯。

小雨季で川はやや増水していたが、それでもンボンガの腰ぐらいまでしかなかった。ンボンガは転覆していたボートを元に戻して岸に上げ、川に沈んでいた荷物も簡単に拾い上げて、岸に下ろしていった。

アランがとりわけ心配していたのは、小学生が入れそうなサイズの金属のケースだった。開けてみると、何かの機械らしきものが厳重にビニールで梱包《こんぽう》されていた。浸水がまったくなかったことを確認し、アランはほっとしていた。他にも、着替えの服や弾薬や医薬品などを入れた箱、先住民への贈りものとして持ってきた岩塩や金属鍋《なべ》を入れた箱なども無事だった。

痛手だったのは、ボートに固定していたロープがほどけて、食糧が入っていた箱のほとんどが流されたことだ。川底から一個だけ回収された箱も、壊れて浸水していたため、ビスケットや粉末ミルクの一部が水を吸ってだめになっていた。まったく無事だったのは缶詰類だけだ。アネットたちは落胆を隠せなかった。

「とりあえず私の家に来ませんか」落ちこんでいる三人に、マリオンが声をかけた。

「このすぐ近くなんですよ」

彼女の言う「すぐ近く」というのは、ジャングルの中を歩いて四〇分ほどの距離のことだった。幸い、荷物はすべてンボンガが運んでくれたので楽だった。ボートから回収したロープと帆布で、その大きな首にくくりつけたのだ。彼一匹で、ポーター一〇人分の働きができた。

　マリオンの家はジャングルの中に忽然《こつぜん》と出現した。周囲に何の目印もないのに、なぜ彼女が迷わずに帰り着けるのか、アネットには不思議だった。

　家といっても二部屋しかない小さなログハウスで、ろくに家具もなかったが、それでも屋根と壁があるというだけでありがたかった。アネットたちは交代で別室に入り、泥まみれになった服を脱いで、身体をタオルで拭《ふ》き、乾いた服に着替えた。

　その間に、マリオンは客をもてなすためにコーヒーを淹《い》れていた。驚いたことにインスタントではなく、豆を挽《ひ》き、サイフォンを使って作る本格的なコーヒーだ。アルコールランプで熱せられたサイフォンがくつくつと音を立てると、香ばしい匂いが小さな小屋の中に満ち、三人の疲れた身体を癒《いや》してくれた。

「どうぞ」

　マリオンは色も大きさもまちまちな三個のホーローのカップに、コーヒーを少量ずつ注ぎ、客に差し出した。

「あいにく砂糖を切らしてるんで、ブラックですけど」

　そう言いながら、余ったコーヒーを缶詰の空き缶に注ぎ、自分の分にした。

「こんなジャングルのど真ん中に、何でこんなものが？」

　湯気を立てているコーヒーの出現が、アネットには魔法のように思えた。

「ちょくちょく、川下から交易商の人が来るんで、いろいろ分けてもらうんです。工芸品と交換に」

「工芸品？」

「これですよ」

マリオンは腰に垂らしている布をつまみ、ひらひらさせた。

「樹皮布《バーククロス》です。樹の内側の皮を剝《は》いで、石で叩《たた》いて叩いて叩いて、布みたいに柔らかくするんです。それに模様を描く。アカ族の唯一の輸出品です。パリあたりに持っていくと、一枚何千フランで売れるんだそうです。テーブルクロスにしたり、額に入れて飾ったり」

アカ族はこの地方の先住民だ。成人でも身長が一五〇センチほどしかない、いわゆるピグミーと呼ばれる森の狩猟民である。

「だったら、ピグミーはみんな大金持ちなんだろうな」コーヒーをすすりながら、アランが冗談を言った。

「まさか」マリオンは笑う。「ここじゃ二束三文ですよ。というより、無料《ただ》ですね。それをヨーロッパ人は珍しがって、高いお金を払って買うんです。不思議ですよね。こんな風に下着にするような布きれなのに」

室内には木のテーブルの他には椅子《いす》が一脚しかない。いちばん疲れているアネットがそれに座り、ジムは部屋の隅の木箱に腰を下ろし、アランは壁に寄りかかり、マリオンは窓際に腰掛けてくつろいだ。

マリオンは開いた窓に尻《しり》と右足を乗せて座り、立てた右膝《みぎひざ》に腕をひっかけるようにして、空き缶からコーヒーを飲んでいた。腰布がめくれ上がり、ただでさえ露出の多い脚が、さらに大胆《たんのう》にさらけ出されている。アネットは顔をしかめていたが、アランとジムはその光景を堪能していた。べつに男を誘惑しているわけではなく、これがマリオンのお気に入りの姿勢、自然なポーズであるらしい。

彼女は窓の外に目を向けた。あんなに厚かった雲がほとんど消え、午後の青空が広がっていた。鬱蒼《うっそう》と茂るジャングルの梢《こずえ》の上には、少し欠けた白い月が昇っている。その手前を鳥の群れが小さな点の列となって横切ってゆく。熱帯の鳥類のけたたましい声が響き渡っている。おそらく何万年も前から変わらない光景だ。

そうしたアフリカの大自然を背景にして、コーヒーをすすっている半裸の娘は、窓枠で囲われているため、一幅の絵のように見えた。

「不躾《ぶしつけ》なことを訊《き》いていい？」

アネットはさっきから気になっていたことを質問することにした。

「何でしょう？」

「その格好」

「ああ」マリオンは苦笑した。「訊《たず》ねるのが遅いな、と思ってました」

「じゃあ、おかしな格好であることは自覚してるわけ？」

「文明世界の人から見ればおかしいんでしょうね。でも、ここではこれが普段着なんです。アヵ族の人たちはみんなこういう格好ですし、私も子供の頃からあの人たちといっしょに暮らしてますから、これがとても自然なんです」

「私の故郷では自然じゃないわ」

「フランスって、冬には雪が降るんですよね？」

「ええ」

「私は雪を見たことがありません。ここの平均気温は、一年を通してほぼ華氏七六度(摂氏二四度)です」そう言って、壁に掛かっている古い寒暖計を指差す。「いちばん涼しくなる一月の明け方に、華氏六六度(摂氏一九度)ぐらいまで下がることがあるぐらいですね。だから服なんて暑苦しいだけなんです」

「でも、慎みってもんがあるでしょう？　異性の前で肌をさらすのは感心しないわ」

「フランスでも、夏に泳ぐ時は水着になるんじゃないんですか？」

「海岸とプールサイドだけよ。街中を裸で歩いたりはしない」

「ここは街中じゃありませんよ。この土地全体が、夏の海岸みたいなものです」

「それは……」

アネットは反論しようとしたが、とっさに論拠が思い浮かばなかった。マリオンはさらに畳みかける。

「あなたの国では裸で歩いていたら奇異に見られるんでしょうね。でも、それはフランスの基準です。ここでは逆なんですよ。アカ族の人たちの目から見たら、みなさんの格好の方が奇妙なんですよ。私だって、本当はこんなの――」と、ランニングシャツの胸をつまんで、「――着たくないんですけど、さすがに妥協してるんです。あなたがたのように、たまに外の世界から来る人と会うことがあるから」

「ズボンも穿《は》くべきだと思うわ」

「雨季にズボンなんて！　股《また》ずれができますよ」

アネットはその言葉を冗談だと受け取った。何にしても、この娘とは価値観が違いすぎることは分かった。モラルについて議論しても平行線のようだ。

それに、マリオンの考え方に腹を立てているのはアネットだけで、アランとジムはすっかり楽しんでいる。アネットは孤立無援だった。

「これがご両親？」

室内を見回していたアランが、近くの壁にかかった小さな額縁を指差した。セピア色に変色しかけているモノクロ写真で、サファリルックを着た白人のカップルが、カメラの方を向いて微笑んでいる。女性の方は赤ん坊を抱いていた。

「ええ。母は一九五六年、私が五歳の時に病気で死にました。父も五年前に……」

「ご両親はここで何を？」

「二人とも生物学者でした。終戦後すぐ、アメリカの大学を出て、結婚してこの国に渡ってきたんです。まだ独立前の、フランス領赤道アフリカだった頃ですけど。リクアラ地方の固有の生物を研究するために」

「つまり怪獣？」

「それ以外にもいろいろです。ここは珍しい生物が多いんで、生物学者には研究しがいのあるフィールドだったみたいです。最初は二年ぐらいで帰国する予定だったらしいんですけど、二人ともここの自然や先住民の文化に魅了されて、永住することを決意したんです。そのうち私が生まれて……」

「でも、二人とも早死にしたんでしょう？」アネットが咎《とが》めるように言う。

「ええ」マリオンの顔にかすかに影が落ちた。「ここは素敵な土地だけど、人の寿命はあまり長くないですね……」

「じゃあ、ご両親が亡くなった後も、ここでずっと一人きりで？」

「一人じゃありません。ンボンガもいたし、アカ族の人たちもいましたから」

「アメリカに戻ろうとは思わなかったの？」

「〝戻る〟って感覚はないですね。ここで生まれて育ったから、私にはここが故郷なんです。私にとってのアメリカやヨーロッパは、たぶん、あなたがたにとってのコンゴと同じですよ。関心はあるけど移住したくはないんです。それに――」

不意に小屋の中が暗くなった。窓の外にンボンガがしゃがみこみ、光をさえぎったからだ。頭を下げて窓から室内を覗《のぞ》きこみ、つまらなそうな顔でうなり声を上げている。

マリオンと遊びたいのだろうか。

マリオンは野獣の鼻を撫《な》でてなだめ、バントゥー語系の現地語で何か話しかけた。アネットたちには理解できないが、「また後で。今はこの人たちと話してるから」と言い聞かせているのだろうか。ンボンガは納得したらしく、しぶしぶ後ずさった。

「言葉が分かるんだな」アランは感心していた。「ゴリラなのに」

「ゴリラより賢いですよ。厳密にはゴリラじゃないみたいです。父はボンドー・ミステリー・エイプ（ボンドーの謎の類人猿）じゃないかと言ってました」

「ボンドー・ミステリー・エイプ？」

「ここから五〇〇キロほど東の、コンゴ川の上流のボンドー地方で、一九〇二年に、ドイツの探検家のオスカー・フォン・ベリンゲという人が、チンパンジーでもゴリラでもない新種の類人猿を目撃したと報告してるんです。ライオンでさえ殺せるほど大きいんで、現地の人は〝ライオン・キラー〟と呼んでいたとか。もしかしたら、その仲間がこのリクアラ地方にもいたんじゃないかって」

「じゃあ、あんなに大きな類人猿がアフリカのあちこちに？」

「さあ、どうなんでしょう。たくさんいたらとっくに見つかってるはずですし。ンボンガの場合はボンドー・ミステリー・エイプの中の特殊な個体——突然変異体かもしれませんけどね。インド洋の島にも大きなゴリラがいたって言うし、古代にはギガントピテクスみたいな巨大類人猿が世界各地にいたのかもしれません。ンボンガはその先祖返りなのかも」恥ずかしそうに肩をすくめて、「父の受け売りですけど」

「一二年前から飼ってるって言ってたっけ？」

「ええ。川岸に流れ着いて、栄養失調で死にかけてるのを拾ったんです。私は母を亡くしたばかりで寂しかったので、父はペットを飼うことを許してくれました。その頃はまだ赤ちゃんで、チンパンジーほどの大きさでした。でも、どんどん大きくなって……」

「あんなに大きいと餌が大変だろう」

「ゴリラと同じで雑食ですから、何でも食べますよ。植物の葉や茎、根っこ、果実、昆虫……肉や魚も」

「もしかしたら人間も？」アネットが気味悪そうに眉《まゆ》をひそめる。

「ええ」マリオンは笑った。「飢えれば食べるかもしれませんね」

アネットはぎょっとなった。

「心配いりませんよ。飢えるなんてことはありません。このジャングルには一年中、食糧が豊富にありますから。もっとも、このあたりだけをうろうろしてたら葉っぱを食べ尽くしてしまいますから、頻繁にンジャンゴ——泊まりがけの狩猟旅行に出かけます。何十マイルも歩き回って、果物を採ったり、シロアリの巣を見つけてシロアリを食べたりするんです」

あんな大きな類人猿が小さなアリをちまちまと食べている光景は、アネットには想像がつかなかった。

「彼がいるのも、私がこの土地を離れられない大きな理由です。私たちはいっしょに育ったカディ——姉弟《きょうだい》みたいなものなんです。ンボンガを置いてよそに行くことなんか考えられません。かと言って文明社会に連れて行ったら、檻《おり》に入れられて見世物にされてしまいますし……」

「でも、文明社会は素晴らしいところよ。あなたも来てみれば気に入るはず。きれいな服はいっぱいあるし、テレビとか映画というものが——」

「知ってますよ、それぐらい。テレビ、コンピュータ、IC、ビートルズ、モンキーズ、ゴーゴー、ミニスカート、ツイッギー、エド・サリヴァン・ショー、ベトナム戦争、ヒッピー、ウーマンリブ……今年のオリンピックはメキシコでしたっけ？」

金髪の原始人の口から最新流行の単語がすらすらと流れ出したので、アネットたちは驚いた。

「意外ですか？　ここにもそれぐらいのニュースは入ってきてるんですよ」

マリオンは窓から降りると、裸足《はだし》で床を横切り、部屋の隅に置いてある籠《かご》に歩み寄った。その中に手を突っこみ、ぼろ布やガラクタの中から半年ほど前の『ニューズウィーク』と『ヴォーグ』を引っぱり出す。どちらも湿気でふやけて、表紙が波打っていた。マリオンはかなり読みこんだらしく、ページはぼろぼろになっていた。

「交易商の人がたまに、要らなくなった雑誌を置いていってくれるんです。だから外の世界で何が起きてるか、どんなものが流行《はや》ってるかぐらいは、いちおう知ってます。何ヶ月も遅れてますけど——そう言えば、アメリカの月計画ってどうなってるんですか？

去年、発射台で事故が起きて、三人死んだそうですけど」

アネットはアランと視線を交わし合った。彼は肩をすくめた。「そこは正直に話しても支障はなかろう」と言いたげだ。

「あの事故でスケジュールが遅れたけど、NASAは遅れを取り戻そうと必死よ。今年の暮れぐらいに、三人の飛行士を乗せたアポロ宇宙船を打ち上げて、月の周囲を回って帰ってくることを計画してるらしいわ。それが成功したら、来年の夏ぐらいに月面着陸を目指すって」

「へえ、すごいですね」

「しかし、アポロはまだ有人飛行の段階ですらないからな」とアラン。「ソビエトが先を越すかもしれない」

「そうなんですか？　ソビエトはどこまで進んでるんですか？」

「やっぱり有人月着陸を計画してる。もっとも、あの国は秘密主義だから、詳しいことは分からない。成功すれば大々的に発表するが……」

「失敗したら隠す」とアネット。

「そういうこと。しかし、ロケットの技術ではアメリカを一歩も二歩もリードしていることは間違いない。人工衛星も有人宇宙飛行も、ソビエトが先だったしな」

「へーえ」マリオンは興味をそそられたようだった。「まあ、どっちが勝ってもいいんですけど、どちらかというとアメリカにがんばってほしいですね」

「アメリカびいきなの？」とアネット。

「そういうわけじゃないですけど、死んだ父がよく社会主義の悪口を言ってたもんですから。ソビエトがどんな国かというのを、ちょくちょく聞かされました。でも、父が死んだ年に、この国に革命が起きて……」

「ええ、今のマサン・デバ政権はかなりソビエト寄りね」

「でしょう？　それが不安の種なんです。この国がソビエトみたいになるんじゃないかって。まあ、今のところ、こんなジャングルの奥地には影響ないですけど」

彼女は再び窓に近寄り、空に浮かぶ白い月を感慨深げに眺めた。

「それにしても、人間がとうとう月に行くんですか。科学はずいぶん進歩したんですね。夢みたいです」

「あなたみたいな人には縁がない話かもしれないけどね」

「そんなことないですよ。私も科学には敬意を払います。両親も科学者でしたし」マリオンは振り返って三人を見た。「そう言えば、みなさんも学者なんですよね？」

「ジムは違うわ。彼は探検家。ジャングルに詳しいから同行してもらってるの」

「あの機械は何ですか？　やけに大事にしてたみたいですけど」

マリオンはさっきからそれが気になっていた。例の機械が入った箱をンボンガに運ばせる際、アランが神経質そうに「そっと運んでくれ」「乱暴に扱わないでくれ」と注意を繰り返していたからだ。

「ああ、あれは……」

どう言っていいのかアネットが迷っていると、アランが答えた。

「あれはガイガーカウンターだ。放射線を測定する装置だよ」

「放射線？」

「我々が探しているのはウラニウムの鉱脈なんだ。ウラニウムというのは……」

「それぐらいは知ってます」マリオンがさえぎった。「父がよく言ってました。『ヒロシマに落とされた原爆に使われたウラニウムは、コンゴの鉱山で採掘されたものなんだ』って」

正確にはこのコンゴ共和国ではなく、隣のベルギー領コンゴ――今のコンゴ民主共和国の鉱山なのだが。

「それなら話は早い。我々はそのウラニウムを探してる」

マリオンは不安そうに眉根を寄せた。「このリクアラに鉱脈が？」

「それはまだ分からない。だから調べに来たんだ。この地方に巨大な生物が多いのは、自然界の放射線による突然変異のせいだという説があってね。もしかしたらウラニウムが大量に眠ってるのかもしれない」

「父もその可能性は研究してましたけど、否定的でしたね。本当にそんな高濃度の天然放射性物質があるなら、動植物にもっと放射線障害が見られるはずだって。それにモケーレ・ムベムベもムビエル・ムビエル・ムビエルもエメラ・ントゥカも、明らかに突然変異じゃなく、前世紀の生物の生き残りですし」

「じゃあ、ンボンガは？　彼が突然変異体かもしれないと言ったのは君だろう？」

「それはそうですけど……」

「この土地に生物を巨大化させる要因があるんだとしたら、調べる価値はある。だから調べに来たんだ」

「しかし、出直しだな」それまであまり喋《しゃべ》らなかったジムが口を開いた。「食糧が流されたうえに、ガイドもポーターも逃げちまった。俺たちだけじゃどうにもならん」

「いや待て。あきらめるのは早いかもしれんぞ」アランは何か名案を思いついたらしく、にやにやしていた。「マリオン、君はこのあたりの地理には詳しいのかい？」

「庭みたいなものです」とマリオン。

「だったら、ガイドをお願いできないだろうか？」

アランが思いがけないことを言い出したので、アネットとジムは顔色を変えた。

「ちょっと、アラン……」

「いい考えだろ？　マリオンはこの土地の言葉に堪能《たんのう》みたいだし、通訳にもなってくれる。それにあのゴリラ――じゃない類人猿か。あのンボンガがいれば、ポーターなんか必要ないだろう」

「食糧はどうする？」とジム。

「さっき、マリオンが言ったじゃないか。このジャングルには食糧が豊富だって――マリオン、君は普段、何を食べてるんだい？」

「いろいろですよ」とマリオン。「ングア、クドゥ、ムボロコ、ベンバ……」

三人はきょとんとしている。

「ごめんなさい。アカ族の言葉で考えるのが習慣になってて。ええっと、アカイノシシとリクガメとブルー・ダイカーとイエローバックド・ダイカーと言えば分かりますか？」

ダイカーは森に棲《す》む小型の羚羊《アンテロープ》の仲間である。

「それをあなたが狩ってるの？」アネットは驚いた。「あのクロスボウで？」

「当たり前じゃないですか。狩りができないと、ここでは生きていけませんよ。魚も獲ります。果物ならンガタとかイカムーとかマロンボとかが採れますし、他にもボコンボとかモンドシとか……」

「要するにだ」娘が羅列する現地語を、アランはさえぎった。「君はジャングルのどこででも食糧が調達できるんだな？　我々三人を養うこともできる？」

マリオンは不承不承うなずいた。「できますね」

「じゃあ、問題ないじゃないか！　君は理想的なガイドだよ。どうだろう、引き受けてもらえないだろうか？」

「さあ、それは……」

マリオンは愛らしい顔を歪《ゆが》め、しばらく考えこんだ。やがて口を開く。

「仮にウラニウムの鉱脈を見つけたらどうするんです？　採掘するんですか？」

「それは我々の仕事じゃない。我々はただ、この地方にどんな鉱物が存在するか調べてるだけだ。どう利用するか決めるのは他の人たちだ」

「でも、採掘されたウラニウムが友好国のソビエトに輸出されて、原子爆弾に使われるかもしれないじゃないですか」

「原子力は平和利用もできる」

「でも、『爆弾に使わないで』と私がお願いしたら、聞いてもらえるんですか？」マリオンは興奮してきた。「雑誌で読みましたよ。六年前にはキューバ危機で核戦争一歩前まで行ったって。ただでさえ人類を何度も滅ぼせるほどの核兵器を持ってて、それをさらに増やそうとしてるんでしょう？　おまけに、砂漠や海や北極圏で核実験をいっぱいやって、そのせいでいろんな怪獣が出現して……」

「もうアメリカとソビエトは大気圏内核実験はやってない」アランは弁明した。「五年前に部分的核実験禁止条約を締結した」

「でもフランスは？　まだやってるじゃないですか」

一九五〇年代、核実験の影響でアリやイナゴが巨大化したり、眠っていた恐竜や古代の巨大カマキリが目覚めたりといった事件が続発したため、米・英・ソの三大国は核実験を控えるようになったのだ。一九六〇年代に入ってからは、放射能が飛散しにくい地下核実験に切り替えている。だが、フランスと中国はまだ部分的核実験禁止条約を批准していない。フランスはアルジェリアの砂漠と南太平洋で、中国はロプノールの砂漠で、危険な大気圏内核実験を続けており、新たな怪獣の出現が懸念されている。事実、何年か前に、中国の核実験場に頭が二つある巨大な怪獣が現われたといううわさもある。

「それはあくまでウラニウムが見つかったらの話でしょ？」とアネット。「見つからないかもしれない」

「でも、他の鉱脈を見つけるかもしれませんよね？　この川の上流で。で、鉱山が作られて、そこから毒が流れ出して、川が汚染される……そんな例が世界にはいくつもあるんでしょう？」マリオンはかぶりを振った。「だめですね。そんなのに手を貸したくありません。私はこの地方の自然や人々の暮らしを大事にしたいんです」

「私たちが引き下がったって、いずれ誰かが調査に来るわよ」アネットは辛抱強く説得を試みた。「それに、この土地もいつまでも原始のままじゃいられない。いずれ文明化される」

「ええ。文明の足音というやつが遠くから近づいてくるのは、ひしひしと感じます。でも、私はそれを自分で呼び寄せたくないんです。この土地を愛してるから——分かってもらえます？」

「どうしてもだめかな？」アランは食い下がった。「無料《ただ》で、なんて虫のいいことは言わない。報酬は払うよ」

アランとしては歩み寄ったつもりだったのだろうが、そのひと言はマリオンにとって決定的な印象を与えた。

「お金なんて要りません！」彼女は声を荒くした。「ここではそんなもの、価値がないんです。ただの模様と数字が印刷されてるだけの紙きれじゃないですか。私が守りたいのはもっと大事なものなんです！」

外でンボンガのうなる声がした。なかなかマリオンが出てこないので苛立《いらだ》っているらしい。マリオンは呼吸を整え、興奮を鎮めた。

「みなさんはお客様ですから、できるだけのおもてなしはします。今晩は泊まっていってください。まだ日没までには時間があるから、何か夕食の材料を探してきます。暗くなる前に戻りますから、ここでしばらく待っててください」

彼女はクロスボウと矢筒を肩に担ぐと、窓に歩み寄り、そこに膝《ひざ》をかけて外に飛び出そうとした。だが、ふとその動作を止めて言った。

「……明日《あした》の朝には帰ってください」

そう言って、窓から外に飛び出した。

アネットたちが窓に近寄って外を見ると、マリオンは待っていたンボンガに駆け寄り、その広い背中に猿のように身軽によじ登っていた。巨大な類人猿の首にしがみつき、「ンボンガ、グジル・ギ！」と命じる。ンボンガはのっそりと腰を上げ、ナックルウォークをはじめた。

金髪の原始人を乗せた巨大な野獣は、森の中に消えていった。

3　秘密の宇宙計画

「やれやれ」アランは頭をかいた。「しくじったな。嫌われちまった」

「たいした平和主義者で環境保護論者だわ」アネットは吐き捨てるように言った。「ほんとにヒッピーみたい」

「ああ、マリファナをやってると聞いても驚かないね」

「窓もドアも開けっ放しで外出とはな」ジムは室内を見回し、妙なことに感心していた。「留守中に泥棒が入るとは考えないのかね」

「入ったって盗むものがないだろ」

「確かに」

マリオンにはびっくりするほど財産が少ない。壁にかかっている魚獲《と》り用らしき網や、床にとぐろを巻いているロープは、蔓《つる》を編んで作ったものだ。部屋の端には紐《ひも》が張ってあって、例の腰布用のバークロスや、もっと大きめの布が何枚も無造作に干してある。床に置かれた籠《かご》は、ラフィアヤシの葉を編んで作ったものだ。他にはコーヒー豆が入っていたらしい小さ目の木箱が積み重ねられている。小物入れとして使われているようだ。

他に目に入る範囲で文明の産物と言えそうなのは、サイフォンとアルコールランプ、少ない食器、使いこまれた鉄の鍋《なべ》、数本のガラス瓶、寒暖計、古雑誌、棚に並んだ十数冊の本、それに両親の写真ぐらいだ。しかし、不思議に「貧しい」という印象はない。むしろ「素朴」「質素」という感じを受ける。

アネットは棚に近寄り、本のすりきれた背表紙を指でなぞるようにして、薄れたタイトルを読んでいった。かなり古い本ばかりだ。スタンレー『暗黒のアフリカ』、マローン『失われた世界への旅』、シュバイツァー『水と原生林のはざまで』といったノンフィクションや、コンラッド『闇の奥』、ハガード『ソロモン王の宝窟《ほうくつ》』、キプリング『ジャングル・ブック』、マーシャル『失われた土地のダイアン』、ヴェルヌ『気球に乗って五週間』といったフィクションが並んでいる。マリオンの両親の遺《のこ》したものだろう。ヤング夫妻はこの国に来る前から、未開のジャングルに魅了されていたようだ。

『ジャングル・ブック』を抜き出してみる。かなり傷みが激しく、表紙が取れかけていた。ずいぶん乱暴に扱われたようだ。めくってみると、変色したページには子供の指紋がべたべた付いていた。テレビもラジオもコミックブックもないこのジャングルでは、マリオンにとって読書は貴重な娯楽だったに違いない。ぼろぼろのページをめくり、指紋の多さを見ていると、アネットの脳裏に、幼いマリオンが樹の上でこの本に読みふけっている光景が浮かんだ。きっと同じ本を何度も何度も読み返したことだろう。

「……それですっかりモーグリに感化されたというわけね」

「何だ？」とジム。

「何でもない」

アネットは本が分解しないように注意しながら棚に戻した。

「どうする？」ジムはアネットとアランを交互に見た。「やっぱり出直すか？」

「いや、だめだ」アランはきっぱりとはねのけた。「インプフォンドまで戻って、新たに装備を調えてガイドとポーターを探すのに、何日もロスする。一刻を争うってのに……」

「かと言って、あの娘《こ》にこっちの事情を話すわけにはいかないでしょ？」とアネット。

「あれを見せるわけにもいかないし」

「いや、近づけさせない口実はどうとでもなるさ。とにかく例のポイントの近くまで荷物を運んでくれさえすればいいんだ。後は我々だけでどうにかなる」

「でも、あの娘は承諾しない……」

「ああ」アランは顔をしかめた。「とっさにウラニウム探しという偽の理由をでっち上げたのはまずかったな」

「でも、本当のことは話せないし、話しても協力は得られそうにないわ。さっきの彼女の政治的信条、聞いたでしょ？」

「こんな辺境に暮らしてる世間知らずの娘だろ」ジムが苛立たしげに言った。「何とか舌先三寸でまるめこめないものかな？」

「甘く見ない方がいいわよ」アネットが釘《くぎ》を刺す。「外見に騙《だま》されてはだめ。あの娘はけっこう頭がいいわ」

「そうだな。あからさまな嘘ではひっかけられそうにない……」

　アランは考えた末、ひとつの案を思いついた。

「いっそ本当のことを話してみるというのも手だな——大事な部分を隠して」

　陽が沈む頃、マリオンがンボンガとともに戻ってきた。先住民がモソメと呼ぶピーターズ・ダイカーを仕留めていた。鹿を小さくしたような動物で、体長五〇センチほど。茶色の毛皮に覆われている。他にもマリオンは果実を籠いっぱいに採ってきていた。

「待っててください、すぐにお料理しますから」

　そう言って、大きなナイフを使ってピーターズ・ダイカーの皮を剝《は》ぎ、慣れた手つきで解体してゆく。腕が肘《ひじ》のあたりまで血まみれになるが、まるで気にしていない。ほんの数分で完全にばらばらにし、食べられる肉と内臓だけをきれいにヤシの葉の上に並べた。その熟練した手際に、アネットたちは感心するしかなかった。

　小屋の前の空き地には、石を積み上げ、粘土で補強された原始的な竈《かまど》があった。小屋の中に蓄えておいた乾いた木切れと枯れ葉を持ってきて、その中に詰めこみすぎないように重ねてゆく。次に、腰に下げた袋の中からジッポーのライターを取り出し、枯れ葉に火をつけた。ふうっと何度も息を吹きかけると、火は自然に大きくなっていった。

「木をこすって火をつけるのかと思った」

　アネットが意外に思っていると、マリオンは「そういうこともできますよ」と笑って、ライターを自慢げに見せびらかした。かなりのヴィンテージもので、側面のエンブレムがすりきれかけている。これも父の遺品らしい。

「でも、急ぐ時にはライターの方が便利です。いざという時にだけ使うようにすれば、オイルは何ヶ月ももちますし」

「そういうところだけ文明の利器を利用するのね」

「合理的な選択をしてるだけです」

その間、ンボンガはというと、籠から果実をつまみ上げ、一個ずつちまちまと食べていた。これだけで巨体が腹いっぱいになるはずはないから、森の中を歩きながら木の葉なども食べてきたのだろう。

火が勢いを増すのを待つ間、ピュの実を調理する。学名をアーヴィンジア・ガボネンシスという植物で、楕円《だえん》形の殻を割ると、中から茶色い種子が出てくる。その皮を剝《む》き、中から出てきた白い子房を石で叩《たた》いて細かく砕く。

鍋にそれを入れて火にかけて炒《い》る。焦げて色が付いてきたらいったん火から下ろして、再び細かくすり潰《つぶ》す。鍋に戻し、ピーターズ・ダイカーの肉を混ぜて煮こむ。マリオンの話によれば、ピュの種子は植物性脂肪をたっぷり含んでいて貴重な栄養源であるうえ、肉に香りをつけて美味《おい》しくしてくれるのだという。

肉が煮えたところで、カップでよそって土器の皿に乗せ、三人に振る舞った。スプーンもフォークもない。マリオンは手づかみで食べるという。さすがにそれは真似したくないので、三人は荷物からナイフとフォークを取ってきた。

「塩が足りないな」

湯気を上げている肉に真っ先にかぶりついたジムが、そう言ってぼやいた。アネットやアランも同感だった。塩味がないと肉は味気ない。塩というものが肉の味を引き立てていてくれたことに、これまで気がついていなかった。

「ここでは塩は貴重品なんです」マリオンは恐縮する。「文明社会にあってジャングルで手に入れられないものの代表格は塩ですね。あとは鉄のお鍋とナイフ」

「塩ならあるぞ」

ジムは荷物の中から岩塩を取ってきて、それをナイフで削り、みんなの肉に振りかけた。これでずいぶん味が良くなった。

「うん、これならいける」

思ったほどおかしな味ではないので、アネットは安心した。ダイカーはウシ科の動物なので、味は牛肉に近いのだ。

「塩以外には？」食事をしながら、アネットは探りを入れた。「何か足りないものは？」

「ライターのオイル。ランプ用のアルコール。あとは……うーん」マリオンは考えこんだ。「コーヒー豆とお砂糖ぐらいですかね。でも、どれもなければないで、我慢できないものでもないですし」

「それで全部？　他にはないの？」

マリオンは笑った。「私が困ってると思ってます？　欲しいものがいっぱいあるのに、無一文なので我慢してるんだろうって？　そんなことありません。やせ我慢してるんじゃなく、本当に今の暮らしに満足してるんです」

「医薬品は？」

「いちおうキニーネとペニシリンは常備してます」

「蛇毒の血清とかは？」

「あまり意味ないですね。毒蛇の種類が多いですし、血清はこの気温だと長期保存が困難です。嚙《か》まれたら大急ぎで毒をできるだけ吸い出して、後は運を天にまかせるだけですね」

マリオンは顔色を少しも変えず、さも当然のように語ったが、アネットにはぞっとする考え方だった。

「つまり蛇に嚙まれても死なないだろうって、幸運に期待して生きてるわけ？　それは現実逃避というものじゃない？」

「文明社会でも同じでしょ？　みんな核ミサイルが落ちてこないことに期待して生きてるんじゃないですか？」

「待った待った」アランが二人の女性の議論に割って入った。「これ以上、いくら話しても平行線だろう。マリオン、君のライフスタイルにとやかく言うつもりはない。君の考え方は理解しにくいが、尊重はするつもりだ」

「それはどうも」

アランの口調の中に含まれる微妙な押しつけがましさに、マリオンは顔をしかめた。

「ただ、僕たちの事情も知ってほしいんだ」

「ウラニウムの件なら――」

「あれは嘘だ」

マリオンはきょとんとした。「嘘？」

「そうだ。僕たちは地質学者なんかじゃない。部外者に僕たちの本当の目的を知られたくなかったから、嘘をついたんだ。その点は謝る。でも、真実を言わないと君の協力を得られそうにないと分かった。だから本当のことを話そうと思う」

「まさか犯罪がらみ？」

マリオンは警戒した。だったら聞きたくない。

「そんなんじゃない。国家機密に関係したことだ」

「国家機密……？」

「偵察衛星というものを聞いたことは？」

マリオンはかぶりを振った。

「高性能のカメラを搭載した人工衛星だ。地球の周囲を低い高度で周回しながら、地表の様子を撮影する。先月、アメリカが極秘にそういう衛星を打ち上げた。その軌道はこんな風に――」

アランは木の枝で地面に絵を描いた。丸い地球を描き、上に〈N〉、下に〈S〉と書いて、その周囲に大きな円を描く。

「赤道に対して垂直で、北極と南極の上空を通過する。一日に一六回、地球の周囲を回る」アランは大きな円を枝の先でなぞり、衛星の運動を表現してみせた。「地球は自転しているから、衛星が軌道を一周する間に、衛星の下の大地は約二二度、東に移動する。だから一周ごとに違う場所が撮影できる。つまりこの軌道を選べば、衛星は地球上のすべての場所を撮影できることになる――この原理、理解できる？」

マリオンはとまどいながらもうなずいた。「ええ、何となく」

「打ち上げられた衛星は、北緯二〇度から八〇度、東経一〇度から西経七〇度の間で、毎分一二回、シャッターを切るようになっていた。これでソビエトと中国、それに東側諸国のほとんどの地域が撮影できて、正確な地図が作成できる。もちろん極東地域や西ヨーロッパの一部も撮影してしまうが、それはしかたのないことだと考えられていた。

撮影を終えた衛星は、北大西洋で大気圏に突入して、パラシュートで海に降下し、アメリカ海軍の空母によって回収される予定だった。ところが、最後の段階でミスが生じた。軌道が下がりすぎて、予定より三周早く大気圏に突入してしまったんだ――つまり、このコンゴ共和国の上空で」

ジムが荷物の中から地図と数枚の写真を持ってきた。写真はジャングルを上空から撮影したものだ。

「我々の仲間が飛ばした飛行機が撮影したものなんだけど――これ、分かるかい？」

アランは写真の一角を指差した。白くて細長い三角形が写っている。高い樹に白い布のようなものがひっかかっているのだ。

「パラシュート？」

「そう、衛星のパラシュートだ。このリクアラ地方に不時着したんだ。一週間前に」

「二つあるように見えますね」写真に顔を近づけて、マリオンはじっくり観察した。

「裂けたんでしょうか？」

細かいことに気がつくな、とアネットは感心した。

「それはドローグシュートだ」とアラン。

「ドローグシュート？」

「高度三万五〇〇〇フィート（一万一〇〇〇メートル）で開く小さな二個のパラシュートだ。カプセルの回転を止めて安定させる。そうしないとメインパラシュートの軸索がからまってしまうからね。三分経って回転が止まってからメインパラシュートが開くことになっていた――だが、メインパラシュートが開いた形跡がない」

「つまり故障？」

「おそらく。ドローグシュートにはカプセルを安全な速度まで減速させる効果はない。カプセルは時速一八〇マイル（二九〇キロ）ほどで地上に激突したはずだ」

「それじゃ壊れてるでしょう？」

「いや、最も大事な記録装置は頑丈なブラックボックスに入っている。衝突にも耐えられるはずだ」アランは地図を広げた。「場所はここだ」

彼はある場所を指で示した。×印が付いている。ンドキ川の上流地域、中央アフリカ共和国との国境に近いあたりだ。

マリオンは顔をしかめた。「これはまた……厄介なところに落ちましたね」

「そうなんだ。飛行機からは見つけたが、周囲はすべてジャングルで、着陸できる場所がない。川も細くて蛇行してるから、水上飛行機も使えない。地上から近づくしかないんだ」

「それだけじゃありません。ここはタタラジの森のど真ん中です。怪獣の多い地域なんです。先住民もめったに近づきませんよ」

「それも知ってる——行ったことは？」

「何度か」

「じゃあやっぱり、君にしかガイドは頼めないな」

「あなたがたは何なんです？」

アランはジムやアネットの方を振り返った。三人は無言でうなずき合う。

「我々はＣＩＡのエージェントよ」とアネット。

「ＣＩＡ？」

「アメリカ中央情報局。今回の任務は衛星を発見して、その中の記録装置を回収すること」

「じゃあ、フランス人じゃない？」

「ええ。この国に潜入するために、フランス語が堪能《たんのう》な私とアランが選ばれたの――ああ、ちなみに名前は偽名よ。部外者に本名は明かせない」

「証拠は？」

アランは顎《あご》をしゃくって、ジムに無言で合図した。彼はマリオンの前で、例の大きな金属のケースを開け、ビニールの梱包《こんぽう》の一部をめくってみせた。金属製のボンベのようなものがあり、その端にタイマーが取り付けられていた。

「テルミット焼夷弾《しょういだん》だ」とアラン。「安全装置を解除して、このタイマーをセットすれば、一分で爆発する。華氏五〇〇〇度の高温で、半径三〇フィート以内を焼き尽くし、金属さえも溶かす。これを衛星に仕掛けて、完全に破壊する」

マリオンはしばし言葉が出なかった。そんな危険なものを運んでいたのか。

「……何のために？」

「偵察衛星というのは最新技術のかたまりなんだよ。それがソビエトの手に渡ったら、彼らの宇宙開発技術はさらに進歩する。それこそ月着陸で先を越されるかもしれない。かと言って、持って帰るには大きすぎる。だから破壊しなくちゃいけないんだ」

「記録装置も回収しないと」とアネット。「あれには極東地域の米軍基地や、NATOの軍事施設の一部も写ってる。東側の手に渡すわけにいかないのよ」

「それに、ソビエトもこの衛星の墜落に気がついているふしがある。ぐずぐずしていると、彼らが先に衛星を見つけてしまうかもしれない。そうなったら、アメリカ——いや自由主義陣営全体にとって大きな痛手なんだ」アランは身を乗り出した。「どうだろう、マリオン？　協力してくれないかな。アメリカのために」

「私は……この国の人間です」マリオンは動揺していた。「父と母はアメリカ人ですが、私は自分をアメリカ人だと思ってません」

「しかし、ソビエトが勝つのは嫌なんだろう？」

「ええ、まあ……でも、森に火を放つのは感心しませんね」

「スコールの直前を狙うわ」とアネット。「森に延焼しても、すぐに雨で消えるように。自然への被害は最小限に留《とど》めるように配慮するわ。約束する」

マリオンはかなり長く考えてから、ようやくうなずいた。

「分かりました——ただ、後で報酬は請求しますよ」

「いいわよ」アネットはほっとして、にっこり笑った。「何が欲しいの？」

「お塩とコーヒー豆とお砂糖。それとライターのオイル」

「それだけ？」

「後は古い雑誌を何冊か」

4　森の人々

翌朝、一行は小屋を後にして出発した。北西の方角——空からパラシュートが発見されたタタラジの森へと。

ここからは徒歩で三日か四日はかかる。まず、その途中にあるアカ族の村を目指すことにした。そこで休憩するとともに、情報を集めるのだ。

荷物はすべて魚網とロープでひとまとめにして、ンボンガの背中に載せたので、アネットたちはずいぶん楽になった。銃や双眼鏡、水筒などを持てばいいだけだ。マリオンはさらに楽だった。ンボンガの肩に座って揺られているのだ。「アネットさんも乗りませんか？」と呼びかけられたが、アネットはまだ怪獣の肩に乗る度胸はなかった。

ジャングルの中は騒がしかった。鳥たちの種類が多いのだ。クロコブサイチョウ、モモグロサイチョウ、ブロンズミドリカッコウ、ヒメハチクイ、ウオクイフクロウ、サンショクウミワシ、オオヤマセミ、マダラヒメゴシキドリ、アオノドアフリカブッポウソウ……他にも名前の分からない数多くの鳥。あるものはホーホーと悲しげに鳴き、あるものはピッコロのように軽やかにさえずり、あるものは怒った猫のようにぎゃあぎゃあとわめきたて、あるものはかん高い声でけらけらと嘲笑《あざわら》う。それに時おり、猿たちの吼《ほ》える声が重なる。

ンボンガが茂みをかき分け、重々しい足音を立てて前進してゆくと、前方の樹々の上で、小さな影が枝から枝へと逃げまどうのが見えた。猿たちがパニックに陥っているのだ。チンパンジー、ホオジロマンガベイ、カンムリグエノン、クロシロコロブス、アカコロブス……ここは猿たちの楽園でもある。その中でンボンガは王者として君臨していた。

ンボンガがいるおかげで、アネットたちの旅はずいぶん楽になった。荷物を担がなくていいのもそうだが、ンボンガが先頭に立ち、茂みを踏み潰《つぶ》して歩いてくれるからだ。ジャングルでは植物が密生していて、マチェーテで切り開きながら前進しなければならないことが多いのだが、ンボンガの足跡をたどって進めば、その手間が大幅に省ける。

体力が最も貧弱なアネットがすぐに音を上げるので、二時間ぐらいごとに小休止を取った。アネットたちは水筒で水分を補給したが、マリオンには水筒など必要なかった。ンビンジョという植物の蔓《つる》をナイフで切って、その断面からしたたるきれいな水を吸うのだ。

ンボンガは頻繁に食事をした。主食はココという蔓植物の葉だ。樹に巻きついている蔓を引きちぎって口にくわえ、一方の端を引っ張って滑らせるのである。巨大な類人猿の歯の間を通過する間に、蔓の葉はすべて口の中でこそげ落ちる。その葉をむしゃむしゃと食べるのだ。その食欲はものすごく、たちまち何十本もの蔓が丸裸になった。

単調な旅の退屈をまぎらわすため、マリオンとンボンガは小休止のたびにふざけ合った。よくやるのが鬼ごっこで、樹々の間を逃げ回るマリオンをンボンガが追い回すというものだ。ンボンガの歩幅は人間の何倍も広く、その気になれば人間よりかなり早く走れる。しかし、巨体は小回りが利かない。小さなマリオンが樹の背後に回りこんでくると方向転換するたびに、ンボンガは彼女を見失う。横や背後から聞こえる彼女の笑い声に気づいて、体の向きを変えるのに、数秒をロスする。いくらがんばってもンボンガはマリオンを捕まえられず、ついには苛立《いらだ》って吼えはじめる。その様子は、走り回る猫を追いかけ回している幼児のようだった。

彼らの遊びの中には、アネットたちの目にはひどく危険に見えるものもあった。昨日、出会った時に披露した、マリオンを高く投げ上げてキャッチする遊びも、そのひとつだ。彼女は「ロケット打ち上げ」と呼んでいた。まっすぐ落ちてくるのではなく、頂点に達したマリオンが、地上二〇メートルぐらいの高さの枝につかまることもある。そこから地上のンボンガに声をかけ、高飛びこみのようにダイブしてくるのだ。受け止め損ねたら死を招くか、運が良くても骨折はまぬがれまい。だが、マリオンはンボンガを信頼しきっているし、ンボンガも慣れていてミスはしないらしい。

もう少し穏当ではあるが、やはり危険を伴う遊びもあった。「さかさブランコ」は、ンボンガがマリオンの両足をつかみ、さかさまに持って振り子のようにスイングするというものだ。「ヘリコプター」は「ロケット打ち上げ」ほど高くは投げ上げないが、手足を広げたマリオンを水平方向にローターのように回転させながら、垂直に放り投げるというもの。「お人形ごっこ」はその名の通り、マリオンが人形のように身体を硬直させ、ンボンガがその手足を好きなように曲げたり伸ばしたりして、様々なポーズを取らせるというものだ。巨獣の太い指が少女の細い腕や脚をいじり回すのを見ていると、ぽっきり折ってしまいそうではらはらする。だが、ンボンガは力加減が分かっているらしく、常にマリオンの身体をデリケートに扱った。

途中で食糧も調達した。昨日のようにダイカーはすぐに見つからなかったし、樹の上の猿はマリオンの弓矢でもなかなか当たらない。午前中に捕まえたのはクドゥというリクガメだけだったので、それを昼食の材料にした。亀はそのまま火にかけ、甲羅が熱でもろくなったところで、石で叩《たた》き割って肉や内臓を取り出す。それを鍋《なべ》に入れて調理するのだ。亀の肉は少し硬かったが、まずくはなかった。

午後も動物の肉が手に入らなかったので、必然的に夕食は植物がメインとなった。マリオンは先住民がエスマやエクレと呼ぶ野生の芋を見つけ、ンボンガに指示して掘り出させた。ンボンガの巨大な手が土を掘る勢いはものすごく、たちまち何十キロもの芋が積み上がった。さらに食用になるキノコも何種類か採取する。

芋の一部はキノコやココの葉といっしょに鍋に入れて煮こむ。残りは生のまま、ンボンガの胃袋に収まることになっている。

「デザートもあった方がいいですね」

マリオンは頭上を見回し、高いところに実っている果実を見つけた。すぐにンボンガの手にしがみつき、果実を指差して「アグリ・ダ」と命じた。ンボンガはマリオンの腰を優しく握ると、手を高く持ち上げた。果実と同じ高さに達したマリオンは、易々とそれを採ることができた。

　果実の表面は皺《しわ》だらけだったが、割るとオレンジ色の果肉の中に白いとろりとした繊維質の部分があり、これをかき出して食べる。モロンボという果実で、怪獣モケーレ・ムベムベの好物として知られる。甘くてデザートにはぴったりだった。

「ね？　お金なんか要らないでしょ？」

マリオンは自慢げだった。彼女の言う通り、ここでは動植物に関する正しい知識さえあれば、飢えることなどないようだ。

　自分の分の芋を食い終わると、ンボンガはふらりとどこかへ姿を消した。「食べ物を探しにいってるんです」とマリオンは説明した。ンボンガは一日に何百キロもの植物を食べなくてはならないが、人間たちといっしょに歩きながら見つけたココの葉や芋だけでは量が足りないし、他にも果実なども食べたい。それであちこちさまよい歩き、餌を探しているのだ。もっとも、キャンプからそんなに離れるわけではない。マリオンが呼べば戻ってくる。

あたりが真っ暗になり、就寝時間が近づくと、マリオンは白い咽喉《のど》を震わせ、美しいソプラノをジャングルに響かせた。

「おおおおーるららららあああー」

アルプスのヨーデルを思わせるそれは、ンボンガを呼ぶ声だ。何度も呼び続けると、一分もしないうちにずしんずしんと足音が響いてくる。そして茂みをかき分け、夜の闇の中から巨大類人猿が姿を現わすのだ。

最初の夜は大きな樹の根元で野営をした。アネットたちは二つのテントを張った。マリオンとンボンガは少し離れた場所で寝ることにした。ンボンガがうっかり寝返りを打った拍子に、テントを押し潰してしまうとまずいからだ。

マリオンの寝方は変わっていた。地上から一〇メートルぐらいのところに張り出した太い枝の、三つ叉《また》に分かれて人の手の平のようになっているところに、ンボンガの助けを借りて草を敷き詰め、即席のベッドを作ったのだ。遠出をする時には、必ずこうして樹の上で寝るのだという。地上から離れていれば、寝返りを打ったンボンガに潰される心配がないうえ、虫に悩まされることも少なく、快適なのだそうだ。

アネットは当然、そんな恐ろしい寝方はまっぴらだったので、テントの中で毛布にくるまって寝た。おかげで毛布の中にもぐりこんでくるアリが気になり、満足に眠れなかった。

翌朝、一行は再び村に向かって歩き出した。

「ねえ、ジャングルの中で迷子にならないの？」とアネットは質問した。旅の間、マリオンは磁石や地図になど頼らず、自信たっぷりにンボンガを誘導し、まっすぐに進み続けている。どうしてそんなことが可能なのか、不思議だった。

「太陽の位置でだいたいの方位は分かります。それに、ほら」

マリオンはンボンガの背中の上で振り返り、背後の地面を指差した。

「ンボンガの歩いた跡は植物が踏みにじられてるでしょ？　自然に草が生えてきて元通りになりますけど、完全に元に戻るのに何週間もかかります」

次に前方を指差す。

「少し前にンボンガが歩いた道は、注意すれば微妙に違いが分かるんですよ。それをたどればいいんです」

そう言われても、アネットには違いなど分からなかった。

「じゃあ、道をたどれば村に着くわけね？」

「村がまだあればね」

「まだあれば？」

「アカ族の人たちはよく村を移動するんです。特に大きなゾウを仕留めた時なんかにね。ゾウを村まで運ぶのは大変だから、村の方がゾウの近くに移動するんです。村の人がみんな家財道具を持っていって、ゾウの横に新しい家を建てるんです」

「何ていいかげんな」アネットはあきれた。

だが、村はマリオンが前に訪れた場所にちゃんとあった。

村というから、開けた場所に小屋が建ち並んでいる光景をアネットは予想していたのだが、そんなものではなかった。ジャングルの中の小さな広場を囲むように、テントぐらいの大きさの家が十数戸、点在しているだけなのだ。いや、それを「家」と呼んでいいのかどうか。たくさんの木の枝を地面に刺してアーチ状に曲げ、半球形になるように組み合わせて、ヤシの葉で葺《ふ》いただけの簡素なものだ。マリオンの話では、数人がかりで一時間もあれば建てられるという。道理で、村の引っ越しが簡単にできるわけだ。

住民は女子供を合わせても四〇人ほど。その身長は成人の男性でもアネットの肩ほどしかない。みんなマリオンがしているような樹皮の腰布だけで、女性は胸を露出しているし、小さい子供たちは全裸だった。アネットは納得した。こんな環境で育ったのなら、衣服に関するマリオンのモラルが、文明社会のそれと大きくずれてしまうのも無理はない。

村人たちは一行の訪問を歓待してくれた。彼らはマリオンと親しく、ンボンガも危険な猛獣や怪獣を追い払ってくれる頼もしい存在だと思っている。深い信頼で結ばれているのだ。だからマリオンが連れてきた三人の白人も、ためらうことなく客人として受け入れた。

マリオンはコンベティ（村長に相当する存在らしい）のヤカオにアネットたちを引き合わせた。背は低いが筋骨隆々とした四〇歳ぐらいの男性で、ゾウを殺した者だけが得られるトゥマという称号を持つ。アランがうやうやしく金属製の鍋とひとかたまりの岩塩を贈ると、おおいに喜んだ。ここではナイフと鍋と塩が一番の貴重品なのだ。

彼らに黄金やダイヤモンドを贈っても、岩塩ほどには喜ばないのではないだろうか、とアネットは思った。それを口にすると、マリオンは真剣な顔で同意した。

「逆にダイヤモンドにどうしてすごい価値があるのか、さっぱり分かりませんね。文明世界の人はなぜ欲しがるんですか？　きれいなだけの、ただの石でしょ？」

「ただの石じゃないわ。女にとってダイヤの指輪を贈られるのは、大きな意味があることなのよ。愛する男性からの場合は特に」

「あなたも？」

「ええ――まだもらったことはないけど」

「母も父からもらった指輪を大事にしてましたけど、宝石は付いてませんでしたよ。ダイヤなんか付いてなくてもいいんじゃないんですか？」

「それでもダイヤの付いた指輪を女に贈るのが、男の甲斐性《かいしょう》というものよ」

「白人の風習は無意味に高くつくんですね」

マリオンは鼻で笑った。アネットは、あなたも白人でしょうに、とは言わなかった。マリオンは遺伝的には白人でも、考え方は完全に先住民のそれだ。

一同は村の近くの小さな川で、女たちの漁を見学した。モロンジュという毒のある実をすり潰《つぶ》して、それを川に撒《ま》くのだ。ほどなく、毒にやられて魚の動きは鈍くなる。それを村の女子供が総出で捕まえる。毒は魚を麻痺《まひ》させる程度の弱いもので、内臓を避けて食べれば害はないらしい。

ンボンガは面白がって漁に参加した。岸辺にしゃがみこんで、手で魚をすくい上げ、水といっしょに地面にぶちまける。裸の子供たちはびしょ濡《ぬ》れになってきゃあきゃあとはしゃいだ。

ンボンガの背後に回りこもうとした少年を、母親らしい女性がきつい口調で叱りつけるのを、アネットは目にした。マリオンの通訳によると、「ゴリラの死角に入ってはいけない」と注意しているらしい。ンボンガは人間を踏み潰さないように気をつけてはいるが、首が短くて肩幅が広いため、後ろがよく見えないのだ。うっかり真後ろに立っていて、ンボンガが気づかずに寝転がったりしたらひとたまりもない。

陽が沈んで空が暗くなってくると、ヤカオの指示で、村人たちは歓待のための料理を作りはじめた。獲《と》ったばかりの魚。キャッサバの粉から作られたモソンボという餅《もち》。数種類の芋とキノコ。それにナッツ類。それらがいくつもの焚《た》き火で調理された。魚には贈られたばかりの岩塩が振りかけられた。

ジャングルが闇に包まれた頃、松明《たいまつ》の明かりの下で宴会がはじまった。料理の一部は客人であるアネットたちに振る舞われ、残りは村人たちが分け合って食べる。ここでは金持ちだけが美食を味わえるということはなく、みんなが平等に同じものを食べるのだ。

魚は皿代わりの葉に載せられていた。アネットたちは村人を真似して、手づかみでかぶりついた。ほどよく焼けた魚は、塩で味つけしただけなのに、申し分のない美味《うま》さだった。

ヤカオの妻が、ヤシの実を半分に割って作った器をマリオンに差し出した。中には白濁して泡立つ液体が入っている。マリオンは礼を言い、それをぐいっと飲んだ。アネットは興味をそそられた。

「それは何？」

「ペケです。ヤシから造るお酒です」

「あなた、未成年でしょ？」

アネットは眉《まゆ》をひそめたが、マリオンは軽く笑い飛ばした。

「そんなモラルも文明世界だけのものですよ」

「だって……」

「ここじゃ、女の子は一〇歳ぐらいからンゴンド（青年女子）とみなされて、大人と同じように扱われます。結婚もできるし、お酒だって飲んでいいんです。私も一二歳ぐらいから飲んでますし」

そう言って、またぐいっとペケをあおる。たちまち器はほとんど空になった。マリオンはかわいい顔に似合わず、たいした酒豪のようだ。

「アネットさんも一口どうです？　けっこういけますよ」

新たに酒の注がれた器を、マリオンは差し出した。アネットは恐る恐るそれを受け取った。一瞬、濁った液体が泥水のように見えて、本能的に嫌悪感を抱いたが、漂ってくるのは確かにフルーティな酒の香りだ。

「どうやって作るの？」

「簡単ですよ。モセンデ（ラフィアヤシ）を切って、切り口から流れ出す樹液を集めるだけです。放っておけば自然に発酵して、お酒になるんです」

一口飲んでみると、ほんのりと甘くて美味《おい》しかった。アランとジムもそれぞれペケを振る舞われ、この地酒がすっかり気に入ったようだった。

食事の間、マリオンはヤカオに話しかけていた。最近のタタラジの森の様子を訊《たず》ねているのだ。ヤカオは村の若者の一人を呼んだ。マンガタという名の青年だった。背は低いが、顔つきからすると二〇歳ぐらいのようだ。

彼はマリオンと親しい様子だった。短く近況を言い合ってから、身振り手振りを交えた早口で何かを説明しはじめた。少し興奮しているようだ。それを聞いているうち、マリオンの表情に不安そうな様子が浮かぶのを、アネットは目にした。

「何て言ってるの？」

「二日前、ンジャンゴ（狩猟旅行）の途中でタタラジの森に近づいた時、川の向こうにいる怪獣を見たそうです」マリオンは困惑していた。「それも、かなり大きいやつを」

「その森には怪獣が多いんでしょ？」

「でも、見たことがないやつだそうです。大きさはンボンガぐらいで、鱗《うろこ》がなくて、赤っぽい毛が生えていて……」

「じゃあ、哺乳類《ほにゅうるい》？」

「たぶんそうでしょう。遠くからですが、ゾウの鼻みたいなものが見えたそうです」

「だったらゾウじゃないの？」

「アカ族の人がゾウを見間違えるなんてありえませんよ」

マリオンはマンガタに次々と何かを問いかけるが、彼はオーバーアクションでそれを否定した。

「知っている獣の中で、似たものは思い当たらないそうです。あまりに不吉だったんで、よく見ずに逃げてきたとか」

「不吉？」

「あれはきっとアッガス・グウェロ・ニィだと」

「アッガス……？」

「『血の色の王』とでも訳せばいいんでしょうか。伝説に出てくる危険な精霊です。ジャングルをさまよう邪悪な霊が集まって形になったもので、出会ったあらゆる動物を殺してむさぼり食らう……」

「この連中、そんな迷信を信じてるのか？」とアランが嘲笑《ちょうしょう》する。

「ここでは迷信と事実の境界はあいまいなんです」マリオンの表情はあくまで真剣だ。

「モケーレ・ムベムベやエメラ・ントゥカ、あなたたちの出会ったングマ・モネネなんかは、実在が確認されている怪獣です。でも、伝承に出てくるけれども確認されていない怪獣、実在しているかどうかよく分からない怪獣も多いんです。それが単なる迷信なのかそうでないのか、誰にも断言できません。このアフリカには、未発見の動物なんて、まだいくらでもいるはずです。怪獣じゃないけど、ボンドー・ミステリー・エイプもそうですよね」

アネットは考えこんだ。確かにマリオンの言うことには一理ある。ゴリラだってそうだ。欧米では一九世紀なかばまで、ゴリラは架空の動物だと思われていた。キリン科の草食動物オカピがベルギー領コンゴで発見されたのは二〇世紀初頭だし、モケーレ・ムベムベやングマ・モネネなどのコンゴの怪獣や、インド洋のスカル島、南米のメイプル・ホワイト台地の恐竜にしても、その存在が文明圏に知られるようになったのは二〇世紀になってからだ。

「じゃあ、あなたはその、アッガス……」

「グウェロ・ニィ」

「そう、それ。そのグウェロ・ニィが実在すると思うの？」

「分かりません。でも、マンガタが何かを目撃したのは確かですし、むやみに否定することもできないと思います」

いつの間にか、村人たちも酒を飲んで盛り上がっていた。自然と音楽がはじまった。最初はドラムが叩《たた》かれ、次に五本弦のハープのようなゾマという弦楽器がかき鳴らされる。それに合わせて村人たちが歌いはじめた。

ヨーデルを思わせるファルセットによる合唱で、特に意味のある歌詞はないらしい。しかし、繰り返される熱く力強いリズムには、場を盛り上げる効果がある。青年や若い娘が、一人、また一人と立ち上がって、リズムに合わせて腰を振って踊りはじめる。娘たちは首飾りを巻き、マランバと呼ばれる腰蓑《こしみの》をまとっていた。ヤシの葉をすだれのように腰の周囲に垂らしたものだ。

「何かの儀式なの？」アネットが訊ねる。

「いいえ、そういうダンスもありますけど、あれはリバンダです」マリオンはほろ酔い加減で解説した。「単なる娯楽のための踊りですよ――文明社会にもそういうのはあるでしょ？」

「ああ、こういうところは西欧文明と変わりないな」

ジムが皮肉っぽく笑う。欧米のディスコで若者たちが熱狂しているゴーゴーダンスを連想したのだ。

ンボンガも音楽が好きなようだった。腰を下ろしたまま、音楽に合わせて巨体を左右に揺らし、両手をぽんぽんと打ち合わせて拍子を取っている。

「ちょっと行ってきます」

マリオンも辛抱できなくなったらしく、立ち上がった。だが、すぐにはダンスに参加せず、ヤカオの妻と何か交渉している。交渉はすぐにまとまったらしく、ヤカオの妻はマリオンを自分の家に案内した。

一分ほどして、マリオンが出てきた。その姿を見て、アネットたちは驚いた。先住民の女たちと同様、マランバを腰にまとっている。シャツは脱いでいて上半身裸で、その代わりに白い淡水貝の貝殻をつなぎ合わせた首飾りを何重にも巻き、さらに髪も前に垂らして、胸を隠している。

マリオンは先住民たちの踊りの輪に飛びこんだ。歌に合わせて足踏みし、腰を振って踊る。ほどよく酔いが回っているらしく、笑顔が赤く染まっている。時おりくるりと旋回すると、腰蓑が遠心力で広がって、その下の腰布が見えた。金髪がひるがえる。飛び散る汗の玉が、松明《たいまつ》の炎にきらめく。胸に垂らした首飾りも、その下にあるものを完全に隠せているわけではなく、若い身体が激しく躍動するたびに、プディングのように揺れる胸や、桜色の乳首がちらちらと覗《のぞ》いた。

アネットは横目でアランとジムを見た。二人ともすっかりマリオンのダンスに見とれ、手拍子でリズムを取りながら、にやにや笑っている。

「これだから男ってのは……」

アネットは小声でぼやいた。楽しんでいる男たちにも腹が立つが、それよりも問題なのは、はしたない格好でダンスを踊るマリオンだ。自分では不道徳だという意識はまるでなく、男を挑発しているつもりもなく、単純にダンスを楽しんでいるだけらしいのが、さらに始末に悪い。彼女はあまりにも無自覚で、無防備すぎる。自分など、この旅でトラブルを招かないよう、化粧もせず、肌もさらさず、可能な限り女性であることを主張しないように振る舞っているというのに。

ンボンガはさすがにダンスには参加しない。村の中では、巨体で踊り回るのが危険であることを理解しているらしい。広場の端に腰を下ろして、マリオンたちの踊りを眺めているだけだ。しかし、音楽に合わせて上半身を揺らし、眼を細めて、楽しそうに「ウッ、ウッ」という声を洩《も》らしている。その視線がマリオンをずっと追いかけていることに、アネットは気づいた。

アルコールが回ってきたせいか、アネットは奇妙な感覚に襲われた。松明に照らされた黒い巨獣は、まるで異教の神殿の石像のように見える。その前で一心不乱に踊り続けるマリオンは、まるで古代の神を称《たた》える巫女《みこ》だ。

今が二〇世紀——ロケットが月に行く時代であることを忘れそうになる。実際、この地方の人々は、銃や蒸気機関や活版印刷が発明されるずっと前、もしかしたら青銅やパピルスが発明されるよりも前から、ずっと変わらぬ暮らしを続けているのだろう。

文明の恩恵をほとんど受けていない未開の地域——ここに来るまで、彼らを貧しくて哀れだと思っていた。だが、ミラーボールもレコードもスピーカーもなくても、月の下で歌い踊る彼らは十分に幸せそうに見える。無論、寿命が短いことは幸せとは言えまい。だが、少なくともここには、核兵器の脅威も、公害病も、学生運動も、人種暴動もない。

幸せとは何なのか、アネットにはよく分からなくなった。

5　巨獣の森

翌朝、一行は世話になった村人たちに礼を言い、アカ族の村を後にした。

目的地まで最短距離で突っ切っているので、途中で何度か川を渡らねばならなかった。小さい川なら徒歩で渡れたが、幅一〇メートルを超えるほどの川となると、そうもいかない。他の探検隊なら、岸から岸へ長いロープを張ってそれを伝って渡るか、大きな迂《う》回《かい》を強いられていたところだ。

ここでもンボンガが役に立った。人間なら頭まで浸《つ》かってしまうほどの深さの川でも、巨大類人猿には腰の高さにも達しない浅瀬にすぎない。人間を両肩に一人ずつ乗せ、一往復半するだけで、四人を対岸に渡すことができた。

途中、猛獣や怪獣に襲われることはなかった。見かけるのはダイカーやイノシシのような草食動物ばかりで、それらはマリオンの弓で仕留められて、食材となった。

むしろアネットたちを悩ませたのは、小さな虫だった。特にツェツェバエにつきまとわれるのには閉口した。体長一センチにも満たない小さなハエだが、針のような口を持っていて、蚊のように人間の血を吸う。眠り病の病原体であるトリパノソーマを媒介するので、近づいてきたら刺される前に叩き潰《つぶ》さなくてはならない。

「もう！　何なの、このハエ！　嫌らしいったらありゃしない！」

アネットはひどく腹を立てていた。さっきからもう一〇匹以上も潰している。文明世界ではハエは不潔の象徴であり、そんなものに何匹もまとわりつかれること自体、めったにないことなのに。

「なんて土地だ」アランもぼやいた。「ハエが血を吸うなんて、自然の摂理に反してる」

「ここではこれが自然なんですよ」

マリオンは陽気に言った。彼女はシボンガの背中で揺られながら、慣れた手つきで、ぴしゃりぴしゃりとハエを叩き落としていた。

「少しの辛抱です。このへんは沼が多いから、ツェツェバエも多いんです。上流のタタラジの森の方まで行けば、少なくなりますよ」

「それまでに刺されたらどうするのよ⁉」アネットが抗議する。

「刺されても必ず眠り病に感染するわけじゃありませんよ。確率は低いです」

「当たり前よ！　簡単に感染してたまるもんですか……え？　何これ？　ハエじゃないわ。ハチよ、ハチ！」

ツェツェバエに混じって顔に近づいてくる小さなハチに気づき、アネットはパニックに陥った。

「ひいいいーっ！　ハチ！　ハチ！」

「ああ、それはモパニ（コハナバチ）です。刺しませんよ」マリオンは笑った。「汗を舐《な》めにくるだけです。舐めさせてやればいいんです」

「舐めさせろって……ひいいいーっ！」

アネットのうわずった悲鳴がジャングルに響く。

ンボンガはというと、あまりハエには悩まされていなかった。皮膚が厚いので、ほとんどの場所は刺されても血を吸われることがないのだ。ハエは皮膚の薄い唇に群がってくる。それを長い舌でべろりと舐め取り、唾《つば》といっしょに飲みこむ。

虫も貴重なタンパク源だ。

「気をつけてください。ここはもうタタラジの森です」

翌日の昼頃、何度目かの渡河の後の小休止で、ンボンガの背から降りたマリオンが言った。しかし、植生などが劇的に変化したわけではなく、アネットたちには秘境に足を踏み入れたという実感がない。

「何でこのへんに怪獣が集まってるのか分からないな」川沿いの風景を見回しながら、アランが素朴な疑問を口にした。「メイプル・ホワイト台地みたいに、外界から隔絶されてるわけでもないのに。げんにあのングマ・モネネってやつは、下流の方まで来てたし」

「そんなに深い理由はないのかもしれませんよ」とマリオン。「単に人間を嫌って奥地へ奥地へ移動していくうちに、餌の多いここに集まってきただけなのかも」

「ここは文明から最も離れた土地ってこと？」とアネット。

「ええ——あ、見てください」

マリオンが川の上流の方を指差した。青空に小さく見える黒いものが旋回していた。最初はただの鳥かと思ったが、翼の形が違う。鎌のような鋭い形をした翼だった。遠くなので大きさが分かりにくい。

「翼竜《プテロダクテイル》ね」とアネット。

「オリティアウです。カメルーンの山岳地帯に住んでるんですけど、ちょくちょくこっちまで飛んできます。怪獣に国境なんて関係ないですから」

ここはコンゴと中央アフリカとカメルーン、三つの国が国境を接している地域なのだ。

「近くで見たことある？」

「ええ。一度だけ、水面近くを滑空してるところを」

「どのぐらいの大きさなの？」

「翼の端から端まで一二フィート（三・七メートル）ぐらいですかね。怪獣としてはそんなに大きい方じゃありません」

「人間を襲うのか？」ジムが警戒してライフルを握り締める。

「三〇年以上前に、イギリスの動物学者が襲われたことがあるそうです。まあ、襲われたといっても、ちょっと驚かされた程度だったらしいですけどね。翼竜はもっぱら魚を食べますから、人間を攻撃する理由なんてありませんよ」

オリティアウはそれからしばらく旋回を続けていたが、やがて西の山地の方に飛び去った。

「この地図が正しいとすると」アランが地図を広げて言った。「このまま、この川沿いに進んでいくのが近そうだな」

しかし、マリオンは地面を見下ろし、険しい顔で「いいえ」と言った。

「ここは危険です」

彼女が指差す先には、川沿いに柔らかい土が露出している部分があった。それが大きくくぼんでいる。

足跡だ。

ジムがしゃがみこんで観察した。足跡は人間のそれにやや似ていたが、長さは二メートル近くもあり、ンボンガの足より大きかった。

「ゾウやカバじゃないな」ジムは言わずもがなのことをつぶやいた。

「あのングマ・モネネとも違う」アランが考えこむ。「爬虫類《はちゅうるい》なら鳥みたいな足跡になるはずだ。これは……類人猿か？」

「でも、ンボンガの足跡とも違います」マリオンが指摘する。「ほら、親指の形とか」

「別の巨大類人猿がいるってことか？」

「かもしれません。ここはマンガタがアッガス・グウェロ・ニィを見た場所の近くです。彼が見たのはこれだったのかも……」

アネットたちは不安に襲われた。この足跡の大きさからすると、未知の怪獣グウェロ・ニィは、ンボンガに匹敵するサイズということになる。

「ということは、ここは怪獣の通り道かもしれない？」

「ええ。出くわすのは避けたいですね」マリオンは森の奥を指差した。「迂回しましょう」

「ここは樹の密度が低いのね」

森の中を歩きながら、アネットは言った。ここにくる途中の道筋では、ジャングルの空はびっしりと樹冠で覆われていて、空はろくに見えなかった。タタラジの森に入ってからも、川の近くの湿地では樹が密生していたが、川から少し離れるとややまばらになり、植生が変化するのが分かった。空を覆う枝が減り、太陽の光が地上に届くようになっている。

「このへんはフラーですからね」

ンボンガの背中の上から、マリオンが解説する。

「フラー？」

「ジャングルの植生は大雑把に三種類あるんです。ひとつはこれまで歩いてきたブーマです。もっぱらリンバリ（マメ科の高木）が密生して、空はあまり見えません。ベンバもリンバリが生えていますが、密度はずっと少ないです。そしてフラー。リンバリだけじゃなく、いろんな樹が生えていて、密度もあまり高くありません。太陽の光が地上まで届くので、単子葉類の植物が繁茂します。だから食べられる果実も多いし、それを食べる鳥や獣も多いんです」

そう言えば、タタラジの森に入ってから、鳥の声が多くなったような気がする。今もフクロウのような声がひっきりなしに聞こえている。

「怪獣も？」

「ええ。たぶん、大きな体を維持するには、食べるものの多いフラーのような豊かな森が不可欠なんでしょうね」

そのうち、さっきまで晴れていた空が、急に雲に覆われてきた。陽光がさえぎられ、昼間なのにジャングルは薄暗くなる。

「ひと雨来ますね」

マリオンがそう言ったとたん、西の方の空で光がひらめいた。十数秒して、ゴロゴロと遠雷が轟《とどろ》いてくる。「雨宿りした方がいいな」と、ジムがつぶやく。

マリオンはンボンガの背中から滑り降りてくると、荷物をすべて地上に下ろさせた。ジムとアランは地面が少し高くなっている場所を選び、テントを張る作業に取りかかった。

マリオンはというと、自分用の小さな荷物の中から、ぼろぼろのタオルと、長さ五〇センチほどの細長いスポンジのようなものを取り出した。ヘチマの実を乾燥させて作ったものだ。

彼女はアネットの手を取った。「アネットさん、シャワーを浴びに行きましょう」

「シャワーって……えっ？　まさか雨を浴びるの？」

「他に何があるんです？　ずいぶん汗臭いんじゃないですか？」

「それはそうだけど……」

アカ族の村を出て以来、彼らは一度も水浴びをしていない。川にはワニや肉食魚がいて危険だからだ。下着だけは毎日穿《は》き替えて洗濯しているが、服には汗の臭いが染みついているし、肌には乾燥した汗と垢《あか》がこびりついて、薄い膜を作っているように感じられ、不快だった。

「だったら行きましょう」マリオンは手を引いた。「身体は頻繁にきれいな水で洗って清潔にしておかないと、フランベジアになりますよ」

フランベジアのことはアネットも耳にしている。熱帯地方特有の病気で、梅毒と同じくスピロヘータの一種であるトレポネーマによって発症する。森林梅毒とも呼ばれるが、性感染症ではない。感染経路はまだよく分かっていないが、一般に衛生環境の悪い地域で発生するため、予防には清潔にするのが良いと考えられている。悪化すると、主として下半身に大きな潰瘍《かいよう》や腫瘍《しゅよう》ができ、たとえ治癒しても醜い傷跡が残る。

さすがにそんな病気にかかるのはごめんだ。アネットはマリオンにつき合うことにした。マリオンは「殿方はついて来ないでくださいねー」と、テントを張る作業を続けているアランとジムに向かって陽気に手を振り、アネットの手を引いて歩き出した。ンボンガが巨体でのっそりと後に続く。

「ンボンガがついて来てるわよ」

アネットが不安そうにささやくと、マリオンは「ボディガードですよ」と言った。

「さすがに女だけで別行動するのは危険ですしね。それにンボンガが目を光らせてたら、あの二人も覗《のぞ》きには来ないと思うんです」

「でも……彼も男じゃないの？」

マリオンは笑った。「類人猿が人間の女の裸を見て欲情すると思います？」

「……しないわね」

「だいたい、私の裸なんて、ンボンガは見慣れてますよ」

そう言われると反論できず、アネットは沈黙するしかなかった。しかし、巨大な雄の類人猿に裸を見られるというのは、理屈を超越して気味悪く感じられる。

空には何度も稲妻がひらめき、雷鳴も少しずつ近づいてきている。じきに雨が降り出しそうだった。

「これが良さそうですね」

マリオンは古い大きな樹の傍で立ち止まり、その側面に開いた縦長の虚《うろ》を覗きこんだ。子供が身を隠せそうな大きさだ。

「何がいいの？」

「服を入れておくのにですよ。中に苔《こけ》が生えていません。乾燥してます。雨が染みこんでないってことです」

　また空が光ったかと思うと、一秒ほどのタイムラグで、すさまじい雷鳴があたりに轟いた。アネットは「ひっ」と声を上げ、耳をふさぐ。

「来ました！」

　マリオンは嬉《うれ》しそうに言って、シャツと腰布をそそくさと脱ぎ、タオルといっしょに虚の中に投げこんだ。少しも恥じらうことなく、生まれたままの姿で、ヘチマのスポンジを振り回しながら、ジャングルの中の小さな空き地に駆けこむ。

　空き地の中央に立ち、空に向かって両手を高く差し伸べる。それが合図であったかのように、雨粒がばらばらと葉を叩《たた》きはじめた。マリオンの若い裸身は、たちまち濡《ぬ》れてゆく。

「アネットさんも早く！」

　ためらっている時間はない。このままでは服がびしょ濡れになってしまう。アネットは急いでブーツを脱ぎ、服を脱いだ。どうにか衣服をすべて虚の中に押しこんだ直後、雨の勢いが急に強まった。

「痛っ！　痛っ！　痛っ！」

　悲鳴を上げながら、マリオンに駆け寄る。高い空から落ちてくる大粒の雨は、肌を突き刺すような勢いだ。この前、ソグマ・モネネと遭遇した時の雨は、こんなに強くなかったのではないか。それとも、あの時は逃げるのに夢中で気にならなかったのか。

それに素足でジャングルの地面を歩くのも初めてだった。足の裏に当たる小枝や小石が痛い。よくマリオンは平気で歩けるものだ。

「痛いわよ、これ!」

激しい雨の音にかき消されないよう、アネットは声を張り上げた。マリオンも楽しそうに怒鳴り返す。

「すぐに慣れますよ!」

彼女はヘチマのスポンジを中央からひきちぎり、二つにした。一方を「どうぞ」とアネットに差し出す。

アネットはそれを借りて、全身をごしごしとこすった。いい気持ちだった。皮膚を覆っていた汚れと古い細胞がこそげ落とされ、強い雨で洗い流されてゆくのを感じる。人工の大気汚染物質をまったく含まない、きれいな雨だ。なるほど、これは健康に良さそうだ。

ちらっとマリオンの方を見た。自分より一〇以上も若い黄金色の裸身に、軽い嫉妬《しっと》を覚える。この少女がオリンピックの体操選手並みの体力と身軽さを有していることは、もう何度も目にして知っている。そのほっそりした妖精《ようせい》のような肢体の内には、野性の暮らしで鍛えられた強靭《きょうじん》な筋肉と運動神経が秘められているのだ。しかも理想的な曲線を形成するための必要最小限の皮下脂肪以外、余分な肉は一片もない。もし彼女が文明圏で満ち足りた暮らしをしていたら、これほど美しくは育たなかったのではないだろうか。まさに大自然によって磨き上げられた美なのだ。

「ンボンガ。ゾエビ・メ・ゲグラ」

マリオンが呼ぶと、ンボンガが雨の中を進み出てきた。マリオンがヘチマを手渡す。どうするのかと思っていたら、ンボンガは左手でマリオンをつかみ、右手の指でつまんだヘチマで、彼女の背中を優しくこすりはじめた。その手つきは美術品のグラスを磨くように繊細だ。マリオンは力を抜いて巨大な手に寄りかかり、うっとりと眼を細め、気持ち良さそうにしている。

「アネットさんもどうですかあ？　いい気持ちですよお」

「いえ、私は遠慮……きゃあ!?」

アネットは悲鳴を上げた。ンボンガがいたずら心を起こし、いきなり右手を伸ばしてアネットをひっつかんだのだ。

「やめて！　何するの!?」

もがくアネットを引き寄せ、左手に持ったマリオンと背中合わせにくっつける。それから手を上下左右に動かし、二人の女性の背中をこすり合わせはじめた。

「いやあ！　いやあ！　やめてえ！」

「あはは、これ、楽しいですね！」

「楽しくない！　楽しくないわよ！　やめさせてよ！　いやあ！」

アネットが大騒ぎをするので、ンボンガはかえって楽しくなったようだ。ますます激しく手を動かし、二人を揉《も》みくちゃにして遊んだ。アネットは悲鳴を上げ続け、マリオンはけらけら笑い続けている。

そんなことが何分も続いた後、マリオンが急に何かに気づき、鋭い声で「ガズボ・デ！」と命じた。ンボンガはぴたりと手を止める。

雨の中、ンボンガの巨体は石像のように静止した。二人の裸の女性を両手に握ったまま、ジャングルの奥をじっと見つめ、静かにうなり声を上げている。その手の中のマリオンも、同じ方向を見つめ、緊張した面持ちだった。

「何？　何なの？」

ふらふらになったアネットが、間の抜けた声で訊《たず》ねた。マリオンは「静かに」と注意する。

「何か来ます」

アネットの耳にも、雨の音に混じって、ばりばりという異様な音が聞こえてきた。最初は雷鳴かと思ったが、樹がへし折られる音だと気づいた。茂みが踏みにじられる音もする。

何か大きなものが近づいてくる。

「……逃げる用意をしてください」

「逃げるって、素っ裸で？」

「服を着ている時間はありませんよ」

そんなことを話していると、雨のカーテンの向こうに、小山のような黒いシルエットが浮かび上がった。ゆらゆら揺れながら、しだいに形がはっきりしてくる。どうやら大きな四足歩行動物のようだ。高さは三メートルほどもある。

「ああ」マリオンが安堵《あんど》の息を吐いた。「だいじょうぶです。あれは危険じゃありません」

「何なの?」

「ムビエル・ムビエル・ムビエル」

怪獣はまっすぐにこっちには向かって来ないようだ。どうやら、ただ近くを通りかかっただけらしい。ンボンガの存在に気づかないのか、彼らから十数メートル離れたところをゆっくりと通過してゆく。樹々と茂みにさえぎられ、全身は見えなかった。濃緑色をした大きなアーチ状の背中と、その上にずらりと並んだステゴサウルスを思わせる背びれが見えるだけだ。ゾウよりも大きいが、ングマ・モネネよりは小さそうだ。

マリオンたちが黙って見守るうちに、その姿は再び遠ざかっていった。鋸《のこぎり》状の背びれだけが最後まで見えていたが、それも雨の中に溶けるように消えていった。完全に見えなくなると、アネットは長い息を吐いた。緊張して、ずっと息を止めていたのだ。何度も深呼吸し、頭をはっきりさせる。

「……あんなのがうじゃうじゃいるの?」

「うじゃうじゃはいませんよ。たまたまです。ムビエル・ムビエル・ムビエルは普段、川の中にいて、背びれしか見えません。上陸するのは珍しいんです。たぶん餌を探しに陸に上がって、また川に戻ろうとしていただけでしょう。オリティアウに続いてムビエル・ムビエル・ムビエルが見られるなんて、むしろラッキーですよ」

「そうなの？」

「そうですよ」マリオンは微笑んだ。「ここにはあんな変わった生きものばかりいるわけじゃありませんから」

6　星空の下の二人

その夜、テントの中からアネットの悲鳴が響いた。

ジムとアランが何事かと飛び起き、銃を手にして駆けつける。アネットは下着姿でテントから飛び出してきた。半狂乱でアランに抱きつく。

「どうしたんだ⁉」

「あれ！　あれが！」アネットの声はうわずり、まともに喋《しゃべ》れなかった。「テント……テントの中に……！」

ジムは恐る恐る、ライフルの銃身でテントの垂れ布をめくり、中を覗《のぞ》きこんだ。アランが懐中電灯で中を照らし出す。

テントの中には異様な生きものがうごめいていた。大きさは幼稚園児ぐらい。手も足もなく、真っ黒でぬめぬめした粘膜に覆われている。横たわった細長い体を波打たせ、二本の触角らしき器官を振り回して、ゆっくりと這《は》っていた。

ジムが発砲する。轟音《ごうおん》とともに、撃たれた生きものは跳ね上がった。しかし、体の真ん中に穴が開いたというのに、まだゆっくりとのたうっている。

「ああ、ムリロですね」

騒ぎを聞きつけて樹から降りてきたマリオンが、ジムたちの横から覗きこんで、ことなげに言った。

「このあたりによくいる大ナメクジです。珍しくないですよ」

「珍しくない⁉」アネットはヒステリックな声を上げた。「あんなのが⁉」

「ええ。害はありませんよ。草を食べるだけのおとなしい生きものです」ライフルを握っているジムの手に、そっと手を置く。「撃つのは弾丸《たま》の無駄ですよ。けっこう生命力が強くて、まっぷたつにでもしないと死にません」

「しかし……」

「それとも殺して食べますか？」

「食べる？」ジムはぎょっとした。

「フランス人はカタツムリを食べるじゃないですか。ナメクジも同じようなものですよ」

「いや、それは……」

「食べる気がないなら殺さないでください」マリオンの声は静かだったが、有無を言わせぬ強さがあった。「他の動物の命を奪っていいのは、食べるためか、身を守るためだけです」

ジムはしぶしぶ銃を下ろした。ムリロはというと、銃で傷つけられたことをまるで気にしていないらしく、ゆっくりとテントの端から外に出て行こうとしている。

「あ、あんなのがいっぱいいるの？」

アネットは震えながら、マリオンの肩にしがみついていた。

「昼間は泥の中とかに隠れていて、夜になると這い出します。テントの中まで入ってくるのは珍しいですけどね」

「防ぐ方法は？」

「ないですね——あ、ひとつだけあります」

「何？」

マリオンはにっこり笑って、上を指差した。

「ムリロは地上の草を食べるだけで、樹の上までは上がってきません。幹のざらざらした感触を嫌うみたいです」

「……つまり、樹の上で寝たら近寄ってこない？」

「ええ——どうします？　いっしょに寝るなら、寝床を広げますけど？」

アネットは少しためらってからうなずいた。

「ええ、ええ……そうしてちょうだい」

アネットが寝るスペースを作るために寝床を拡張する作業に、数分かかった。作業が終わるとマリオンが合図し、ンボンガがアネットをつかんで高く持ち上げた。腕をハシゴ車のように高く伸ばし、高さ一〇メートル以上のところにある寝床に、そっと下ろす。枝を組み合わせ、草を何重にも敷き詰めてボウル状にした寝床は、大きな鳥の巣のようだった。マリオンの話によれば、チンパンジーの作る寝床を真似たものだという。縁が高くなっているので転落する心配はなさそうだ。しかし、何かの拍子に草の層を突き抜けたら、地上まで落下することになる。大ナメクジを避けるためとはいえ、こんなところで寝るのを選択したことを、アネットは後悔した。

「どうしても不安だったら、これを腰に巻くといいですよ」

マリオンは蔓《つる》を差し出した。一方の端は枝に結んであるので、転落する心配がないというのだ。アネットはそれを腰に何重にも巻き、しっかり結びつけた。

寝床は意外にふわふわしていて心地が良かった。夜ごとアリの襲来に悩まされていたアネットだが、この高さまではアリもめったに上がってこないという。雨のシャワーの件もそうだが、マリオンのライフスタイルは原始的で突飛なように見えて、実はジャングルの知識と合理性に裏打ちされたものであることを、アネットはあらためて知った。

寝ようとしていると、遠くからグオーッという低音の咆哮《ほうこう》が聞こえた。アネットはびくっと身体を震わせる。

「あれは？」

「怪獣じゃありません」マリオンはくすっと笑った。「ただのナイルワニです。雄が雌を呼ぶ声ですよ」

「ワニって鳴くのね」アネットは初めて知った。「鳴き声でどんな動物か全部分かるの？」

「ええ、たいていは――マハンバの声はあんなもんじゃありませんよ。普通のワニの声の何倍も大きくて、近くで聞くと雷みたいです」

マハンバはこのリクアラ地方に棲息《せいそく》する体長一五メートルにも達する巨大ワニである。四年前にニジェールで化石が発見されたジュラ紀のワニ、サルコスクス・インペレーターの遠い子孫ではないかと考えられている。

「近くで聞いたことあるの？」

「ええ。あの時はンボンガが近くにいなかったから、さすがに逃げましたけどね。開いた口が私の背丈より大きいんです。あれでぱくりとやられたら、一瞬でおしまいですから」

マリオンは笑い話のように語るが、アネットはその光景を想像してぞっとなった。

「よくそんな危険なことができると思うわ」

「怪獣の多くは危険じゃないですよ。マハンバやングマ・モネネは例外で、たいていは草や魚を食べてますから、人間には危害を加えません。ンデンデキなんか、のろいし、おとなしいから、背中に乗れるんですよ」

「乗ったことあるんだ……」

「ええ。岸に寝そべってるのを見つけて」

マリオンはたいしたことではないかのように言う。実際、普段から巨大類人猿に乗っている彼女にとって、大きな亀の背中に乗るぐらい、特に自慢するような体験でもないのだろう。ここでは文明世界の常識が通用しないことを、アネットはあらためて痛感した。

二人は寝床に仰向けに横たわり、肩を寄せ合って夜空を見上げた。ここはフラーで樹の密度が低いうえ、地上から離れているので、視野をさえぎる枝も少ない。人工の光もまったくないので、月はもちろん、全天に広がる多数の星を一望することができた。

見上げていると、宇宙に浮かんでるような錯覚を覚える。宇宙飛行士はこんな星空を見るのだろうか……？

「ああ」アネットは感慨深げにため息をついた。「これだけ緯度が低いと、りゅうこつ座のカノープスがよく見える」

「どの星ですか？」

「あれよ。あの梢《こずえ》の上で光ってる星――星の名前を知らないの？」

マリオンは苦笑した。「父はあまり天文には興味がなかったので」

「ほら、あれ」アネットは天頂近くでひときわ明るく輝いている星を指差した。「あの空のてっぺんで光ってる明るい星が、おおいぬ座のシリウス。全天でいちばん明るい恒星よ。それと、あっちにあるのがオリオン座。縦に星が三つ、並んでるでしょ？」

「ええ」

「その左側の青い星がリゲル。右側の赤いのがベテルギウスで、その下がベラトリクス」アネットは明るい星を次々に指差していった。「あっちに二つ並んでるのが、ふたご座のカストルとポルックス。それに、こいぬ座のプロキオン、ぎょしゃ座のカペラ、それから……」

「あっちの星も明るいですよ」

マリオンは北東の空を指差す。昇ってきたばかりの満月の光にもかき消されない明るさで、力強く輝いている星がある。

「あれは木星。太陽系で最大の惑星よ。直径は地球の一〇倍以上ある」

「アネットさんって星に詳しいんですね」

「恋人が星の大好きな男でね」アネットは恥ずかしそうに笑った。「彼がよく、デートのたびに星の名前を教えてくれたから、私も自然に覚えたの」

「へえ、デートで星の名前を教えてくれる男性なんて、ロマンチックじゃないですか」

「まあね……」

「その人は今……？」

「死んだわ」アネットは顔を曇らせた。「事故でね――空軍のパイロットだったの」

「あ、ごめんなさい……」

「いいのよ。死んだのは自業自得みたいなもの。いつも危険なことに挑戦してばかりいた。ほんとに命知らずのバカな奴だった……」

星空を見上げていると、彼の顔が浮かぶ。赤毛でそばかすがある童顔のため、二〇代後半なのに少年のように見える。その髪の色と低い背のせいで、子供の頃はずいぶんからかわれたという。それでみんなを見返してやろうと、ジェット戦闘機のパイロットを志したのだと言っていた……。

涙が出そうになったので、アネットは慌てて話題を変えた。

「あなたはどうなの？　好きになった人はいないの？」

「いますよ。でも、あんまり親しい関係にはならなかったですね」

「でも、こんなところじゃ、白人とはあまり出会わないんじゃないの？」

「どうして白人じゃないといけないんです？」

不思議そうにそう言ってから、マリオンは気がついて「ああ」と笑った。

「忘れてました。文明社会にはそういうのがあるんでしたね」

「そういうの？」

「アパルトヘイト。公民権運動。ＫＫＫ。マルコムＸ……白人の娘が黒人の男性を好きになるなんて非常識だと思われてるんでしょ？」

「ええ、まあ……」

「それが理解できないんです。何で文明世界の人たちって、そんな考え方をするんでしょうね？　肌の色が違う人と愛し合ってはいけないって」

「それが当たり前なのよ」

「だから、どうして当たり前なんです？」

アネットは答えに窮した。言われてみれば、なぜそれがタブー視されているのか、論理的に説明できない。

「もう何世紀も続いてるからしかたがないのよ」

「そういう考え方がいろんなトラブルを生んでるんでしょ？　だったらやめちゃえばいいじゃないですか。『今日から肌の色の違いを気にするのをやめましょう』って」

「人種問題がそんな簡単に解決するなら苦労はないわよ」

「だからどうして？　お金も手間もかからないでしょ？　考え方を変えるだけなんだから」

「その『考え方を変えるだけ』が、ほとんどの人にはできないのよ」

「わけが分かりませんね」マリオンはかぶりを振った。「文明社会の人って、いろんな迷信にとらわれてるんですね」

確かにアフリカの先住民が信じている迷信の数より、文明社会の人間が抱いている不合理な考えの方が、数は多いかもしれない。少なくとも、これまでのところ、マリオンの考え方は筋の通っていることばかりだった。

「じゃあ、あなたは先住民を好きになったりするの？」

「ええ。初恋の相手はあのマンガタですよ」

「昨日、話をした？」

二人の親しげな様子を、アネットは思い出した。

「ええ。小さい頃からよくいっしょに遊んでましたけど、一〇歳ぐらいの頃からときめきを覚えるようになりました。あの頃はまだ、私と背が同じくらいで……」

アネットは声をひそめた。「先住民は子供の頃からセックスするってほんと？」

「他の部族は知りませんけど、アカ族に関しては事実ですね。女の子は初潮を迎える頃から普通にしてます。でも、私はしたことがありません。興味はあったんですけど、当時は父がまだ生きていて、許してくれそうにありませんでしたし。そのうち、マンガタが他の女の子と結婚しちゃったんで、片想いで終わりましたけどね。どっちみち、そんな熱烈な恋というわけでもなかったですし」

アメリカで口にしたら大問題になりそうなことを、マリオンはあっけらかんと語る。巨大な亀の背中に乗ることと同様、彼女にとってはたいしたことではないらしい。むしろセックスの話題をタブーにしたり、妊娠可能な年齢になっても結婚しない白人の文明の方が、この世界の住民から見ると不合理なのかもしれない。

「それ以来、あまり男の人と縁がないんですよ。ンボンガも大きくなったから、男の人も求婚しにくいみたいで」くすくす笑って、「あんな大きな義理の弟を持つのは、勇気が要りますよね」

「ンボンガの方ではどうなの？」

「どうって？」

「あなたが男の人と仲良くしてるのを見て……」

「ああ、不機嫌になりますね。やきもちを焼くみたいで」

「彼はあなたを異性として意識してるんじゃないの？」

マリオンはびっくりして目を丸くした。「本気で言ってます？」

「いや、その……」

さすがにまずいことを言ってしまったと気づき、アネットは口ごもった。村での一夜以来、抱いていた疑念はあるが、それを口にすることはできそうにない。

ゴリラのペニスは勃起《ぼっき》時でも三センチぐらいしかないと聞いたことがある。ンボンガは普通のゴリラの五倍ぐらいの大きさがある。ペニスの大きさが体の大きさに比例するなら、人間の女性と性交することは十分に可能ではないだろうか……。

「いくら何でも種族の壁は超えちゃいけないでしょ。それこそ自然の摂理に反します」

「それはそうだけど……」

「彼は私の弟です」マリオンは憤慨していた。「ンボンガの方でもそう思ってるはずです。そういう考え方は、どっちにとっても侮辱ですよ」

「ごめん、忘れて」

淫《みだ》らな妄想をめぐらせてしまったことで、アネットは自己嫌悪に陥った。自分の考え方は文明社会に穢《けが》されていて、ピュアな視点を見失っているようだ。

「ただ、あなたが恋人を持たずに一人で暮らしてるのが、かわいそうな気がして……」

「それはあなたの体験から？」

「そうよ」

「愛する人と結ばれるって、そんなに素敵なことなんですか？」

「ええ――それに優《まさ》る喜びはこの世にないと言っていいぐらい」

「たとえ悲劇に終わっても？」

「ええ」

アネットは星空を見上げ、力強くうなずいた。

「私は後悔していない――たとえこうなる運命だと事前に分かっていたとしても、きっと彼を愛したと思う」

「いいですね」マリオンもうなずいた。「私もいつか、そんな熱い恋、してみたいです」

7　大グモの襲撃

翌日の午後遅く、マリオンはパラシュートを発見した。

小高い丘の上で「ロケット打ち上げ」をやって、高い樹のてっぺん近くの枝に立った。そこからアランに借りた双眼鏡で見渡すと、北西の方向に、白い布らしきものが樹にひっかかっているのが見えたのだ。ほとんど点のようだったが、マリオンの視力なら識別できた。さらに方位磁石を使って、正確に方位も調べる。

「方位二八〇度。ここから二マイル（三・二キロ）というところですね」

マリオンは樹から降りてきて、アランとジムに報告した。アネットの姿は見えない。用を足しに行っているのだ。

アランは地図や航空写真と見比べる。位置を照合し、マリオンが見たものは空から撮影されたパラシュートに間違いないと確信する。

「今からだと、たどり着く頃には陽が暮れます。とりあえず近くまで行ってみて、作業は明日《あした》にした方がいいかもしれません」晴れた空を見上げて、「どっちみち、今夜は雨になりそうにありませんし」

「よくやってくれた。後は我々だけでどうにかなる。君とンボンガは、ここで待っていてくれないかな」

マリオンは驚いた。「どうしてです？　最後まで案内しますよ」

「いや、衛星は軍事機密だから民間人には見せられないんだよ。それに爆破作業は危険だし」

「邪魔はしませんよ。離れたところから見るぐらいならいいじゃないですか。人工衛星なんてめったに見れるもんじゃないんだし」

「いや、しかし機密が……」

「最新の機械の仕組みなんて、どうせ見たって私には分かりませんよ」マリオンは無邪気に笑った。「見るだけです。いいでしょ？　ね？」

アランは返答に窮した。マリオンは子供っぽい好奇心に突き動かされているようだ。どう説得したものかと悩む。真実を話すわけにはいかない。機密というのは嘘ではないのだが、知られて困るのは機械の仕組みなどではないのだ……。

無駄と思いつつ、ジムに無言で助けを求めたが、彼はライフルを抱いて地面に座りこみ、関心なさそうにそっぽを向いていた。だが、右手でわざとらしく、ライフルをとんとんと叩《たた》いている。その意味を、アランはすぐに理解した。

ここで始末するか？　と言っているのだ。

アランはそっぽを向いて、無言で否定した。そんなのは問題外だ。マリオンを殺したら、ンボンガが逆上して襲ってくるに違いない。この娘には真相を気づかせず、偵察衛星の回収に協力したと思わせておくのがいい……。

その時、アネットの悲鳴が聞こえた。

マリオンの反応は早かった。一瞬もためらうことなく、悲鳴のした方向へダッシュしていた。アランは何事かと呆然《ぼうぜん》と立ちつくしてしまい、出遅れた。ジムも立ち上がるのに数秒をロスした。二人が走り出した時には、もうマリオンは何十メートルも先にいた。

ンボンガの巨体も動き出す。

マリオンは走った。シダの茂みを飛び越え、樹々の間を風のようにすり抜ける。正面からアネットが必死の形相で駆けてくる。何かから逃げているのだ。

その背後にいるものに気づいた。黒に近いダークブラウンの影が草の間を見え隠れしている。這《は》いつくばった姿勢なので胴体は見えないが、毛むくじゃらの長い脚が何本も茂みから突き出し、忙しく動いていた。がさごそと音を立てながら、小走りにアネットを追いかけている。マリオンは一瞬でその正体を悟った。

チバ・フーフィー（巨大グモ）――コンゴの密林に棲息《せいそく》する危険な生物だ。

アネットの方が足が速く、逃げ切れるかと思われた。だが、彼女は樹の根につまずいて派手に転倒した。チバ・フーフィーが一気に距離を詰めてくる。走ってきた勢いで、最後の三メートルほどの距離を跳躍した。タランチュラをそのまま大きくしたような姿で、脚を広げた幅は一メートル半もある。毛むくじゃらの巨大な手のようなそれが、倒れているアネットに覆いかぶさろうとした。

間一髪、マリオンが肩から体当たりした。少女の方が体重はあり、チバ・フーフィーは何メートルもはじき飛ばされる。マリオンはアネットの上を飛び越え、肩から着地しながら前転した。一回転して、膝《ひざ》をついて起き上がる。動作の途中で、いつの間にか腰からマチェーテを抜いていた。

チバ・フーフィーはたいしてダメージを受けておらず、すぐに体勢を立て直した。雪だるまのような形をした茶色い胴体は、人間の胴ほどもあり、そこから猿の腕を思わせる毛むくじゃらの脚が八本伸びている。頭部に並んだパイロットランプのような大小八個の眼からは、感情を読みとることはできない。だが、低く身構えたその姿勢からは、強い闘争本能が感じられた。口の両側にある触肢が、くわっと左右に開き、マリオンを威嚇する。九官鳥の嘴《くちばし》のように湾曲した二本の黒い牙《きば》が、不気味に持ち上がった。

マリオンも膝をついた低い姿勢で、マチェーテを振り上げて待ち受ける。立って迎え撃つのは不利だと、瞬時に悟ったのだ。相手は地面を這ってくるので、立ち上がると脚が絶好の的になってしまう。

その背後では、遅れて駆けつけてきたジムがライフルを、アランが拳銃《けんじゅう》を構えていた。だが、手前にいるマリオンやアネットに当たってしまいそうで、うかつに撃てない。ジムは急いで側面に回りこむ。

チバ・フーフィーが突進してきた。マリオンはマチェーテを振り下ろす。頭を狙ったつもりだったが、少しそれて、脚の一本を根本から斬り落とした。チバ・フーフィーはひるんだらしく、体液を撒《ま》き散らしながら、慌てて後退した。

マリオンは追い打ちをかけた。しゃがんだ姿勢のまま、舞うような動作でマチェーテを右に左に振り回し、斬りつける。チバ・フーフィーはその攻撃を巧みにかわしつつ、合間を縫って、毒のある牙を少女の柔肌に突き立てようとする。牙とマチェーテの刃がぶつかり、きんと音を立てる。人間の少女と巨大グモが演じる、スピーディな剣舞。どちらもなかなか相手に致命的な一撃を与えられない。

ジムが側面から発砲した。チバ・フーフィーの脚がもう一本、ちぎれ飛ぶ。巨大グモは慌てて後ずさった。逃走に移ったように見えたので、マリオンは一瞬、油断して気を抜いた。

だが、チバ・フーフィーはいきなりフィルムを巻き戻したように突進してきて、マリオンに飛びかかった。またジムが発砲したが、相手が速すぎて当たらない。チバ・フーフィーは少女を押し倒し、毛むくじゃらの脚で両腕を押さえつけた。両者がもつれ合っているので、アランたちは撃てない。もがくマリオンの剝《む》き出しの肩に、黒い牙が迫る。

その時、ンボンガの巨大な手が真上から降りてきて、クモの胴をわしづかみにした。力まかせにマリオンから引き剝《は》がし、高々と持ち上げる。クモは残った六本の脚をじたばたさせてもがいたが、力の差は歴然としていた。

怒りに燃えるンボンガには容赦がなかった。強大な握力を発揮し、クモの胴を一瞬で握り潰《つぶ》す。生卵を潰したかのように、指の間から黄色い粘液がぶしゅっと噴出する。ンボンガは原形を留《とど》めていないクモを忌まわしそうに投げ捨てると、汚れた手を脇腹でぬぐい、倒れているマリオンを覗《のぞ》きこんだ。アランたちはぞっとした。マリオンを撃たなくて正解だった。ンボンガを怒らせたら、自分たちもああなるのだ……。

「マリオン！　だいじょうぶ⁉」

アネットが起き上がり、マリオンに駆け寄った。少女は痛みに耐えながら上半身を起こした。左肩を見つめ、しまった、という表情を浮かべている。

「その傷⁉」

アネットは蒼白《そうはく》になった。マリオンの左肩、鎖骨の端あたりに、小さいが深そうな傷がある。チバ・フーフィーの牙が刺さったのだ。

「毒が入ったかもしれません」マリオンは落ち着いていた。「吸い出してもらえます？」

アネットは少しもためらわなかった。アランたちに「救急箱を！」と怒鳴ると、吸血鬼のように少女の肩にむしゃぶりつき、傷口から血を吸った。少し吸っては、唾《つば》といっしょに草の上に吐き出す。それを何度も何度も繰り返した。

「そんなところでいいです」

二十数回目で、マリオンは止めた。傷口近くの毒はすべて吸い出されたはずだ。だが、毒の一部はすでに血流に乗って全身に回っているかもしれない。

アネットは傷口をオキシドールで消毒し、抗生物質の軟膏《なんこう》をすりこんで包帯を巻いた。一連の作業を、二人の男はじっと見つめていた。ンボンガは何もできず、苛立《いらだ》っておろおろしているようだった。しかし、アネットを邪魔してはいけないということは分かるらしく、おとなしく眺めている。

「慣れた手つきですね？」

不安を押し殺して、マリオンは無理に微笑んでみせた。包帯を巻きながら、アネットは答える。

「大学で救急医療の基礎は学んだわ。クモ毒の治療は初めてだけど」

「お医者さんだったんですか？」

「専門は航空医学」

「航空医学？」

「パイロットの健康を管理したり、低い気圧や加速度が人体に与える影響を研究する仕事よ」

「恋人がパイロットだったって言ってましたよね。仕事で知り合ったんですか？」

「まあね」

「そんな人が、どういうきっかけでこの仕事を？」

「ごめん、今はそんな話ができる心境じゃない」

応急処置が終わった後、マリオンは大事を取ってテントの中に寝かされ、しばらく安静にしていることになった。案の定、クモに噛《か》まれて一時間ほどすると、顔が赤らみ、大量の汗をかきはじめた。熱が出てきている。

「どうしてでしょうね。急にこわくなってきました」

マリオンは苦笑する。不安感も神経毒の症状のひとつだ。アネットは「心配ないわ」と言って、優しく手を握った。

「痛みは？」

「身体のあちこちが少しずきずきします」

「我慢できないようなら言ってね。鎮痛剤を投与するから」

だが幸い、夜になっても、痛みも熱もそんなにひどくならなかった。どうやら軽い症状だけで済みそうだ。

その夜、マリオンが眠りに落ちるまで、アネットはずっと手を握り続けていた。

8　明かされた真相

アランに起こされたのは、夜明け前のまだ薄暗い時刻だった。

「支度しろ。出かけるぞ」

アネットは眠い眼をこすって、テントから顔を出した。昨夜はマリオンの看病で、添い寝していたのだ。

「出かける？　今から？」

「そうだ。その娘が寝ている間に片づける」

見ると、ジムもすでに起きていて、テルミット焼夷《しょうい》弾の入ったケースを背中に担いでいた。

アネットは振り返ってマリオンを見た。すやすやと眠っているようだ。表情は穏やかだし、もう汗もかいていない。額に手を当ててみると、熱も下がっていた。

「昨日、何とかアレに近づけまいと説得してたんだが、うまくいかなかった。どうしても人工衛星を見たがってな」アランは小声で説明した。「だから今は千載一遇のチャンスだ。ここから方位二八〇度、二マイル。方位と距離は分かっているから、迷いはしない。眠っている間にすべてを終わらせれば……」

「冗談でしょ？　病人を置いていけないわ」

「もう放っておいても治るだろう。それに見張りならいる」

アランはンボンガを指差した。近くの樹の向こうに小山のように横たわっており、ぐうぐうと人間のようないびきをかいている。

「あれなら猛獣も近づくまい」

「それはそうだけど……」

「彼女を助けたいんだろう？　よく考えろ」

アランはしゃがみこんだ。アネットの耳に口を近づけ、誘惑するような口調でささやく。

「……アレを見てしまったら、殺さなくてはならないんだぞ？」

その言葉に、アネットは動揺した。

「……あなたたちだけで行ってきて」

「それでいいのか？　君は何のためにここまで来た？　何のために志願した？」

「…………」

「本当なら、これは医学者がやるような任務じゃない。怪獣のうようよいるジャングルの探検なんて――ごねたのは君だろう？　どうしても自分の手で決着をつけたいと言って」

「そうね……」

アネットは思い出した。なぜ故国を遠く離れ、こんなところまで来なければならなかったのか。なぜ他の人間にまかせることができなかったのか。単にフランス語が堪能《たんのう》というだけの理由で志願したのではない。自分がやらなくてはならないと決意したからではないのか。

すべてを自分の手で終わらせると。

「分かったわ……」彼女は音を立てないようにテントから抜け出した。「行きましょう」

その会話を、マリオンは夢うつつの中で聞いていた。目覚めてはいたが、まだ完全に覚醒《かくせい》してはおらず、夢と現実のはざまをさまよっていたのだ。

アネットとアランが話しているのは、ぼんやりと聞こえた。だが、何を言っているのかは分からなかった。小さくて聞こえにくいこともあるが、自分の知っている言葉ではないようにも思える。

まあいい。もっと眠ろう。

何か太い棒のようなもので、脇腹を何度も軽く小突かれて目を覚ました。

「うん……ふう……」

マリオンは可愛らしく身をよじり、いやいや眼を開いた。テントの垂れ幕が持ち上がり、ンボンガが覗きこんでいた。手をテントの中に突っこみ、人間の腕ほどの太さがある指で、マリオンをつついていたのだ。

「うん……やめて、くすぐったい」

マリオンは笑いながら、優しく指を押しのけた。ンボンガは今度は彼女の顔に指を這《は》わせた。乱れた金髪を指先でそっとかき上げ、頬や額を撫《な》で回す。

「心配してくれたの？」

マリオンは巨大な指に頬ずりし、先住民語で語りかけた。甘えるような声だ。

「もう平気よ。すっかり良くなった」

ひと晩ぐっすり寝て、体調は驚くほどに回復していた。少しだるさが残っている程度で、ほとんど気にならない。体内に入った毒は少なく、眠っている間に分解されてしまったのだろう。アネットが毒を吸い出してくれたおかげだ。

「そうだ。アネットさんは？」

マリオンはテントから出て、周囲を見回した。アネットたちの姿は見えない。ぴんときて荷物を調べてみると、テルミット焼夷弾がなくなっていることに気がついた。

「……そんなに見られたくないのかな」

マリオンは首を傾げる。軍事機密だか何だか知らないが、アランたちは杓子《しゃくし》定規に考えすぎなのではないか。彼女は米ソの冷戦になど興味はないし、秘密を知りたいわけでもない。ただ純粋に、人工衛星というやつを見てみたいだけなのだ。宇宙から帰ってきた機械。ロマンチックではないか。

「でも、ちゃんと着けたのかな?」

それも心配だった。アランたちには話していないことがあった。この森の下には磁鉄鉱の鉱脈があるのだ。

鉄が採れると知られたら、この森が開発されるかもしれないと思い、黙っていたのだ。だが、ところどころに露出した磁鉄鉱のせいで、場所によっては磁石の針が微妙に狂う。せいぜい一〇度ほどのずれなので気がつかないことが多いが、方位磁石を頼りに二八〇度の方向に進んでも、人工衛星のある場所にはたどり着けないかもしれない。

「迷ってるかもしれないな」

だとしたら、先に人工衛星の場所を見つけ、教えてあげるのが親切というものかもしれない。

軽くその場で跳ねてみる。宙に向かってパンチを放ち、高くキックも繰り出す。体力が落ちている様子はない。これなら追いかけられるだろう。

まず方角を確認しなくては。

「ギネー・ダ」

マリオンはンボンガの手に乗って指示した。ンボンガは彼女を高く放り投げる。少女はロケットのように垂直上昇し、その頂点で梢《こずえ》につかまって、ぶら下がった。昨日、双眼鏡で観察した方角を見る。

双眼鏡がないので昨日のようにはっきりとは見えなかったが、それでもマリオンの優れた視力は、遠くに白い点を発見した。こうやって途中で何度も肉眼で確認しながら進めば、迷うことはないはずだ。

再び地上のンボンガに声をかけ、彼がこちらを見上げているのを確かめてから、枝を放して落下する。二秒ほどの無重量状態ののち、巨大な手にふんわりとキャッチされる。もう何百回も繰り返してきた遊びで、失敗することはありえない。

マリオンはンボンガの肩によじ登り、パラシュートが見えた方角を指差した。

「ンボンガ、グジル・ギ」

少女を肩に乗せ、ンボンガはゆっくりとナックルウォークで前進をはじめた。

途中、何度か「ロケット打ち上げ」をやって、パラシュートの方向を確認した。一時間もかからずに、パラシュートまで八〇〇メートルほどの距離に近づいた。

マリオンは考えた。ここから先、ンボンガを連れていくのはまずい。彼女としては、すでにアネットたちが衛星を発見しているなら、作業の邪魔をしないよう、樹の蔭《かげ》からでもこっそり覗《のぞ》き見るつもりだった。ンボンガがいっしょだとそうはいかない。接近してくる音に気づかれ、邪魔されるだろう。

ンボンガの背中から滑り降りると、マリオンはここでしばらく待つように言った。ンボンガは軽く頭を下げ、承諾したことを示した。言葉は喋《しゃべ》れないが、理解はできるので、マリオンとの意思の疎通には何の支障もない。こうして別行動を取るのも、よくあることだ。

マリオンはンボンガと別れると、ジャングルの中を一人で進んだ。たいして不安はなかった。これぐらいの距離なら、猛獣や怪物に出くわす確率はきわめて低い。たとえ出くわしても、マチェーテがあればどうにかなる。昨日はチバ・フーフィーに不覚を取ったが、同じミスは繰り返さない自信があった。

どうしても危険になったらンボンガを呼べばいいだけのことだ。彼女の声は何キロも向こうまで届くので、ンボンガは必ず駆けつけてくる。

森の中を歩くこと十数分、目的の場所に到着した。

「うわあ……」

マリオンは樹を見上げ、小さく声を洩《も》らした。遠くからは小さく見えたパラシュートだが、実際はテントよりも大きかった。それが二つ、高い樹にひっかかっており、そこから長いケーブルが何本もクモの糸のように垂れ下がっている。視線を下ろしてゆくと、その末端にはモスグリーンに塗装されたカプセルがあった。

何となく両腕で抱えられるぐらいのサイズを想像していたのだが、実際はそれよりはるかに大きかった。釣鐘型をしていて、高さはマリオンの身長を上回る。アカ族の家より大きいのだ。猛烈な速度で地上に激突したらしく、底の方は地中に何十センチもめりこんでいた。激突のショックで、カプセル全体がぱっくりと左右に割れている。落下してから何日も経っているため、すでにジャングルの植物が侵略を開始しており、全体に細い蔓《つる》がからみついていた。数ヶ月もすれば、完全に植物に埋もれてしまうに違いない。

周囲を見回すが、アネットたちの姿はない。やはりまだ迷っているのか。マリオンはそろそろとカプセルに近づいていった。

「こんなに大きいものだったのね……」

生まれて初めて目にする現代の宇宙工学の結晶に、マリオンはわくわくしていた。飛行機が空を飛ぶというだけでも信じがたいことなのに、こんな金属のかたまりを宇宙にまで打ち上げられたというのは驚きだ。

外壁には焦げた跡があった。ロケットか何かが火を噴いたのだろうか、とマリオンは不思議に思った。彼女は知らなかったが、それはカプセルが大気圏に突入した際に生じた空力加熱によるものだ。

割れ目から中を覗きこむ。内壁一面に複雑そうな機械が埋めこまれているのが見えた。パイロットランプ、メーター、トグルスイッチ、レバー、ボタン、ダイヤル……マリオンの目には前衛芸術のように見える奇妙なものの数々。裂けた壁の断面からは、ちぎれたケーブルが垂れ下がっている。

上から光が差しこんでいた。天窓のように、天井の一部に大きな丸い穴が空いているのだ。ハッチだとしたら蓋《ふた》があったはずだが、見当たらない。雨が吹きこんできたらしく、その縁の金属部品はすでに錆《さ》びはじめていた。

さらに奥を覗きこんで、マリオンはぎょっとした。

座席がある。それも三つ。小さい空間の中に強引に詰めこまれた印象だ。手前の一つは空だったが、奥の二つには何かがあった。シートの上にぼろ布のようなものが積み重なっている。

さらに目を凝らしたマリオンは、布の上に白い破片を発見した。衝撃で砕けてはいるが、間違いない。人間の頭蓋骨《ずがいこつ》だ。

混乱し、頭がぼうっとなった。どうなっている？　これは無人の偵察衛星ではなかったのか？　どうして人が乗っている……？

「動くな！」

アランの声がした。はっとして振り返る。カプセルを観察するのに夢中で気がつかなかったが、いつの間にか三人が一〇メートルほどの距離まで近づいてきていた。ジムはライフルを構え、こちらに狙いをつけていた。その後ろでは、アネットが蒼白《そうはく》な顔をしていた。

「大声を出すな」アランは自分も銃を持ち、冷たい声で警告した。「あのゴリラを呼ぼうとしたら、即座に射殺する」

マリオンはわけが分からず、思わず何歩か後ずさった。背中が樹にぶつかり、それ以上は下がれなくなる。逃げようとは思わなかった。身の軽さには自信はあるが、二丁の銃から逃れられると思うほど自信過剰ではない。特にゾウをも殺せるウェザビー・マークVの弾丸は、かすっただけでも重傷を負うだろう。

「どうして……?」

ふと横を見た彼女は、それまで見えなかったカプセルの背面を目にした。モスグリーンの表面に白い文字がペイントされていた。部分的に焼け焦げているうえ、一部は細い蔓に隠されているが、それでも四文字のキリル文字は容易に読みとれた。

〈CCCP〉

マリオンは呆然《ぼうぜん》となった。「アメリカのじゃない……」

「そうとも」アランは誇らしげに言った。「偵察衛星なんかじゃない。それはゾンド4号――我がソビエト社会主義共和国連邦の打ち上げた有人宇宙船の再突入モジュールだ」

9　還ってきた男

一九六八年三月二日、三人の宇宙飛行士を乗せたソユーズ7K—L1型宇宙船が、ソビエトのバイコヌール宇宙基地からプロトンロケットによって打ち上げられ、月へと向かう長い楕円《だえん》軌道に乗った。

その任務は月を半周し、地球からは見えない月の裏側を撮影して、帰還すること。帰還時には「大気圏水切り飛行」を行なう。水面に低い角度で投げた石が水面をスキップするように、大気圏に浅い角度で突入して何度もバウンドを繰り返し、地球を何度も周回しながら速度を殺してゆくというものだ。

飛行はすべてプログラムされており、発射から軌道修正、再突入に至るまで、すべて自動的に行なわれる。人が乗っていなくても可能なのだ。にもかかわらず飛行士が搭乗しているのは、後に控えている有人月着陸のための、最初の予行だからだ。

人間が月軌道にまで到達することが可能であることが証明されたなら、次のソユーズはやはり三人の飛行士を乗せ、月を周回する軌道に乗せる。着陸予定地点を上空から探査するとともに、月の上空で着陸船の切り離しとドッキングの実験を行なうのだ。それにも成功すれば、いよいよ本番の月着陸だ。これはアメリカの月計画を半年以上もリードしていることになる。スケジュールが順調に進めば、今年中か来年早々には、ソビエトの飛行士が人類として初めて月の土を踏むはずだった。

ソビエト政府上層部と関係者以外には、この宇宙船の目的は伏せられ、飛行士が乗っていることも隠されていた。宇宙船の名は「ゾンド4号」と発表された。一九六四年に打ち上げられたゾンド1号は金星探査機、同年のゾンド2号は火星探査機、六五年のゾンド3号は月探査機で、今度も無人探査機であるかのように見せかけられたのだ。通信も他国に傍受されないよう、暗号化されたシグナルでやり取りされた。これはアメリカに手の内を明かさないためと、事故が起きた時にそれを隠蔽《いんぺい》するためだった。

これまでソ連の宇宙開発では、何度も大きな事故が起きている。ソユーズの試験機である無人機コスモス133は、軌道上で姿勢制御を失い、中国に墜落しそうになったので空中で爆破された。その次に打ち上げられる予定だった同型機は、発射台上で爆発した。コスモス140は再突入に失敗して燃え上がり、アラル海に落下した。コスモス146は月への軌道に乗ったが、帰還しなかった。前年の四月には、有人宇宙船ソユーズ1号が再突入に失敗し、ウラル地方のオルスクという都市の郊外に墜落、搭乗していたウラジミール・コマロフ飛行士は地表に激突した衝撃で死亡している。

今回の月周回飛行計画も、アメリカに先を越されないよう強引に進められたので、失敗の可能性がおおいにあった。そのため、秘密に行なわれることになったのだ。月周回飛行が無事成功したら、三人の飛行士が乗っていたという事実は大々的に発表される予定だった。地球に帰還した彼らは、国民的英雄として迎えられただろう。

幸い、ゾンド4号は無事に打ち上げられ、月への軌道に乗った。だが、誰も予想していなかった悲劇が彼らを見舞った。

地球を覆うバン・アレン帯を抜けた直後、何者かが密閉された宇宙船内に侵入してきたのだ。その直前、わずかな空気の漏出が報告されている。おそらくバン・アレン帯に棲息《せいそく》する小さな未知の生物が、帰還モジュールに付着し、気圧調整弁（本来なら地球に帰還した際、高度四〇〇〇メートルに降下するまで開くはずのないものだった）を何らかの方法でくぐり抜け、もぐりこんできたのだろう。

その後に何が起きたか、地上のステーションでは正確に把握できなかった。暗号通信の内容が混乱していたからだ。最初はヤミール・ドブロボリスキー飛行士が苦しみだしたとのことだった。続いて、「何かが彼の中にいる」という謎めいたメッセージ。その後は、「くそ」「こいつをどうすればいい」「腸が」「みんな殺される」「ここから出してくれ」という断片的なメッセージが相次いで送られてきた。地上からの呼びかけにもまともに応じない。

非常事態であるにもかかわらず、上層部は映像や音声による通信を禁じた。西側に傍受されると事件が発覚してしまうからだ。そのため、何が起きているのか、地上では把握できなかった。だが、恐ろしい惨劇が進行しているのは確かなようだ。狭いカプセルの中にはどこにも逃げ場がない。常に冷静沈着を要求される飛行士たちでさえ、恐怖に耐えられず、パニックに陥ったようだ。

メッセージの数はしだいに少なくなり、ゾンド4号が月の背後に隠れる頃には、完全に沈黙していた。飛行士の体調をモニターしていたシグナルも途絶えた。身体に接続していたケーブルがひきちぎられたのか——それとも死んだのか。

地上の人々はすでに絶望していた。もう謎の生物に全員殺されたものと思いこんでいたのだ。だから、月の裏側から戻ってきた宇宙船が地球に近づいてきた時、再びゾンド4号から通信が送られてきたので驚いた。死んだと思われていたヤミール・ドブロボリスキーからだ。

〈イリヤとグレゴリーは死んだ〉

暗号通信はそう伝えてきた。

〈僕も死んだも同然だ。この肉体は僕のものじゃない。こいつに乗っ取られたんだ。神経の末端まで寄生され、内側から蝕《むしば》まれている。痛みは激しい。こうして通信を送るのにも、全力を振り絞らなくてはならない〉

〈大事なことだから記録してくれ。警戒しろ。こいつは宇宙空間に棲息する生命体だ。普通の細胞でできていない。イオンとかプラズマとか、何かそういうものでできている。宇宙空間を自由に飛び回り、真空にも強い太陽光にも耐えられ、有害な放射線を食らって生きる、まさに不死身の生命体。たった一匹で、何万年も宇宙で生きてきたんだ〉

〈こいつには人間ほど高い知能はない。感情もない。だが本能はあるし、強い意志もある。いくらかは考える能力もある。今の僕はそれを感じる。こいつは生存圏を拡大したいんだ。こいつが何を望んでいるのか、何をやろうとしているのかが分かる。こいつは生存圏を拡大したいんだ。生物としての根源的な欲求だ。だからずっと、地球を狙ってきた。放射線しか食うものがない貧しい宇宙に比べ、地球は豊かで、ごちそうの山に見えたはずだ〉

〈なのになぜ、これまで地球に降りてこなかったのか？　大気圏突入の熱に耐えられないということもある。だが、こいつが最も嫌っているのは重力なんだ。重力のない世界で進化してきたから、重力のある地上では生きられない。地球の重力にじかにさらされると分解してしまうだろう。それほど脆弱《ぜいじゃく》な生命体なんだ。こいつは本能的にそれを知っているんだ〉

〈だからこいつは、熱に耐えられるカプセルと、重力に耐えられる肉体を望んだ。そして地球人が打ち上げはじめた宇宙船に目をつけた。知能は低くても、宇宙船が高熱に耐えられることや、中に生物が乗っていることを見抜いたんだ。そして、相対速度を合わせてカプセルに取り付き、中の生物に襲いかかった〉

〈人間が宇宙に行くのに宇宙服を着るように、こいつは地球に行くための宇宙服として僕を利用しようとしている。僕の肉体に同化したことによって、重力に耐えられるようになったんだ。そして、地球上で成長しようとしている〉

〈そんなことはさせない。僕は必ずこいつを殺す〉

〈最初はハッチを開放しようかと思った。だが、そんなことをしても僕が死ぬだけだ。こいつは生き残って、また次の宇宙船を狙うだろう。こいつは確実に殺さなくてはいけないんだ〉

〈こいつの最大の弱点は重力だ。僕はさっき、メインパラシュートの開傘装置をどうにか破壊した。ドローグシュートは自動的に開くが、メインパラシュートは開かない。カ

プセルは高速で地表に激突する。三〇〇G以上の衝撃が瞬間的にかかって、僕は絶命するだろう。コマロフのように〉

〈こいつは僕に同化している。宇宙服である僕の肉体が壊れれば、こいつも地球の環境に耐えられずに死ぬ。地球は救われるはずだ。だが、安心するな。こいつの同類がまだ宇宙にいるかもしれない。次の宇宙船が飛び立つのを狙っているかもしれない。二度と同じことが起きないよう、対策を立ててくれ。僕たちの犠牲を無駄にしないでくれ〉

　大気圏突入寸前に送られてきた最後のメッセージは、恋人に宛てたものだった。そこには愛する人への想いがせっせと綴《つづ》られていた。

〈誰も恨まないでくれ。こんなことにはなったが、僕は後悔していない。これは僕が選んだ道なんだから〉

　メッセージはそう結ばれていた。

　その直後、ゾンド4号はプログラムされた通り、後ろにドッキングしていた機械モジュールを自動的に切り離し、大気圏水切り飛行に突入した。通信は途絶した。

　再突入モジュールは赤道に垂直に、北極上空と南極上空を結ぶ軌道を回りながら、浅い角度で大気圏突入を繰り返した。だが、予定通りにソビエト領内には降りられなかった。アフリカ上空で一気に速度が落ち、このコンゴ共和国のリクアラ地方に落下したのだ。

「……そのヤミールという人が、あなたの恋人？」

マリオンはささやき声で訊《たず》ねた。パラシュートのロープを使って、後ろ手に縛り上げられ、カプセルから少し離れたところに転がされている。足首も縛られていて、立ち上がることができない。ンボンガを呼ぼうとしたら殺すと脅されているので、大きな声を出すこともできなかった。ジムはずっと彼女の横に立っていて、ライフルを手から離さないのだ。

「ええ」アネットはロープの結び目を確認しながら、悲しげにうなずいた。「彼は宇宙飛行士に志願した空軍パイロットで、私は彼の担当の医師だった……」

「ここまで来たのは、彼の骨を拾いに？」

「それもある。でも、彼が未知の宇宙生物に寄生されたというのが本当なら、その死体は専門家がちゃんと調べて、必要なら組織のサンプルを回収しなくちゃいけない。その生物が完全に死んだことを確認するためにね。それは私がやるべき仕事だと思ったの」

「だが、こんなことになってるとは予想外だった」ハッチからカプセルの中にもぐりこんでいたアランが、不愉快そうに言った。「ヤミールは脱出したようだ」

その言葉はロシア語だったので、マリオンには理解できなかった。

「何て言ってるの？」

「ヤミールは脱出したらしいの」

「脱出？」

「ソユーズの再突入モジュールは小さいから、飛行士は宇宙服を着ずに乗ってるの。でも、万一に備えて、パラシュートは装着しておくことになってる。再突入時にカプセルのメインパラシュートが開かなかったら、それで飛び降りるのよ。ガガーリン以来の伝統でね」

「おい、喋《しゃべ》りすぎだ」と、ジムが注意する。

「ああ、そうだったわね」

一九六一年、ボストーク1号で人類として初めて宇宙を飛んだユーリイ・ガガーリンは、公式にはカプセルに乗ったまま無事着陸したことになっている。だが、実際にはボストーク1号には安全な速度まで減速する能力がなかった。そのため、ガガーリンは高度七〇〇〇メートルでカプセルから脱出し、パラシュートで降下したのだ。この話はまだ世間には公表されていない。これもまた、ソビエトの宇宙開発史の中で、隠された事実のひとつだ。

「別にいいだろ。もうずいぶん知られちまったんだから」

アランはハッチから顔を突き出し、おどけた口調で言った。今や礼儀正しい科学者の仮面を脱ぎ捨て、ごろつきのような口調になっている。

「爆発ボルトが作動して、ハッチが吹き飛ばされてる。明らかに誰かが緊急開放レバーを操作したんだ。そして、中にはヤミールの死体がない。ここから導かれる結論はひとつ……」

「奴はビビッたんだ」ジムが嘲笑《あざわら》う。「自殺を決意したくせに、寸前になって、死ぬのがこわくなったんだ。まったく、とんだ臆病者《おくびょう》だったな！」

アネットは顔を歪《ゆが》めた。「彼をそんな風に言うのはやめて！」

「だが、事実だろう？」

「…………」

「こっちは奴のことを、命を投げ出して人類を救った英雄だと思っていたのに……騙《だま》された気分だぜ！」

アネットは反論できず、沈黙した。

アランはカプセルから這《は》い出してくると、ガラクタのようなものが詰まった布袋を地面に投げ出し、「カメラは衝撃で壊れてる」と報告した。

「月の裏側の写真はおしゃかだな。まあ、撮っている余裕もなかったと思うが――ブラックボックスは原形を留《とど》めてるが、記録されてるかどうか……あと、小さな私物がいくつかあった程度だ」

「じゃあ、後はカプセルを処分すりゃいいんだな？」とジム。

「ああ。しかし、ヤミールが生きている可能性があるのが厄介だな。しかも、生物に寄生されて、凶暴化している可能性がある」

「凶暴化？」とアネット。

「イリヤとグレゴリーの死体を見てきた。服はずたずた、肉は見当たらないし、骨も一部しか残ってない。あれは明らかに、単なる衝突の衝撃じゃない」

彼は一拍置いて言った。

「食われたんだ――まだ宇宙にいる間に」

アネットとジムの顔は、恐怖でこわばった。

彼らのロシア語の会話は、マリオンには理解できなかった。だが、彼らの顔色から、ただごとではないことは理解できた。

「……殺さないとな」ジムがライフルを頼もしそうにさすりながら言う。「でかい怪獣ならともかく、人間ならこれで仕留められる」

アネットはどう受け止めていいか分からなかった。ヤミールの悲劇的な死は、もう事実として受け入れたつもりだった。彼の笑顔は二度と見ることはできないのだと――だが、今になって、彼が生きている可能性が出てきた。しかも、人を食らう恐ろしい怪物として……。

彼女が苦しげに唇を嚙《か》みしめているのを見て、ジムはまた嘲笑った。

「まさか止めないよな？　あんただって、フィアンセの醜い姿なんて見たくないはずだ」

「……ええ」アネットはか細い声で返事した。

「しかし、まずこいつを始末しなくちゃな」

アランはそう言って、ゾンド4号の外壁をぱんと叩《たた》いた。

「爆弾を出してくれ」

言われたジムが、地面に置いておいたケースを開き、防水用のビニールの梱包《こんぽう》を破って、ずっしりと重いテルミット焼夷《しょうい》弾を取り出した。アランはそれを受け取り、割れたカプセルの裂け目に置いた。

慣れた手つきで、一連の作業を行なう。まず、スイッチ類を厳重に保護していた金属のカバーをはずし、起爆装置の回路を遮断していた小さなプラスチック板を引き抜いた。次に赤いレバーを九〇度ひねり、安全装置を解除する。これで後はボタンを押すだけだ。タイマーが作動し、一分後に爆発が起きる。この位置で爆発させれば、カプセル内部のものは完全に溶けて消滅し、人が乗っていた証拠はなくなるはずだ。

作業を終えたアランは振り返り、ジムに命じた。

「念のために、その娘に猿ぐつわを嚙ませろ。悲鳴を上げられるとまずい」

「猿ぐつわに使う布がない」とジム。

「あるだろう。どこかそこらに」

「ああ」地面に横たわってもがいているマリオンの肢体を見下ろし、ジムはいやらしい笑みを浮かべた。「確かにあった」

彼はマリオンに襲いかかると、強引にシャツを脱がせはじめた。

「ちょっと……！」

アネットが抗議しようとするが、ジムは「黙ってろ！」と激しく怒鳴りつける。その勢いに押され、アネットは口ごもる。

マリオンは抵抗したが、無駄だった。シャツが男の怪力で引き裂かれ、むしり取られた。胸があらわになる。ジムは汗にまみれたシャツをさらに大きく裂くと、一部を丸めて彼女の口に押しこんだ。残りは口の上から覆面のように巻きつけ、首の後ろで縛る。これでマリオンはうめき声しか出せなくなった。

「終わったぜ」

「よし、こっちに連れてこい」

アランが命じる。ジムはマリオンを後ろから抱いて、軽々と抱え上げた。じたばたともがくのにもかまわず、カプセルの近くに運んでゆく。

アネットは蒼白《そうはく》になった。「何をするの⁉」

「何をするの?」アランは面白そうに、彼女の言葉を繰り返した。「見て分からないのか?」

分かっている――アランたちがマリオンに何をしようとしているか気づいたから、アネットは恐怖に襲われたのだ。

彼らはマリオンをカプセルの中に放りこみ、他の証拠といっしょに燃やしてしまう気なのだ。

「これ以上の手があるか?」アランは畳みかけた。「この爆弾を使えば、骨のひとかけらさえ残らない。この娘が姿を消したって、ジャングルのどこかで猛獣に襲われたか、沼で溺《おぼ》れたかしたと思われるだけだ。誰も不審に思わない……」

「彼女は……私の命の恩人よ！」

アネットの懸命の訴えを、アランは「それがどうした」と、冷たくはねのけた。

「この一件すべてを闇に葬ること──それが俺たちに課せられた任務だ。秘密を知ってしまった者は処分するしかない」

「そんなのは人の道に反してる！」

「人の道？」アランはせせら笑った。「これだから素人は……」

「だって──」

「いいか。あんたのように中央でのうのうと生きてきたお嬢様には分からんだろうが、俺たちはずっと、KGB（ソ連国家保安委員会）の下で、こういうダーティな仕事をやってきたんだ。国家の脅威になる人間を始末したことも何度もある。こんなのは日常茶飯事だ」

「でも──」

反論しようとするアネットを、アランは「黙れ！」と、うるさそうにさえぎった。

「そりゃあ、あんたの目には俺たちは悪党に見えるだろうさ！　だがな、俺たちのような人間が手を汚し、血を流して、底辺で国を支えているからこそ、あんたらエリートは裕福な暮らしができるんだ！　覚えておけ！」

今や仮面を脱ぎ捨てたアランの視線には、はっきりと憎悪がこもっていた。その激しさに、アネットはショックを受けた。ずっといっしょに旅をしてきたというのに、彼がどんな感情を秘めていたか、自分をどんな目で見ていたかに、まったく気がついていなかった。

確かに自分たち科学者は、ソビエトの現実から目をそむけている。無数の流血や不正や弾圧が国を支えているという事実を知りながら、そんなものはないかのように振る舞っている。少しでも国家に反逆する態度を見せたら、シベリア送りになるからだ。実際、ソビエトの宇宙開発の中心人物で、世界初の人工衛星スプートニクや世界初の有人宇宙船ボストークを開発したセルゲイ・コロリョフでさえ、一九三八年から数年間、シベリアの強制収容所に送られていた過去がある。研究者仲間からの偽りの告発によるものだった。

他にもアネットはそうした事例をいくつも耳にしている。特に宇宙開発は極秘分野なので、秘密警察の監視の目もきびしい。少しでも疑いをかけられないよう、常に清く正しく振る舞い、国家への絶対的な忠誠を誓っているふりをしなくてはならない……。

だが、そんなアネットたちの姿が、アランのような底辺にいる人間からすれば、現実を知らず、国家の庇護《ひご》の下で安楽な暮らしを満喫している、唾棄《だき》すべき人種に見えるのだろう。

二人が言い争っている間、ジムに抱き上げられているマリオンは、必死に抵抗していた。縛られているので殴ったりひっかいたりはできないが、脚を振り回し、踵《かかと》を何度も何度も叩きつけている。だが、ちっとも急所には当たらず、屈強なジムにはたいしてダメージになっていない。それどころか、裸の娘が腕の中で暴れているので、すっかり楽しんでいた。

「なあ、始末する前に、少し楽しんでもいいかな？」

アランは振り返り、「ああ、いいぜ」と、小銭の貸し借りをするような軽い口調で答えた。そんなことは当然という口ぶりに、アネットはさらにショックを受けた。

ジムはもがくマリオンを地面に下ろし、草の上に押し倒した。

「やめなさい！」アネットが金切り声を上げた。「そんなことが許されると思ってるの!?」

「許される、だって？」嫌がるマリオンの胸を乱暴に揉《も》みしだきながら、ジムは楽しそうに言い返した。「誰が許さないってんだ？　警察か？　裁判所？」

「その通りだ」アランもにやにや笑って同意する。「あの野蛮な先住民たちを見ただろう？　ここは法律もモラルも存在しない土地だ。警察も国家も存在しない。何をしようが罰せられることなんかない。自由なんだ」

「そんな……」

「それに、この娘はどっちみち殺すんだ。少しぐらい罪を上乗せしたって、たいして違いはあるまい？」

「それは……違う！」

アネットは激しい怒りに苛《さいな》まれた。確かにマリオンや先住民たちは、文明社会のモラルには従っていない。アネットの目には不快に映る部分もある。だが、彼らなりのモラルに従い、正しく平和に生きていることは見てきた。少なくとも、国家の機密のために個人の生命を踏みにじるような思想は、ここにはない。

焚《た》き火の明かりの中で、楽しく踊っている先住民たちの姿が、脳裏にフラッシュバックする。彼らと今のアランたちを見比べてみれば、どちらが「野蛮」かは明白だ。

「ここには私がいる！」アネットは食ってかかった。「私のモラルが許さない！」

「はっ！　くだらんな」

そう吐き捨てると、アランは銃をアネットに向けた。銀色の銃口を見て、燃え上がりかけていたアネットの激情が、一気に冷えた。

「……正気なの？」

「ああ、正気さ」アランは自慢そうに微笑んだ。「完全に論理的な結論だ。考えてみろ。帰りはあのゴリラの助けなしに道を戻らなくちゃならないんだぞ？　行きの何倍も苦しい旅になるのは目に見えてる。下手すりゃ途中で野垂れ死にだ」

そこまで言ってから、少し間をおいて、怯《おび》えるアネットの表情を楽しそうに観察する。

「……生き残る確率を少しでも上げるには、足手まといは切り捨てなくちゃな」

「……人非人」アネットの声は絶望でかすれていた。「あんたは人間の屑《くず》よ……」

「何とでも言え。屑でも、俺は生きていたい」

ちらっと横目でジムたちの方を見る。彼はマリオンの腰布に手をかけ、ずり下ろそうとしていたが、彼女が猛獣のように暴れるので手こずっていた。マリオンは悲鳴を上げようとしているが、猿ぐつわを嚙《か》まされているので、うーうーというくぐもった声しか出せない。

「そうだな。あんたも始末する前に楽しませてもらうとするか──服を脱げ」

「嫌よ」

「あんたの意思は聞いてない」

アランは銃を手にしたまま、ぶらぶらと近づいてきた。その瞬間、アネットは悟った。彼の言う通り、ここには警察などない。悲鳴を上げても無駄だ。誰も助けてなどくれない。自分の身は自分で守るしかないのだ。

自分一人なら絶望していたかもしれない。しかし、マリオンがいる。自分が行動を起こさなければ、彼女も助からない。自分を助けるために巨大グモと戦ってくれた勇気ある娘。彼女を死なせるわけにはいかない──そう思った瞬間、やけくその勇気が湧いてきた。

恐怖のあまり硬直したような演技をしているアネットに、アランは不用意に詰め寄ってきた。服を脱がそうと、左手で彼女の服の胸のボタンに手をかける。その瞬間、銃口がわずかに彼女の頭からそれた。

アネットはその右手につかみかかった。全力をこめて腕をねじり上げ、銃口を空に向ける。突然の反撃に、アランはバランスを崩した。二人はもつれ合って草の上に転がる。同時に、銃が暴発した。

マリオンの上に覆いかぶさっていたジムは、驚いて上半身を起こした。アランとアネットが転がって格闘しているのが見えた。力はアランの方が上のはずだが、アネットも必死だ。全体重を彼の右腕に乗せて押さえこみ、何とか銃を奪い取ろうとしている。

「この！」

アランは怒声を上げた。また銃が発射されるが、腕を地面に押しつけられているので、アネットには当たらない。弾丸は近くの樹の幹に当たってはぜた。

ジムはマリオンを放り出して駆け寄った。アネットを羽交い締めにして引き離す。アランもよろよろと立ち上がった。憎しみのこもった眼でアネットをにらみつける。

「やりやがったな！」

そう言うと、アネットの頰に何度も平手打ちを見舞った。彼女は羽交い締めにされているので逃げられない。打たれるたびに頭が激しく振れ、髪が乱れた。

アネットは苦痛に涙を流した。誰かに殴られるなど、生まれて初めての体験だった。劇や映画では見たことのある平手打ちが、これほど痛いとは夢にも思わなかった。

それでもアランの怒りは収まらない。平手打ちでは満足できず、拳《こぶし》を大きく振り上げ、パンチを見舞おうとする。激痛を覚悟し、アネットは眼を閉じた。

その時——

「何だ、あれ？」

ジムが最初に気づいた。アランもはっとして見回した。

鳥が騒いでいる——さっきまでもずっと鳴き続けていたのだが、今は明らかに平凡なさえずりとは違い、ぎゃあぎゃあという興奮した声に変わっている。鳥だけではなく、猿の吼《ほ》える声も聞こえた。それに混じって、茂みが踏みしだかれる音、枝がへし折られる音も聞こえた。

だんだん近づいてくる。

森の中から、何十羽もの鳥が、ぱっと飛び立った。けたたましく鳴きながら、アネットたちの頭上を飛び越えてゆく。近づいてくる何かから逃げているのだ。

「あのゴリラだ！」ジムが怯えた声を上げた。「あいつが来やがった！」

「落ち着け！」アランが叱咤《しった》する。「銃だ！　迎え撃つんだ！」

ジムは羽交い締めにしていたアネットを突き放し、地面に置いていたライフルを手に取った。アランも銃を構える。突き飛ばされたアネットは、地面に這《は》いつくばったまま、恐怖に震えていた。

「逃げた方が……」とジムは体格に似合わぬ弱気な発言をしたが、アランは「バカを言うな」と一蹴《いっしゅう》した。

「あいつの方が足が速い。あっという間に追いつかれるぞ。それより、出会い頭にいきなり撃ちこむ方が確実だ」

違う――と、アネットは直感した。ンボンガじゃない。ンボンガが森の中を歩いていても、鳥や猿たちにこんな恐慌を惹《ひ》き起こしはしなかった。何か別のものだ。その危険性を察知して、動物たちは騒いでいるのだ……。

アッガス・グウェロ・ニィ――その不吉な単語が脳裏によみがえる。先住民が恐れている、ジャングルに棲《す》む危険な悪霊。

「眼だぞ」音のする方に銃を向けながら、アランが緊迫した声でジムに注意した。「眼を狙うんだ。眼さえ潰《つぶ》せばどうにかなる……」

彼らの注意が自分からそれているのに気づき、彼女はそっと起き上がった。腰を低くして、マリオンの方に走る。

それにジムが気づいた。「おい!」と怒鳴り、ライフルを彼女に向ける。アネットはとっさに身を伏せた。ジムが発砲したが、その銃弾はアネットの頭上を飛び越え、マリオンの近くの地面に命中して、土をはじけさせた。

その時、ひときわ大きな音がして、数十メートル離れたところにある小さな樹が押し倒された。それをまたぎ越えて、怪獣の下半身が姿を現わす。上半身は樹々の葉むらに隠されていて、まだよく見えない。

「ゴリラじゃない……」

アランは呆然《ぼうぜん》とつぶやいた。確かに直立二足歩行の生物に違いなく、尻尾《しっぽ》は見当たらない。しかし、脚の構造は類人猿のそれではなく、人間のように細くてまっすぐだった。

何よりも違うのはその表皮だ。毛に覆われておらず、灰色の皮膚が露出している。腹は大食漢のように膨れ上がっており、腰のあたりから腰蓑のように赤い毛が垂れ下がっていた。

持ち上がった足の形を見て、ようやくアランも気づいた。それが二日前、水辺で見た足跡の主であることに。

ジムも慌ててライフルをそちらに向ける。アネットは恐怖のあまり動けなかった。やがて、二本の太い腕で葉をかき分け、そいつが上半身を現わした。

大きかった――直立した身長はンボンガの倍近くある。下半身のプロポーションは人間に似ているが、上半身はまったく違う。胸と肩が異常に肥大し、頭がその中に埋もれているのだ。まるで頭がなく、胸に顔が貼りついているように見える。全体が乾いた粘土を思わせる灰色の醜い外皮で覆われ、無数の亀裂《きれつ》が走っていた。その外皮は何かの分泌物が固まって層になったものらしく、ひび割れの奥には本来の皮膚と思われるピンク色の柔らかそうな層が見えた。腹には縦一文字に深い亀裂がある。さらに、腰、肩、腕のつけねなど、体のあちこちから赤い毛が垂れ下がっていた。

何よりもおぞましいのは、その顔だった。横に大きく裂けた口の上には、神話の単眼巨人《サイクロプス》のように、大きな眼が一個あるきりなのだ。位置がやや右に偏っていることから、左側にもうひとつの眼があったと思われるが、灰色の外皮にかさぶたのように覆われ、確認できない。

だが、アネットを真に恐怖させたのは、顔の前に垂れ下がっている赤い体毛だった。その色に見覚えがあったのだ。認めたくない事実だった。だが、一瞬にして確信した。脳裏に懐かしい顔が浮かぶ。そばかすのある童顔。鮮やかな赤毛――その髪の色が怪獣のそれと重なる。

「ヤミール！」

10 死闘

アネットの叫びは銃声でかき消された。ジムとアランが続けて発砲したのだ。確かに眼を狙ったはずだった。だが、怪獣はそれを予期していたかのように、眼を閉じ、手で顔を覆ったのだ。弾丸は厚い目蓋《まぶた》や手の平に命中する。

ジムの小口径の銃は無力だったが、アランのウェザビー・マグナムは外皮を貫通した。灰色の外皮に空いた穴から、どろりとした粘液が流れ出すのが見えた。怪獣はひるみ、苦悶《くもん》の声を上げた。犬の遠吠《とおぼ》えのような、どこか悲しげな声だった。だが、そこにはかすかに、人間らしい響きが残っていた。

「ああ……」

アネットは呆然となっていた。ショックのあまり身動きもできず、地面に這いつくばって、ただ見上げていることしかできなかった。

あれはヤミールだ。

宇宙生物はヤミールの肉体を乗っ取り、変異させたのだ。地球の環境に耐えるための宇宙服としてだけでなく、より強力な肉体に——地球を乗っ取れるほど強大な力を手に入れることを目論《もくろ》んで。

おそらく全身の細胞を異常増殖させたに違いない。そうやって肉体を巨大に成長させたのだ。その変異と成長のためには、大量の栄養が必要だったのだろう。だから二人の飛行士を殺し、その肉を食らった。パラシュートで地上に降りてからも、ジャングルの動物たちを襲い、たくさん食いまくったに違いない。

見たところMM3はある。ほんの数日でこんなに成長したということは、あと何ヶ月か経ったら、MM8とか9ぐらいのサイズになったとしてもおかしくない。ジャングルの動物を食らいつくし、人里に出てくるようなことがあれば、どれほどの惨事に発展するか見当もつかない。

撃ち尽くしたジムは、すぐに次弾を装塡《そうてん》しようとした。怪獣の動きが鈍ったので、すっかり油断していた。この調子で撃ちまくれば仕留められると思ったのだ。

その時、怪獣——ヤミールは、思いがけない動きを見せた。

上体をそらし、空に向かって咆哮《ほうこう》したかと思うと、その腹が中央から大きく裂けたのだ。腹の中で爆発が起きたかのように、腸が大量に噴出する。長さが二〇メートル以上もある腸は、白いねばねばした糸を引き、空中で蛇のようにのたうった。それが触手のように伸びてきて、ジムの腰にからみつく。

「ひいいいーっ！」

ジムは情けない悲鳴を上げた。慌ててもぎ取ろうとするが、粘液にまみれた腸はしっかりと彼の胴体にへばりついていた。続いて、伸びていたゴムが元に戻るように、すごい勢いで巻き戻される。ジムは倒れ、悲鳴を上げながら地面をひきずられていった。

アネットは信じられない思いでそれを見つめていた。ナマコの中には、敵に襲われると内臓を噴出し、相手にぶつけて行動を阻害するものがあると聞いたことがある。宇宙生物はヤミールの肉体を変異させて、同様の能力を持たせたのか。

怪獣の腹がまたも大きく開き、ジムの上半身をすっぽりとくわえこんだ。両脚だけが宙に突き出し、じたばたもがいている。だが、少しずつ腹の中に飲みこまれていった。

腹がぶよぶよと動き、咀嚼《そしやく》しているのが分かった。

ほんの一〇秒ほどで、ジムの身体は完全に怪獣の体内に没した。

「うわあああああーっ⁉」

恐ろしい光景を目にして、アランはパニックに陥った。くるりと背を向けて走り出す。怪獣は大股《おおまた》でそれを追った。アネットはそれを見て絶望した。歩幅が違いすぎる。アランが逃げ切れないのは明白だった。

アランが食われたら、次は自分とマリオンの番だ。

彼女は倒れているマリオンに駆け寄った。ロープはきつく縛りすぎて、ほどくのが面倒そうだった。先に猿ぐつわをはずしにかかる。

遠くからアランの絶望的な悲鳴が聞こえた。やられたようだ。

「ンボンガを呼んで！」アネットは猿ぐつわの結び目をほどきながら言った。「あれに勝てるのはンボンガしかいない！」

猿ぐつわはほどけた。布のかたまりをマリオンの口からひきずり出す。マリオンはひと呼吸して酸素を補給すると、咽喉《のど》の奥から高らかに声を絞り出した。

「おおおおおーるらららららあああー！　おおおおおーるらららららああああー！」

何度も何度も、マリオンは叫んだ。

アネットはマリオンの手足を縛っているロープもほどこうとした。だが、結び目がきつすぎて難渋する。縛ったのはアネット自身だった。彼女は自分に向かって毒づいた。

ずしんずしんという足音が近づいてくる。一瞬、ンボンガが来てくれたのかと期待したが、聞こえてきたのは明らかにヤミールが消えた方角だった。アネットはあせった。

「マチェーテを！」

マリオンが叫ぶ。彼女のマチェーテはホールドアップされた時に取り上げられ、地面に投げ出されたままだった。アネットはそれを取りに走った。その間にも、巨大な足音はますます近づいてくる。

マチェーテを拾って戻ってくると、マリオンの手首を縛っているロープに刃を当てた。

ナイフとは違って大きいので扱いにくい。乱暴に切ると誤って肌を傷つけてしまいそうだ。あせる心を抑え、ゆっくりと刃を前後に動かす。少しずつロープは切れていった。その間にもマリオンは「おおおおおーるららららあああー！」と、懸命にンボンガを呼び続けている。

もう少しでロープが切れるというところで、再び葉むらをかき分けてヤミールが姿を現わした。巨大な単眼をぎょろりと動かし、二人の女性を見下ろす。アネットは戦慄《せんりつ》した。その眼の色も人間であった頃のヤミールと同じであることに気づいたのだ。だが、その冷たい視線には、かつて彼女を見つめた熱い感情はどこにも残っていない。

自分たちを餌としか見ていない。

ようやく手首を縛っていたロープが切れ、マリオンの腕が自由になった。だが、まだ足首が縛られている。マリオンは「貸して！」と怒鳴って、アネットの手からマチェーテをもぎ取った。慣れている自分がマチェーテを扱った方が早いと判断したのだ。

だが、まさにその瞬間、ヤミールが腹を開き、腸を放出した。腸は鞭《むち》のようにうねりながら宙を走り、マリオンの脚にからみつく。アネットは慌ててマリオンにしがみつこうとするが、その腕は空を切った。ヤミールが一瞬早く、腸を巻き戻し、マリオンを引き寄せたのだ。

マリオンの身体は草の上をずるずるとひきずられてゆく。ヤミールの腹が大きく開き、少女を飲みこもうと待ち受けている。ちらっと見えた巨大な腹腔《ふくこう》の中は、大量の血であふれていた。先に飲みこまれたジムとアランの姿はもう見えない。すでに嚙《か》み砕かれ、消化されてしまったのか。

「やめてーっ！」アネットは絶望的に叫んだ。

マリオンは宙に持ち上げられ、怪獣の腹に飲みこまれようとしていた。彼女はとっさに腰を折って、全身をヘアピンのように曲げながら、マチェーテを振るった。脚を束縛している腸に切りつける。柔らかい腸は一撃で半分以上も切断され、切断面から気味の悪い緑色の液体を垂れ流した。

束縛がゆるみ、マリオンは頭から落下した。とっさにマチェーテを手から放し、両手で着地して草の上で前転、衝撃を吸収する。だが、まだ足首は縛られたままだ。これでは走れない。

落としたマチェーテを取り戻そうと、腕を使ってトカゲのように地面を這《は》った。その上からヤミールがかがみこんできて、巨大な影をマリオンの上に落とす。少女との大きさの比率はまったく絶望的だ。

もう少しでマチェーテに手が届くという時、ヤミールの手が少女の腰をつかんだ。そのまま宙に持ち上げ、腹腔に放りこもうとする。マリオンは悲鳴を上げてもがいた。アネットは今度こそマリオンが死ぬ瞬間を目にするものと覚悟した。

まさにその時、黒い巨大な影が疾風のように飛び出してきて、ヤミールの脇腹に体当たりした。ンボンガだ。

大きくよろめくヤミール。はずみでマリオンは手から飛ばされた。高い放物線を描いて一〇メートルほども宙を舞う。ンボンガはダッシュして彼女に追いつき、地面にぶつかる手前でどうにか受け止めた。

マリオンは怪我はしなかったものの、衝撃で一時的に朦朧《もうろう》となっていた。ンボンガはその足首を縛っているロープに気づき、指をかけてあっさりひきちぎった。

ヤミールが立ち直り、興奮してンボンガに迫ってきた。ンボンガはぐったりとなったマリオンをそっと樹の上に乗せると、敵に向き直った。唇をめくり上げて白い歯をむき出し、怒りを表現する。

二匹の怪獣はぶつかり合い、すさまじい格闘を開始した。

アネットの目には、ンボンガがかなり不利に見えた。背中を丸めた前傾姿勢のせいもあるが、その身長はヤミールの半分ぐらいしかない。丸太のような腕を振り回し、ヤミールの腹を殴りつけるが、ぶよぶよした腹にはあまり効いていないようだ。ヤミールの方は身長差を利用して、一〇メートル以上の高さから勢いをつけて腕を振り下ろし、ハンマーで杭《くい》を打つように巨大類人猿の背中を殴りつけている。

ンボンガが敵の腹に向けて何発目かのパンチを放った瞬間、またも腹が大きく開いた。ンボンガの右腕は腹に命中せずに腹腔に吸いこまれる。驚いてのけぞるンボンガ。次の瞬間、腹は閉じ、その腕は肘《ひじ》のあたりまでくわえこまれてしまった。

マリオンがようやく意識を回復した時、ンボンガは苦戦していた。くわえこまれた腕を引き抜こうと必死にもがいている。自由に動けない敵に対し、ヤミールは上からパンチの雨を降らせていた。ンボンガはよけられない。左腕で頭をかばうのが精いっぱいで、ほとんど一方的に攻撃を受け続けていた。さしもの屈強なンボンガも、頭や肩を何度も強打され、だんだん弱ってきた。

よろめいて後退した拍子に、尻《しり》がマリオンのいる樹にぶつかった。二匹の怪獣の体重がのしかかり、めりめりと音を立てて樹が傾きはじめる。このままでは地面に投げ出されてしまう。彼女はとっさにンボンガの背中に飛び移った。体毛にしがみついて転落をまぬがれる。その直後、今までいた樹が押し倒された。

なおも戦闘は続いている。ンボンガが身をよじるたびに、しがみついているマリオンは右に左に振り回される。それを見ているアネットははらはらしていた。二匹の怪獣に比べて、マリオンの身体はあまりにも小さい。

ついにンボンガは押し倒された。その寸前、マリオンは思いきって跳躍し、地面に転がって、危うく下敷きになるのをまぬがれた。ヤミールはここぞとばかりにンボンガにのしかかる。ンボンガの腕は今や肩のあたりまで飲みこまれていた。

マリオンは離れたところに落ちていたマチェーテに駆け寄った。それを拾い上げると、少しも恐れることなく、格闘を繰り広げている怪獣たちのところに駆け戻る。巨木のようなヤミールの足に近寄り、厚い外皮の隙間を狙って刃を突き立てた。少しでもンボンガを手助けしようとしたのだが、ヤミールは蚊が刺したようにも感じていない。それでもマリオンはあきらめない。何度も何度も、マチェーテを突き刺す。

その光景がアネットの背中を押した。それまでヤミールを攻撃することにためらいがあったのだ。だが、マリオンの捨て身の行動を目にして、そんなものは吹っ切れた。自分も何かしなければ。

ジムが落としたライフルを拾い上げる。ずっしりと重い。撃ったことはないが、おおよその扱い方は知っている。銃床を肩に当て、ヤミールの顔面を狙って引き金を引く。

銃声が轟《とどろ》いた。ウェザビー・マグナムの発射の反動はすさまじく、アネットはひっくり返って尻餅《しりもち》をついてしまった。だが、弾丸は確かにヤミールの顔に命中し、血しぶきをほとばしらせた。ヤミールは苦痛を覚えたらしく、顔を手で押さえてうめいた。

その機を逃さず、ンボンガが怪力でヤミールを押し戻した。右腕を強引に引き抜く。倒れた姿勢から、ヤミールの腰を両足で蹴《け》り飛ばした。ヤミールはよろよろと後ずさる。

ンボンガはどうにか立ち上がったが、無事ではなかった。一分以上もヤミールの腹の中にあった右腕は、毛がまだらに抜け落ちていて、その下の皮膚も白っぽく変色していた。消化されかけていたのだ。顔が苦痛にゆがんでいる。

アネットも立ち上がった。右肩が痛む。ライフルの発射の衝撃で肩を痛めたようだ。これではもう撃てそうにない。

怪獣同士の戦いは膠着《こうちゃく》状態に陥っていた。ンボンガはひどいダメージを受けたことで警戒し、ヤミールから距離を置いた。マリオンも懸命に何かを言い聞かせている。「無理しないで」と言っているのだろうか。ヤミールの方でも、さっきのようなトリッキーな手はもう使えないと判断したのだろう。攻撃をかけずに様子を見ている。

あたりは奇妙な静けさに包まれていた。鳥の声も遠くかすかにしか聞こえない。すでにこの一帯から、彼ら以外の動物は逃げ出しているのだろう。二匹の怪獣のぜいぜいという呼吸音が、ひときわ大きく聞こえる。

アネットは絶望を覚えた。戦いが再開されれば、ンボンガがまた傷つくのは目に見えている。殺されるかもしれない。その巨体の栄養分を吸収して、ヤミールはさらに醜く、おぞましく、手に負えない大怪獣に成長するだろう……。

胸が苦しくなった。泣きたくなった。もう嫌だ。愛する人のこんな姿は見たくない。すべてに決着をつける方法を、彼女はひとつしか思いつかなかった。

アネットはカプセルの亀裂に設置された爆弾に駆け寄った。重量は三〇キロ近くある。右腕に力を入れると痛むので、持ち上げることはできない。どうにか左腕で端をつかんで、ずるずるとひきずってゆく。ヤミールから見ると彼女は斜め後ろの死角にいるので、まだその動きに気がつかない。

二〇メートルほどまで近づいたところで、彼女は樹の背後に爆弾を置き、それを背中で隠すようにしながら、声を張り上げた。

「ヤミール！」

ジャングルにアネットの懸命の呼びかけが響く。

「ヤミール！　私よ！　分かる⁉」

その声に気づき、ヤミールはゆっくりと上体をひねった。単眼で不思議そうにアネットを見下ろす。

「こんなことはもうやめて」

アネットは何とか笑顔を浮かべようとしたが無理だった。奇妙な泣き笑いの表情で訴える。

「思い出して。こんなのは……こんなのは、あなたがやりたかったことじゃないはずよ。あなたが憧《あこが》れたのは星の世界。名誉とか使命とかのためじゃないって、あなたはいつも言っていた。自分が行きたいから志願したんだって。子供のように純粋に、誰よりも高く、誰よりも遠くに……」

そこから先は言葉にならなかった。アネットは静かにすすり泣きはじめた。

ヤミールにその言葉が理解できたのかどうかは、永遠の謎となった。彼は何も声を発さず、ただ、ゆっくりとアネットの方に向き直った。

そして腹を開いた。

「アネットさん⁉」

何が起きようとしているか気づき、マリオンはアネットに向かってダッシュした。

ヤミールの腹から腸が放たれた瞬間、アネットは振り返ってうずくまるふりをしながら、樹の蔭《かげ》に隠した爆弾に抱きつき、タイマーのスイッチを入れた。その身体に腸がぐるぐると巻きつく。

爆弾を抱いたまま、アネットはヤミールの方にひきずられていった。そこに走ってきたマリオンがタックルする。だが、止められない。二人の女性はひとかたまりになって、ヤミールの腹腔《ふくこう》に吸いこまれてゆく。

だが、飲みこまれる寸前、マリオンはしっかりとアネットを抱きながら、すらりとした両脚をぴんと突っ張った。ヤミールの腹に縦に走っている、亀裂のような開口部。その両側に足をかけ、踏ん張ったのだ。全身の力をこめ、ひきずりこもうとする腸の力に対抗する。

「ンボンガ！　アゴン・ギ！」

マリオンが叫ぶと、ンボンガが突進してきた。だが、ヤミールは長い腕をぶんぶんと振り回し、近づけまいとする。

「放して！」怪獣の腹の中に半分飲みこまれているアネットは、爆弾を抱きかかえた状態で叫んだ。「これが見えないの⁉　もうスイッチは入ってるのよ！」

爆弾に付いた丸いタイマーの中では、赤い秒針が回転をはじめている。それが一回転した時に爆発が起きるのだ。

「分かってますよ！」マリオンは全力を振り絞っていて苦しげだった。「だから助けようとしてるんじゃないですか！」

「逃げて！　あなたも死ぬ！」

「助けるまで逃げません！」

「いいのよ、私は死んでも！」

「良くないです！」

「いいのよ！」

「良くない！」

マリオンは絶叫した。

「良くない！　良くない！　良くない！　あなたが死んだら、私は泣きます！」

年下の少女の言葉に、アネットははっとした。マリオンはさらに叫び続ける。

「あなたがどれほど苦しいのか、私には分からない！　でも、でも——こんな悲しい終わり方は認めません！　私を泣かさないでください！　お願い！」

何の虚飾もないマリオンの純粋な言葉が、アネットの胸に突き刺さった。死が安易な選択であったことを知る。死ねばもう苦しまない。だが、それは生き残った者に対して多大な苦痛を強いることに気づいた。この純真な少女の心を傷つけるのは罪悪だ。

彼女は爆弾を抱いていた腕をほどいた。

まさにその瞬間、ンボンガがヤミールの攻撃をかいくぐり、懐に飛びこんできた。パンチを放つように左腕を突き出し、マリオンの腰をつかむ。そのまま怪力でひきずり戻した。マリオンが抱いていたアネットもいっしょだ。彼女に巻きついていた腸は引きちぎられた。

爆弾はヤミールの体内に残された。

「ウザー・ダ！」

マリオンが叫ぶ。ンボンガは二人の女性を胸に抱いてかばいながら、ヤミールを突き飛ばすようにして飛び離れた。背を向けて走り出す。ヤミールはそれを追って動き出そうとした。

爆発が起きた。

紅蓮《ぐれん》の火球がヤミールを包みこんだ。熱い爆風が押し寄せてくるが、ンボンガの広い背中が壁となって、マリオンたちを守った。彼女たちの耳には悲痛な叫び声が聞こえたが、すぐに途絶えた。

ンボンガは立ち止まって振り返った。マリオンたちもそれを見た。テルミットの作り出す数千度の炎は、オレンジ色の太い柱となってそそり立っていた。その灼熱《しゃくねつ》の地獄の中で、怪獣の巨体はロウ細工のように崩れ、燃え尽きていった。

エピローグ　宇宙からの贈りもの

ジャングルに雨が降っていた。

強いスコールではない。熱帯地方には珍しい、しとしとと静かに降る憂鬱《ゆううつ》な雨――今のアネットの心境にぴったりだった。彼女は倒木に腰を下ろし、うつむいて、雨に打たれていた。

ンボンガといっしょに、火災現場の様子を見に戻っていたマリオンが帰ってきた。焼け焦げた袋を手にしている。

「この雨ですっかり火は消えてました」アネットの隣に座り、マリオンは報告した。「ヤミールさんは……完全に燃えてました。骨を確認したから間違いありません。寄生してたっていう宇宙生物も死んだでしょう」

「そう……」

アネットは気のない返事をした。もう何もかもどうでもよかった。魂が抜けてしまったかのようだ。ヤミールが死んだ時、彼女の心の一部も死んでしまったのだろう。ただ、ずっしりと重いものだけが心に残った。

これからずっと、この重荷を背負って生きてゆかねばならない。

「このことは誰にも喋《しゃべ》りません」

マリオンがそう言ったので、アネットは不思議そうに振り返った。

「どうして……?」

「だって――かわいそうじゃないですか」マリオンは静かに言った。「あんな結末、ヤミールさんにとって、不本意だし不名誉だと思うんです。なかったことにしてあげたいんです。彼は宇宙で事故に遭って命を落としたんだと――あんなことになったけど、やっぱりあの人は英雄だと思いますから」

「英雄だなんて」アネットは悲しげにかぶりを振った。「そんなもんじゃないわ。彼は犠牲者よ。大国同士の面子《メンツ》をかけた宇宙競争の」

「でも、危険だと分かってる任務に、自分から志願したんでしょ？　きっとすごい訓練を積んだんじゃないですか？」

「ええ」

ヤミールにつき添い、多くの過酷な訓練をサポートしてきた日々を思い出す。遠心力に耐える訓練。気圧を下げた部屋で低酸素症に耐える訓練。狭いカプセルに何日も閉じこめられる訓練……脱落者も次々に出る中、ヤミールは強い意志の力ですべてを乗り切った。

夢を叶《かな》えるために。

「彼が誰よりも遠くに行ってきたのは事実じゃないですか。宇宙に行くことを夢見て、それを実現したんでしょう？　その事実は貶《おとし》めてはいけないと思うんです」

アネットは暗い表情で笑った。「言葉だけは美しいわね」

「言葉だけじゃありません。私は本当にそう思ってます――ほら、これ」

彼女は焦げた袋を持ち上げて見せた。アランがカプセル内から回収してきたものを詰めていたものだ。

「奇跡的に燃えてなかったんです。調べてみたら、中にこんなものが」

袋の中を探り、手の平に乗るぐらいの小さな箱を取り出した。それをアネットの顔の前に差し出す。

「これ、ヤミールさんの遺品だと思うんです」

アネットは恐る恐るそれを手に取り、開いてみた。

「……！」

声にならない感動がアネットを包んだ。箱の中にあったのは指輪だった——小さいがダイヤモンドの付いた、銀色の指輪。

「帰ってきたらアネットさんに贈って、プロポーズするつもりだったんじゃないでしょうか」マリオンはささやいた。「ロマンチックですよね、宇宙に行って帰ってきた指輪なんて。こんなものをプレゼントしてもらえる女性なんて、他にはいませんよ。世界でたったひとつの指輪じゃないですか」

「ええ、そうね」アネットはうなずいた。「あいつはロマンチストだった。こういう恥ずかしいやりかたが大好きな奴で……」

アネットは声を詰まらせた。静かに嗚咽《おえつ》を洩《も》らしはじめる。

びしょ濡《ぬ》れの二人の女性は肩を寄せ合って倒木に座り、重みを支え合い、悲しみを分かちあった。その後ろにはンボンガが座りこみ、神像を思わせる荘厳さで、二人を守護するようにじっと見下ろしていた。

雨は上がりかけていた。

解説　小説、それは怪獣に残された最後の開拓地

大倉《おおくら》崇裕《たかひろ》

近ごろは何でも怪獣だ。

かつて怪獣といえば墓場くらいだったが、今は酒場までである。しかもなかなか繁盛しており、週末などはけっこうな行列ができているらしい。

先日、深夜にテレビをつけたら、宇宙人三人が、湘南界隈《しようなんかいわい》をブラブラ歩く番組を放送していた。「怪獣散歩」というらしい。

怪獣大国日本において、怪獣はあらゆるものを席捲《せつけん》している。映画、テレビ、CM、音楽——。そんな中、唯一の未開拓分野と言えるのが、小説ではないだろうか。過去、映画、テレビのノベライズも含め、怪獣を扱った小説は数あれど、他のメディアを驚かせるほどの大ヒットは、残念ながら生まれてこなかった。

しかし二〇〇七年、「MM9」という小説が現れ、そうした状況に風穴を開ける。「MM9」は、日本に上陸する怪獣と、怪獣対策のスペシャリストチーム——気象庁内に設置された「特異生物対策部」、通称気特対——との対決を真正面から描いた、大怪獣小説である。口うるさい怪獣好きが、思わず息を飲み、「ああ、こんな怪獣小説が読

みたかったんだよ」としみじみ語りたくなる、平成怪獣小説のパイオニアとも呼べる一冊だ。その「MM9」を世に放ったのが、本作『トワイライト・テールズ』の著者、山《やま》本弘《もとひろし》氏なのである！

この本を手に取って、「いったいどんな内容なの？」と首を傾げているあなた、もうお判りでしょう、この本は、山本弘氏が新たに放つ、珠玉の怪獣小説集なのです。収録されている作品は四編。すべて「MM9」の世界観の中で描かれており、外伝的ストーリー集と言うこともできる。

本家「MM9」は現在、三作まで発表されており、日本を舞台に、怪獣、宇宙からの侵略者、そして宇宙怪獣との壮絶な戦いが描かれてきた。一方『トワイライト・テールズ』では、世界各地に出現した怪獣と人々の物語がつづられていく。

え？「MM9」を読んでいないから、世界観が理解できないって？ ご心配なく。「MM9」の「MM」が何を示すのか理解していただければ、すぐに、作品の中に入っていけるはずだ。そして、「MM」の意味については、本書冒頭に解説がついているので、問題はない。だがもし、本家「MM9」シリーズを未読なのであれば、本著を読み終わった後、即座に買いに走ることをお勧めする。いやもう、とにかく、何も言わず読んで。面白いから。すごいから。

では、収録されている四編を見ていこう。

第一話「生と死のはざまで」の舞台は日本。MM7クラスの怪獣が来襲、崩壊した建物の地下に閉じこめられた、男女二人の脱出劇が描かれる。おなじみ気特対の面々も登場し、「MM9」が帰って来た！　と、思わず熱くなる一本だ。

第二話「夏と少女と怪獣と」は、アメリカモンタナ州北西部にあるフラットヘッド湖を舞台に、十二歳の少年と湖に棲《す》むと言われている怪獣の物語だ。怪獣小説でありながら、少年の初恋を描いた青春小説、さらにしっかりとした骨格を持ったミステリー小説としての側面を併せ持つ、万華鏡のような作品である。

第三話「怪獣神様」は、号泣怪獣小説である。著者によれば、書いているときに泣き、校正作業で再び泣いたそうだ。全米どころか、著者が二度泣いたのであるから、これは本物だ。今度の舞台はタイ。宇宙からやって来た怪獣と意思疎通が可能になった少女の物語だ。人類と共存不可能な怪獣は人類の敵となるが、その存在は必ずしも「悪」ではない。怪獣対策の専門家として日本からやってきた気特対の活躍も、今回ばかりは虚《むな》しさが漂う。ラストシーンでは、私も泣いた。

第四話は、これまた打って変わって、アフリカのジャングルが舞台となる。時代もさかのぼって一九六八年。怪獣たちが跋扈《ばっこ》する「怪獣無法地帯」にやって来た三人の白人とジャングルで育ち、巨大な類人猿を友とする女性の出会いからすべてが始まる。三人の目的とは何なのか、彼らの前に現れた謎の怪獣の正体は……。秘境、魔境、ジャングルを描かせたら、山本弘氏の右に出る者はいない。その山本氏が縦横無尽に、しかも怪獣小説として描くのだから、面白くないわけがない。ちなみに山本氏は、怪獣小説競作集『怪獣文藝《ぶんげい》の逆襲』にも参加されており、「廃都の怪神」という、ジャングル、魔境好きにはこれ以上のご馳走《ちそう》はないという傑作を発表されている。ご興味のある方は、そちらもぜひ。

もう一つ、『トワイライト・テールズ』がさらに楽しめる情報を提供しよう。本家「MM9」シリーズ第三弾『MM9 ―destruction―』の冒頭に『MM9 世界年表』がついている。これには、紀元前一〇〇〇年頃から現段階での最新情報二〇一二年までの怪獣出現例が網羅されており、その中には、『トワイライト・テールズ』で描かれた四つの事件もしっかりと含まれているのだ。他のエピソードとの時系列などを確認しながら読み進めていくと、一作一作をより深く味わうことができる。

さて、収録されている四編を見てきたが、それぞれ四者四様の魅力を持っており、怪獣というものの懐の深さをあらためて思い知らされた。一方で、まったく違う物語が集まっているにもかかわらず、それぞれがバラバラにならず、まとまりを持った一つの作品集としての輝きも放っている。どうして、このようなことが可能なのか。

むろん、「MM9」という世界観がきっちりと確立されていることもあるが、それ以上に、怪獣の出現によって翻弄《ほんろう》される人間たちの魅力、存在感に依《よ》るところは大きい。各話に登場する主人公たちは、皆、若く、それぞれに愛する者や使命を帯びている。ところが、そこに怪獣という異形が突如、乱入してくるのだ。ある者は大切なものを失い、またある者は希望を得る。そして、怪獣は倒されていなくなるが、彼らの人生はその後もまだまだ続いていく。読者は、怪獣という大スペクタクルに酔った後、登場人物たちの嘆き、悲しみ、喜び、希望に触れ、現実の厳しさ、残酷さ、切なさにふと気づかされるのだ。

映像を主戦場としてきた怪獣に、小説を以《もっ》て挑むのは、そもそも不利な戦いである。だが、怪獣と向き合った人間の内面を描ききることは、小説にしかできないことなのではないか。そしてそれこそが、怪獣小説最大の武器なのではないか。まだまだ発展途上にある怪獣小説というジャンルだが、間違いなく未来はある。『トワイライト・テールズ』がそれを証明している。

参考資料

【怪獣・未知動物】

實吉達郎『世界の怪動物99の謎』（サンポウジャーナル）

實吉達郎『UMA謎の未確認動物』（スポーツニッポン新聞社出版局）

實吉達郎『UMA解体新書』（新紀元社）

新博物学研究所・編著／澤明・イラスト
『空想博物誌シリーズ［1］ 驚異の未知動物コレクション』（グラフィック社）

ジャン＝ジャック・バルロワ『幻の動物たち』上・下（ハヤカワ文庫NF）

にゃがたのページ／なぜなに世界の大怪獣
(http://homepage3.nifty.com/aki_nag/nikki/old_book2.htm)

パチモン怪獣カードコレクション (http://jumbow.main.jp/5en/index.html)

Academic Dictionaries and Encyclopedias ／ List of reported lake monsters
(http://en.academic.ru/dic.nsf/enwiki/10557775)

Encyclopædia of Monsters (http://www.toroia.info/dict/index.php?TopPage)

Flathead Lake Monster® Inc（http://www.flatheadlakemonster.com/index.cfm）
Karl Ammann／The Bondo Mystery Apes（http://karlammann.com/bili.php）
Still on The Track（http://forteanzoology.blogspot.com/）
UFO's,Aliens,Sightings,The Unknown.....'s Journal
（http://the-unexplained.livejournal.com/）
UMAファン～未確認動物（http://umafan.blog72.fc2.com/）
Unknown Creatures（http://www.unknown-creatures.com/index.html）
Wikipedia／List of cryptids（http://en.wikipedia.org/wiki/List_of_cryptids）

【自衛隊・武器・ミリタリー関連】
荒木肇編著『学校で教えない自衛隊　その歴史・装備・戦い方』（並木書房）
かのよしのり『自衛隊89式小銃』（並木書房）
サビーネ・フリューシュトゥック『不安な兵士たち　ニッポン自衛隊研究』（原書房）
田村尚也・文／野上武志・イラスト『萌えよ！　陸自学校』（イカロス出版）
『自衛隊装備年鑑２００９―２０１０』（朝雲新聞社）
MEDIAGUN DATABASE
（http://mgdb.himitsukichi.com/pukiwiki/?MEDIAGUN%20DATABASE）

Wikipedia／タイ王国陸軍
(http://ja.wikipedia.org/wiki/% E3% 82% BF% E3% 82% A4% E7% 8E% 8B% E5% 9B% BD% E9% 99% B8% E8% BB% 8D)

【コンゴ】

三谷雅純『ンドキの森』（どうぶつ社）

小田英郎・川田順造・伊谷純一郎・田中二郎・米山俊直監修『［新版］アフリカを知る事典』（平凡社）

レドモンド・オハンロン『コンゴ・ジャーニー』上・下（新潮社）

Barry S.Hewlett『Intimate Fathers』（The University of Michigan Press）

アフリカの野生動物たち（http://www.geocities.jp/ugandaboys/index_2.html）

山口大学教育学部　北西功一のホームページ
(http://ds.cc.yamaguchi-u.ac.jp/~kitanisi/index.html)

Baka Pygmies Traditional Song-Cameroon
(http://www.youtube.com/watch?v=z5JbHIKXvgo)

BAKA RAINFOREST PEOPLE YODELLERS
(http://www.youtube.com/watch?v=XWEpnHZ9XFE&feature=related)

Building Baka camp at Djamba
（http://www.youtube.com/watch?v=ktapyx1gj4U）

【タイ】
綾部恒雄・石井米雄編『もっと知りたいタイ』（弘文堂）
斎藤親載『タイ人と日本人（増補新版）』（学生社）
アサダーユット・チューシー『パーフェクトフレーズ　タイ語日常会話』（国際語学社）
デイヴィッド・バットストーン『告発・現代の人身売買』（朝日新聞出版）
『地球の歩き方D17　タイ　２０１０〜２０１１年版』（ダイヤモンド社）
バンコク駐在員日記（http://bangkokchuzai.jugem.jp/）
Thailandbuddy.com（http://www.thailandbuddy.com/Japanese/index.html）

【その他】
さんぽ総研編著『気象の仕事　天気予報から宇宙観測まで』（三修社）
小河原一博『ウルトラシリーズ・サブキャラ大事典』（東京堂出版）
水城徹『宇宙の傑作機No.１・５　ソユーズ宇宙船　増補改訂版』（風虎通信・同人誌）

ソユーズ宇宙船（21S/TMA-17）飛行概要
(kibo.jaxa.jp/library/press/data/ng_100520_soyuz.pdf)
メルクマニュアル18日本語版（http://merckmanual.jp/mmpej/index.html)
Soviet conquest of space（http://homepage3.nifty.com/junji-ota/index.html)

【ソフトウェア】
Google Earth（Google）
Stellarium（フリーソフト）

本書は弊社より二〇一一年十一月
に単行本として刊行されました。

トワイライト・テールズ

夏《なつ》と少女《しょうじょ》と怪獣《かいじゅう》と

山本《やまもと》弘《ひろし》

平成27年 11月25日　初版発行
令和6年　6月15日　4版発行

発行者●山下直久

発行●株式会社KADOKAWA
〒102-8177　東京都千代田区富士見2-13-3
電話　0570-002-301(ナビダイヤル)

角川文庫 19455

印刷所●株式会社KADOKAWA
製本所●株式会社KADOKAWA

表紙画●和田三造

●お問い合わせ
https://www.kadokawa.co.jp/(「お問い合わせ」へお進みください)
※内容によっては、お答えできない場合があります。
※サポートは日本国内のみとさせていただきます。
※Japanese text only

ISBN978-4-04-103618-1　C0193

角川文庫発刊に際して

角川源義

第二次世界大戦の敗北は、軍事力の敗北であった以上に、私たちの若い文化力の敗退であった。私たちの文化が戦争に対して如何に無力であり、単なるあだ花に過ぎなかったかを、私たちは身を以て体験し痛感した。西洋近代文化の摂取にとって、明治以後八十年の歳月は決して短かすぎたとは言えない。にもかかわらず、近代文化の伝統を確立し、自由な批判と柔軟な良識に富む文化層として自らを形成することに私たちは失敗して来た。そしてこれは、各層への文化の普及滲透を任務とする出版人の責任でもあった。

一九四五年以来、私たちは再び振出しに戻り、第一歩から踏み出すことを余儀なくされた。これは大きな不幸ではあるが、反面、これまでの混沌・未熟・歪曲の中にあった我が国の文化に秩序と確たる基礎を齎らすためには絶好の機会でもある。角川書店は、このような祖国の文化的危機にあたり、微力をも顧みず再建の礎石たるべき抱負と決意とをもって出発したが、ここに創立以来の念願を果すべく角川文庫を発刊する。これまで刊行されたあらゆる全集叢書文庫類の長所と短所とを検討し、古今東西の不朽の典籍を、良心的編集のもとに、廉価に、そして書架にふさわしい美本として、多くのひとびとに提供しようとする。しかし私たちは徒らに百科全書的な知識のジレッタントを作ることを目的とせず、あくまで祖国の文化に秩序と再建への道を示し、この文庫を角川書店の栄ある事業として、今後永久に継続発展せしめ、学芸と教養との殿堂として大成せんことを期したい。多くの読書子の愛情ある忠言と支持とによって、この希望と抱負とを完遂せしめられんことを願う。

一九四九年五月三日

角川文庫ベストセラー

神は沈黙せず (上)(下)　山本弘

幼い頃に災害で両親を失い、神に不信感を抱くようになった和久優歌。フリーライターとなった彼女はUFOカルトを取材中、ボルトの雨が降るという超常現象に遭遇。それをきっかけにオカルトの取材を始めたが。

闇が落ちる前に、もう一度　山本弘

〝宇宙の真の姿〟について独創的な理論を構築した宇宙物理学者。だがこの理論に従うと宇宙はわずか8日前に誕生したことになる。恋人と自分の実在を確かめようとした彼は……表題作ほか4編収録。

アイの物語　山本弘

数百年後の未来、機械に支配された地上で出会ったひとりの青年と美しきアンドロイド。機械を憎む青年に、アンドロイドは、かつてヒトが書いた物語を読んで聞かせるのだった——機械とヒトの千夜一夜物語。

詩羽のいる街　山本弘

ある日突然現れた詩羽という女性に一日デートを申し込まれ、街中を引きずり回される僕。お金も家もない彼女がすることとは、街の人同士を結びつけることだけ。しかし、それは、人生を変える奇跡だった……。

不思議の扉 時をかける恋　編／大森望

不思議な味わいの作品を集めたアンソロジー。ひとたび眠るといつ目覚めるかわからない彼女との一瞬の再会を待つ恋……梶尾真治、恩田陸、乙一、貴子潤一郎、太宰治、ジャック・フィニイの傑作短編を収録。

角川文庫ベストセラー

空の中　有川浩

200X年、謎の航空機事故が相次ぎ、メーカーの担当者と生き残ったパイロットは調査のため高空へ飛ぶ。そこで彼らが出逢ったのは……? 全ての本読みが心躍らせる超弩級エンタテインメント。

海の底　有川浩

四月。桜祭りでわく米軍横須賀基地を赤い巨大な甲殻類が襲った! 次々と人が食われる中、潜水艦へ逃げ込んだ自衛官と少年少女の運命は!? ジャンルの垣根を飛び越えたスーパーエンタテインメント!

塩の街　有川浩

「世界とか、救ってみたくない?」。塩が世界を埋め尽くす塩害の時代。崩壊寸前の東京で暮らす男と少女に、そそのかすように囁く者が運命をもたらす。有川浩デビュー作にして、不朽の名作。

クジラの彼　有川浩

『浮上したら漁火がきれいだったので送ります』。それが2ヶ月ぶりのメールだった。彼女が出会った彼は潜水艦(クジラ)乗り。ふたりの恋の前には、いつも大きな海が横たわる――制服ラブコメ短編集。

図書館戦争　図書館戦争シリーズ①　有川浩

2019年。公序良俗を乱し人権を侵害する表現を取り締まる『メディア良化法』の成立から30年。日本はメディア良化委員会と図書隊が抗争を繰り広げていた。笠原郁は、図書特殊部隊に配属されるが……。